HIS THE

CALL FLOWER

拜见

花巫阁下

WIZARD

凉桃 著

天津出版传媒集团

天津人民出版社

图书在版编目（ＣＩＰ）数据

拜见，花巫阁下 / 凉桃著. -- 天津：天津人民出版社, 2015.11（2020.3重印）
　ISBN 978-7-201-09839-5-01

　Ⅰ.①拜… Ⅱ.①凉… Ⅲ.①长篇小说 - 中国 - 当代 Ⅳ.①I247.5

中国版本图书馆CIP数据核字(2015)第246379号

拜见，花巫阁下

BAIJIAN,HUAWU GEXIA

凉桃 著

出　　版	天津人民出版社
出 版 人	刘　庆
地　　址	天津市和平区西康路35号康岳大厦
邮政编码	300051
邮购电话	（022）23332469
网　　址	http：//www.tjrmcbs.com
电子信箱	reader@tjrmcbs.com
责任编辑	玮丽斯
装帧设计	胡万莲 刘碧玲
制版印刷	三河市华东印刷有限公司印刷
经　　销	新华书店
开　　本	660毫米×960毫米　1/16
印　　张	16
字　　数	210千字
版权印次	2015年10月第1版　2020年3月第2次印刷
定　　价	42.80元

CONTENTS

目录

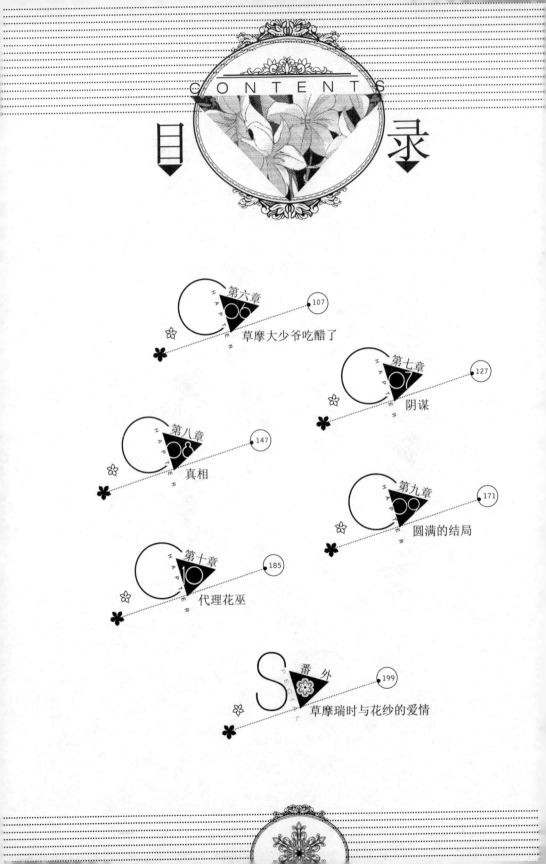

CONTENTS

目录

楔子

花使晋级考试 • PROLOGUE

"长老爷爷！"

我掩饰不住兴奋的心情，一口气跑到每天这个时候都会在这里修剪花木的花国八大长老之一的花智长老旁，一屁股坐在台阶上，上气不接下气地大喘气。

花智长老慈爱地看了我一眼，手上继续打理着他精心培育的花木："小丫头，这么急着赶过来，是又猜到什么答案？"

我比了个V字手势，露出大大的笑容："这次的答案肯定正确，我非常有信心。"

"哈哈哈……我数数啊，你说一定是正确答案有几次了，嗯，1次、2次、3次……"

"长老爷爷！"我叉腰瞪眼望过去，"不许取笑我。这次我有把握，您先听我的推理答案吧。"

"好吧，好吧，爷爷洗耳恭听。"花智长老停下手上的修剪工作，随我一起坐到台阶上。

我很殷勤地马上递上毛巾。

花智长老接过毛巾擦了擦汗："小丫头，没猜到答案的话，爷爷还是不能放行的哦。"

言下之意，我再殷勤拍马屁也没用。我暗地做了个鬼脸。

一个月之前，我想偷偷溜到花使晋级考试的现场偷看下到底是怎样激烈的等级考试能让这么多优秀的花妖都被刷下来，却每年仍在前仆后继。

而我，一只平凡无奇的小花妖，明年也将要为成为花使准备这残酷的晋级考试了，压力好大。

没有想到，我还未出师便被考试外强大的结界直接挡住了。

花国其实有很明确的等级制度，每棵树每朵花都会蕴藏一个精灵，当修炼到一定程度时，精灵就会有自己的形体，小小的有着蝴蝶翅膀的小人样子，有些是透明的形态，灵气越强大的，形态就会越清晰。

然后在继续的修炼中，经过各式各样的磨炼，有能力的小花精便慢慢蜕变成花妖，有了聚形的能力，也掌握了花国最基础的法术——隐形术、穿透术，以及根据每个花妖的属性不同，各自所掌握的秘术。比如我，就能在某段时间内将自己设计的故事背景强行植入特定对象的脑海，使他们能根据我的心意行动。

作为小花妖的终极目标，自然是成为花国传说中最强大的花仙。

只是，在这中间还要通过花国最严酷的晋级考试——花使晋级考。只有最优秀的花使才有资格拿到花仙修炼秘籍，并需要经过天劫、地劫、花劫三大劫的考验，才能成为真正的花仙。

所以花国史上能成为花仙的寥寥无几。

花使中很多虽然没有资格成为花仙，但也不乏佼佼者，比如花国现在真正的主事者——花国八大长老以及被所有花国臣民津津乐道着神秘色彩的传奇人物南医北巫。

我再次凝聚力量，想冲破这个碍事的结界。

"砰！"

毫无悬念地，我又被结界弹了回来，狠狠地摔倒在地。

我愤愤地抚着屁股站起来，怨恨地瞪了眼无形的结界。

"哼，暗的不行，我就来明的。"

既然法力在这里是被禁止的，那我就用体力好了，虽然翻墙好像不是淑女所为……

"吭哧吭哧……"

我努力踩着堆在围墙外的石块，跨过围墙顶，往下跳的瞬间，居然与园子里一个正在修剪花草、头发花白的老头四目相交。我一慌，又一屁股跌坐到了地上。

"可怜的我，今天到底造了什么孽。"我苦闷地撇着嘴。

"你这个丫头大门不走翻墙进来，肯定非奸即盗，所以我是不是应该叫花警卫来把你抓到花国天牢去蹲几天。"花白头发老头拿着剪子，居高临下地看着我。

我嘿嘿笑着，揉着屁股站起来："老爷爷，我一看就知道您是好人，不会欺负我这么可爱乖巧的小姑娘的，是不是？"我举起双手加强气势，"而且我真的不是什么窃贼，我保证。"

"哦？那你翻墙进来是……"

"爷爷，您是不是在这里很久了？那您一定知道花使晋级考试到底是怎么样的吧，您透露下。"我直接跳过老头的问题，灵光一闪赶紧问道。

"哦……小丫头原来是想作弊来了。"老头笑着用手轻敲了一下我的头。

"哪有？"我吐吐舌头，"我这只是提早来观摩观摩，好为明年的考试做好充分的准备。"

"每年的课题都是不一样的，只要平时好好学习修炼，到了晋级考试那天正常发挥，肯定没问题。"

"爷爷，您说得轻松，那怎么会只有三成的花妖成为花使？"我一脸不信。

这园丁老头，站着说话腰不疼。我在心里嘀咕道。

"丫头，不要嘀嘀咕咕的，爷爷耳朵可好使了，你说什么我可都听得清清

楚楚哦。"

我吐吐舌头，突然想到什么，惊讶地看过去："爷爷……您……您……您不会是……"

老头朝我招招手，示意我一起坐到旁边的花坛台阶上。

我非常拘谨地乖乖坐好："花智长老爷爷？"

"小丫头，你怎么知道是我呀？"

"课本上提起过花国八大长老的历史以及你们每个人辉煌的人生历程。而读心术是被喻为天才的最帅气的花智长老独具的秘术。"我甜甜地拍马屁。

"哈哈哈……"花智长老笑得白胡子一抖一抖的，"小丫头，你这么夸爷爷，爷爷就不叫花警卫抓你了。"

"那，那花使晋级考试……"我凑近双手合十，两眼冒星星。

花智长老用他那把修剪花木的剪刀在我面前一晃，吓得我又乖乖缩回去坐好："小丫头，成为真正的花使，不但需要你们潜修灵力，还需要不断净化自己的心。大千世界，你们慢慢凭借自己的努力变得越来越强大，有了花形花体，有了五觉，却也在其中被这花花世界不断污染着内心。所以花使的晋级考试，不是来观摩一次就有收获，也不是靠作弊就能通过的。"

我被说得心里涌上一阵羞愧："长老爷爷，我错了，下次再也不敢了。"

花智长老慈爱地摸了摸我的头，笑着点点头，似乎对我的知错能改感到欣慰。

"你很想成为花使吗？"花智长老突然又问道。

"嗯，嗯。"我点头如捣蒜，"这是每只小花妖的梦想呀。然后再继续努力，为成为花国传说中最伟大的花仙而努力。"

"丫头，年纪小小，倒很有雄心壮志嘛。"花智长老望着那些他爱护的花木，喃喃道，"有梦想有冲劲好啊，花国才有希望。"

"长老爷爷，那我先回去了，对不起，打扰了。"我站起来朝他鞠了个躬，准备离开。

"小丫头，来来……"花智长老朝已经走远的我招手，"要不要跟爷爷玩个游戏？"

"咦？"我一脸的莫名其妙，"什么游戏呀？"

"刚才看你猜爷爷的身份很厉害，爷爷给你几个提示，你要是猜到了，爷爷提前将'晋级花使'考试的名额给你，愿意不？"花智长老笑眯眯地说道。

我却闻到了阴谋的味道，不过一听到"晋级花使"名额，我一阵欢喜，也管不了那么多了。

"真的？爷爷说话要算数！"

"不过，这个只能你自己猜答案，不能告诉别人，也不能求助人家，不然约定无效。"

"好，一言为定。"对于猜谜我一向很有信心。

花智长老虚空一抓，然后把一根晒干的白色根须递到我眼前："这是第一个提示。"

我愣愣地接过根须，鼻子凑近闻了闻，只有一股淡淡的草根味道："长老爷爷，这是什么？"

花智长老抬起一根手指摇了摇："自己猜。"

"长老爷爷，您故意的吧。"

"哈哈哈……要是这么容易就能猜出，爷爷干吗还跟你玩。"

花智长老又从身上掏啊掏，掏出一条淡紫色的长带："喏，这是第二个提示。"

我疑惑地又接了过来："腰带？好像不是。围巾的话又好像太细了……长老爷爷，这到底算什么提示啊？"我愤愤地道。

花智长老摆摆手，笑容也看起来奸诈了许多："丫头，看我的手势。"然后，他比了一个"1"和一个"9"。

"1？9？19？"我感觉我的脑海里乱糟糟的。

"哈哈哈，好了，三个提示，猜一个人。"花智长老抬手拍拍我，"小丫

头，好好努力哦。"

草根、紫色长带、19——这到底算什么提示啊？

我懊恼地抓着头发，到底是什么样的人会跟这些扯上关系呢？

我一直努力地思考着，并且不断去寻找资料，一想到可能的人就来跟长老爷爷确认，只是每次都失望而归，没想到不知不觉已经过去一个月了。

"长老爷爷，那个人是不是花国传说中南医北巫中的一位——北巫女花纱。"我扬起自信的笑说道。

花智长老本不以为意的表情突得一僵，随即扬起了满意的笑容。

我两眼亮晶晶地盯着他，兴奋地等着答案的公布："长老爷爷，快说，对不对？"

"哈哈哈，小丫头，果然很聪明，你是怎么想到的呀？"

"太好了。"我开心地猛点头，掩饰不住喜悦。就算长老爷爷不问，我肯定也要解说我的推理，毕竟这么高兴的事情，当然要跟爷爷分享。

我拿出那根白色的根须："我一直在想，这个到底是什么？树根还是药材？我一直都猜不到这个是什么东西。直到有一天，我在《本草大纲》上终于找到了与这个很像的白色根须，它是桔梗的根须。因为我们一般只看到桔梗花，却很少留意桔梗的白色根须，它其实是一味药材。"

"知道它是桔梗的根须后，我还是猜不到究竟它跟人有什么关系，又去翻了桔梗的资料，才知道它还被叫为铃铛花，有绝望跟永恒的双面意思，是花国的巫女花。然后我又想到那条紫色长带，那正是花巫女用来遮眼睛的丝带。花国的巫女在起舞的时候，都会用丝带遮着眼睛，因为据说她们可以游离于两个世界，蒙眼后的幻境和睁眼后的现实。还有19，那应该指的是19年吧。根据前面的两个提示猜到花纱后，我就算了下，巫女花纱正好失踪了整整19年。"

我一口气解说出我推理的过程。

"哈哈哈……不错，不错。"花智长老满意地点头，"桔梗根须猜出来后，离正确答案就接近50%了。我一直以为你会先猜到这条紫色丝带，因为毕

竟这个巫女的象征太明显了嘛，哈哈哈……"

"长老爷爷，您就是故意的。"我撇撇嘴，"花巫大人失踪那么多年，我那时候根本还没记事，怎么可能知道这条紫色丝带是她专属的眼带。"

"哈哈哈哈，是吗？"花智长老只是打哈哈。

"我猜到了，长老爷爷您不准耍赖，您答应提早给我晋级花使名额的哦，不要忘记。"

"爷爷当然是说到做到了。"花智长老从口袋掏啊掏，掏出一个金色信封，"看，这是考试内容。"

我开心地一把接过，马上打开来看："考试内容：寻找失踪19年的女巫花纱，地点：人间，期限：1年。"

"长老爷爷，您让我去找花纱呀？"

"嗯，这个就是你这次花使晋级考试的题目，去人间历练，并且寻找到花纱，愿意不？"

"愿意，愿意。"我连连点头。

找个人有什么难的，期限1年？1个星期都不用吧，只要去人间问问那边的花精就知道巫女的下落了。

长老爷爷未免对我太好了吧，花使晋级考试的题目居然会这么简单。

只是为什么我觉得长老爷爷嘴角的笑有些阴谋得逞的意味呢？

第一章

美男出浴 01 ● CHAPTER

乙未年，庚辰月，丙寅日，谷雨。

阳光明媚，微风徐徐，正适合我收拾好行李出发去人间。

我背着包袱款款踏上去人间的路。出口是在花国的最北面——"迷之森林"。那里常年雾气缭绕，由于花磁场的影响，没有花国八大长老的许可，给予"花南针"的指引，花妖和花使们基本无法离开花国去人间，自然人类更无法踏入花国半步。

这是自然界本身存在着的伟大定律。

各个族群互不干扰，互不影响，平衡有序地发展。

当然，以上只是说基本情况，不排除例外——比如我们花国神秘的巫女大人。她为什么会离开花国去人间？为什么去了人间后再也没有回来？一切都是谜。

也许……人间很好玩？

我暗自窃喜，托了托身上的背包。等我找到花巫后，一定要拜托她带我在人间玩一圈，吃遍各地美食再回来，哈哈哈……

沿路走来，花国的街市已经越离越远，路两旁的树木也愈发郁郁葱葱，空气中散发着葱木精灵特有的清新味道。

"去，去，走开走开……"突然，一个怯懦的声音从旁边的树林里传来。

我好奇心顿起，偷偷循着声音走去，想看看情况。

很快我就发现一个戴着黑色渔夫帽、穿着深灰色长大褂的男人正趴在一棵直径差不多6米的古红杉上，因为帽子遮住了他鼻子以上的部分，我一时看不清他的长相。再往下看，树下有一只黑色的大乌龟伸着脖子虎视眈眈地瞪着他，不知道是不会爬树，还是在衡量对手的实力，它一直不敢轻举妄动。一人一龟就这么奇怪地僵持着……

我看着那个抱着树干、颤着声音赶乌龟的男人，忍不住吐槽：一个大男人居然会害怕一只乌龟？

"喂，那个……"

还没等我问完要不要帮忙，那男人一看到有人来，像是终于看到救星，马上呼救起来："快，快，帮我把这只可恶的乌龟赶走！"

还真没半点儿大男人自尊受挫的含蓄。我忍不住暗自嘀咕。

"小乌龟，乖，快回家去，不要欺负大男人哦。"我从地上捡起一根树枝，走过去轻轻地驱赶乌龟。

黑色的大龟转着它芝麻大点的眼珠，意兴阑珊地白了我一眼，觉得当着我的面欺负一个大男人好像很没面子似的，慢慢地转身爬走了。

"哇，这是什么龟啊？似乎能听懂我的话，好神奇。"

戴着黑色渔夫帽的男人嗖地从树上滑下来，整了整衣服说："废话。"他的声音终于变得沉稳，却也莫名地让人有些讨厌的感觉。

"我救了你，居然不说声谢谢，真没礼貌。"

我抬起头看着他，男人整整比我高了大半个头，双目漆黑，浓黑的眉毛微皱，配上没什么表情的刚毅脸庞，看上去一副凶神恶煞的坏人样。

"道谢跟对不起一样，说几百遍也没有实际意义。"他嫌弃地说，"看你这个小丫头跟我也算有缘分，寒舍就在附近，送你几样有用的东西。"

"呃？"

"走了。"他不由分说地率先往前走。

我不禁犹豫到底要不要跟上去，万一他是专门骗我这种小花妖的变态怪人怎么办？

看他走到大路，也根本没管我到底有没有跟上，我小心翼翼地迈开步子，保持着一大段安全距离，以便如果他有不轨之心，我好及时逃命。不过，一个连乌龟都怕的男人，我是不是想太多了……

越走我越觉得熟悉，这不是去花国医馆的方向吗？那个男人怎么会走往那边？

"花医别馆"——一块挂在古木上的诡异招牌很快出现在眼前，证实了我的猜测。

我记得医馆里就住着一个怪老头，这个男人什么时候出现在医馆里，怎么没听人说起过？

"花医别馆"顾名思义，里面住着花国的神医，就是与北巫女齐名的那个南医花戟。

传闻花戟医术精湛，是百年难遇的奇才，可惜没有一颗济世悬壶的心，看病随心情。他觉得顺眼的，不管是多穷凶极恶的人都会救活，然而如果他觉得碍眼，那么对不起，不管是多有名有权的人物，都不管他死活。

幸好花国的花民都有自我修复能力，一般不会碰到大的灾难，不然花国八大长老绝对不会放由他这么任性妄为吧。

"磨蹭什么，快进来。"

没想到在我胡思乱想的时候，居然已经到门口了。

"哦。"由于太过好奇，我乖乖地跟着他走了进去。

我还是第一次走进医馆，以前虽然和小伙伴们一起好奇跑来观望多次，却都是在门口徘徊，一直没敢踏进门去。

医馆内并没有传闻的那么恐怖。

曾经听闻怪医老头在房里到处摆满尸体标本，还设有毒药机关，所以谁要是不怕死来偷药，基本是有来无回，只是无端给医馆多添一具尸体标本罢了。这也是为什么我们多次过来却一直没走进来的原因。

馆内都是高高的架子，有的密密麻麻摆放着瓶瓶罐罐，有的全是抽屉，上面写的字估计只有怪医老头能看懂。

与入户门相对的是一扇被藤蔓缠绕的竹门，通往内室，现在门掩着，看不见里面的情形。

男人在架子上拿了几个小瓶，研究了下。

"喂，你确定这里可以随便进，药随便拿？万一怪医老头看到怎么办？"我一脸紧张，虽然暂时没看到什么奇怪的东西，不过既然有那种传闻，就不可能完全是空穴来风。

"怪医老头？"他半眯起眼睛，看上去更加危险了。

"对呀。"我咽了口口水，"这个医馆不是怪医老头的吗？你不会是他新收的徒弟吧？"

"据我所知，他目前并没有收徒的计划。"

"那你是谁啊？"

他突然走近我："谁跟你说这个医馆里住着一个老头？"

"啊？大……大家都这么传的啊。"我居然被他逼近的气势弄得莫名紧张起来。

他嫌弃地白了我一眼，把手里几个白瓷瓶递给我："喏，谢礼。"

我捧在手里，一时难以置信："你确定这些能给我？"

"小丫头，人云亦云，要学会自己亲眼证实，不然都是虚的。"

什么啊？

我回味着他奇怪的话，突然惊讶地张大嘴，瞪着他，难以置信地叫道：

"你就是怪医老……"看着他的模样，"老头"两字我实在没办法说出口。

他挑挑眉，坐到藤椅上，手靠着扶手，撑着头看着我，那顶黑色的渔夫帽却一直没有摘下。

"可是有人明明说在医馆里碰到一个头发苍白的老人，应该不会错的啊，他还说自己是被神医医治好的幸运人。所以花国上下才会传出别馆里的医生是个怪老头的说法。"

他闻言轻咳了声，然后淡定地道："那次正好在实验新药，尝试后出现了副作用。"

"不是吧？"我一脸震惊。

"小丫头，你没病没痛的，跑来这边干吗？"他懒得跟我纠缠变成老头的话题。

"我是要去人间啊，花智长老让我去找……"我赶紧捂住嘴，虽然长老爷爷没有说不能跟人说，不过好像还是不要说的比较好。

他狐疑地看了我一眼："人间？你一只小花妖？刚才说要找什么？"

"哈哈哈……没什么，没什么啦。对了，刚才您在树林里干吗呀？而且怎么会跟一只乌龟纠缠呀？"我赶紧转移话题。

他又咳了声，脸上涌现出可疑的晕红："我去寻找一味药材。"

"然后碰到乌龟了，就被困在树上了？"我好奇地追问。

他白了我一眼："那是玄武。"

我一惊："玄武？传说中的那只神龟玄武？它怎么会在那儿啊？"

"唉？我成花医时的一劫就是玄武。即使现在已经渡过了那一劫，我跟玄武还是互相敌对。"

明显是你怕它怕得要死，我腹诽道。

"哦，怪不得我刚才就觉得它很有灵气。"

"它是不跟你这样的小屁孩一般见识。"怪医花戟摆摆手。

我撇撇嘴，懒得跟他争辩："花神医，既然您就是这里的主人，能不能再多给我几瓶神药呀，我要去人间了，怕到时候遇上什么危险，可以以备不时之需，用来自救。"我双手合十，双眼恳切地望着他。

"小丫头，别得了便宜还卖乖。要不是看在你正巧有幸救了我，我才不会给你那些珍贵药材。"他嫌弃地挥挥手，想让我识趣地离开。

笑话，这么难得的机会，我要是轻易放弃才傻呢。

"您看，上天安排我们这么神奇地相遇，让我这么有幸地帮了您老，这是多大的缘分呀，肯定是为了让您在我去人间的时候能赐予我一些药来帮助这么弱小的我。所以再多给我几瓶药好不好？"

他完全不为所动。

"小气。"我愤愤地嘀咕声。

"小丫头，你说你要去人间？"

"是啊，是啊。"我连连点头，想着他是不是改变心意了。

他站了起来，往藤蔓竹门走去，推开门后，转头看了我一眼，说道："跟我来。"

我赶紧屁颠屁颠地跟上，藤蔓竹门后是条长长的回廊，他一直往前走着，到了一个同样被藤蔓缠绕的小屋外才停住了脚步，推开门……

我从他身后偷偷往里看去。

原来是一个炼药房。

"进来。"

我乖乖地走了进去，迎面扑来一阵怪异的清香，然后我不由自主地晃了下神。

"小丫头，你叫什么名字？"

"我叫花檬。"虽然人家问我，出于礼貌我都会回答，可是这次感觉怪怪的，好像是被什么驱使着回答。

"花智长老为什么会找你？"

"因为我想成为花使，所以想偷偷去观摩花使晋级考试，却被长老爷爷发现了，然后长老爷爷让我玩了个猜谜的游戏后，给了我一个率先参加花使晋级考试的名额。"

"就是去人间？"

"是的。"

"去人间干吗？"

"长老爷爷让我去找失踪了的巫女。"

"嗯，很好。"他满意地点点头，突然伸手弹了下我的额头。

我痛得吸了口气，赶紧双手捂住额头，虽然痛，却感觉整个神志重新变得清明了起来……然后我意识到，自己居然把一切都告诉了他。

"刚才怎么回事呀？为什么我突然觉得不受控制。"

花戟抚了抚下巴，啧啧两声："花智长老糊涂了吧，居然会叫你这么个没心没肺的小丫头去找巫女。"

"我哪里没心没肺了？"

"唉。"他一副没救了的表情摇摇头，"不然刚才怎么会毫无戒心就跟着我进来了，而且乖乖中了我新研发的迷迭香。"

明显是你奸诈如狐，人类才不会像你这么坏。

"为什么你没事？你吃了解药吗？可是我没看到你吃啊？"

"笨丫头，我在研发的时候自然而然会产生部分抗体，这个香只是上次炼香时遗留下来的部分味道，浓度已经稀释得很低，我自然不会有事，不过我还没找人做过实验，你这个丫头正好在，所以带你来试试看已经稀释的香遗留的效果会如何。"

如果只是这么轻的剂量就有这么大威力，那么成品的香使用起来会是怎么样的后果？我缩缩脖子，完全不敢想象。

不对，他这是把我当小白鼠了？

我气得叉腰，使了个念力，浮到与他一般高度，以便不在气势上输给他。

我得想个办法让他帮我保密，要是被花国国民知道，长老爷爷肯定会灭了我吧。

"你……"我抬手想指着他的鼻子，不料一不小心碰到了他的帽子，眼睁睁看着它掉了下来——

世界突然一片寂静。

"哈哈哈……"我爆发出完全不像淑女的狂笑。

花戟的脸色已经一阵青一阵白。

"原来不是老头，是秃头。"我不怀好意地说，谁叫这人这么可恶。

"臭丫头，不想活了是吧？我这是前几天炼药中毒而已。"

"哈哈哈……"

一颗光秃秃的头，配着他那张凶神恶煞的脸，要多好笑有多好笑。

"笑什么笑，去你的人间吧。"他突然一脚踹在我的屁股上。

我一时不防，直直地往药炉扑去，觉得肯定要撞个鼻青脸肿的时候，居然被突然出现的旋涡吸了进去……

"啊！"

还没反应过来是什么情况，我就在一阵天旋地转中被抛了出来——

"咚"的一声，屁股再次开花。

待我揉着屁股，晃着脑袋，晕晕乎乎地站起来定睛一看，面前居然出现了一幅《美男沐浴图》！

清瘦修长的身体，白皙得几近透明的肌肤上分布着点点水珠，晶莹透亮，雾气缭绕中，看上去更加迷人……

我忍不住吞了一口口水，眼睛一眨不眨地盯着对面的人。

美貌少年大概是听到了怪异的响声，转头朝这边看了过来，目光从我身上

扫过,清冷的脸上立即透出一丝阴沉,一双奇异的墨绿色眼睛危险地半眯起来。

视线胶着的瞬间,空气凝固了。

"那……那个,我不是小偷。"我赶紧开口解释,发现喉咙居然干涩不已。

他只是愣了几秒,立马拿起架子上的白色浴袍披上,然后"唰"地拉开透明的玻璃门,快得让身为花妖的我感觉到他刚才身体突然散发的紧绷和抗拒只是错觉。

对,我刚才是隔着玻璃,跌在马桶附近,该死的秃头怪医,肯定是故意的。

我呆呆地站在原地,看到他瞥都没瞥我一眼,从我身边淡然地走过。

莫非……种族有别,他看不见我?可是我都已经是花妖了,明明已经聚形,而刚才由于太突然,我都来不及使用隐形术,他应该看得到我才对啊,而且刚才明明就有视线交接。

我一脸疑惑,目光自然地跟随他的身影。

他已经走到洗脸台附近,打开上面的柜子,拿出黑色手机,快速地按了几个键。

"喂,您好,我要报警,这里是梧桐路287号草摩府,有个色狼夜闯我家浴室。嗯,好,谢谢。"简明扼要地叙述完,美少年干脆利落地挂断了电话。

我几乎想给他鼓鼓掌。

电话那头的接警人员肯定也在怀疑这通电话的真实性,有人报警是像在谈论天气般淡定理性从容的吗?

呃?色狼?在哪儿?

凭我堂堂小花妖的实力,这个浴室除了我和他两个人,没有感觉到其他人的气息呀?

他双臂环胸,靠在浴室门口,面无表情地打量着我。

"色狼？"我看着他，用手指着自己，惊疑地说道。

他还是面无表情。

"我们是不是有什么误会？"我被他看得有些心虚，只得扬起笑脸讨好地说道。

死秃头怪医，回去一定到长老爷爷那里好好地告他一状。

"时间是深夜。"他突然开口说道，声音冷静而沉稳。

"咦？"

是不是答非所问？

他根本没理我，继续陈述道："地点：我家浴室，人物：素不相识，事件：偷窥我洗澡。"

"不是，不是……不是这样的。"

"所以，没有误会。"他确定地总结道。

我竟然一时找不到任何话语反驳。

"我是被人陷害来到这里的，真的。"我已经开始语无伦次了。

他不置可否，只是一动不动地站在那里，似乎怕我逃走，一直堵着门。

我叹口气，很想告诉他，本小姐一介花妖，想要离开谁能拦得住我。

现在这个情形，要解释清楚的确好像有些困难，还是先离开这个是非地好了。

我整了整衣服，托了托行李包，临走前又不甘心地澄清道："小哥，我真的不是色狼，虽然你的身材很棒，我都看到了，可是我没办法对你负责，真的很抱歉……呃……就这样吧。"

我摆摆手，虽然不明白我都解释道歉了，他的那张俊脸为什么更黑了，但也管不了这么多了，我还得去找花巫，还是快点把他弄晕，使用隐形术离开比较好。

花国有规定，不得在人间任意使用法术，更不能在人前使用任何法术，否则会因为违反花国国法被惩罚，据说曾经有人因为违反了这个原则，还去花国

大牢蹲了1年。

所以，帅哥，对不起了，我其实真不忍心对你下手。

我偷偷让肥皂飞到我手里，掂量了下大致的重量，打算用以打昏他的力度掷过去……

"咚！"

清脆的声音响起。

我目瞪口呆地张大了嘴，一个穿着警察制服冲过来的英勇青年率先晕了过去……

随后赶到的大批人马立即齐齐扑上因为躲闪我的飞皂刚刚微微侧了下身的浴袍少年。

"少爷，少爷，您没事吧？刚才警察说我们这有人报警，说有个胆大包天的色狼闯进来了，我先带他们过来您这边看看。" 跟在那群警察后面跑进来一个穿着深色职业西装、剪着板寸头的青年，他四处搜寻他家少爷的身影以及是否有色狼存在。

见到晕倒在门口的警察，他瞬间一脸惊恐地大叫起来："少爷，少爷，您没事吧？快回答我。"

"我……在这里。"

一个气闷的声音从人堆底层咬牙切齿地响起。

"呃？"板寸头青年困惑地望向门口。

"快起来，我们少爷在下面。"随后跟着走进来的是一个身着黑色正装的银发老头，他神情紧张地怒吼道，"你们警察是怎么办事的！"

警察叔叔们狐疑地互相看看，不情不愿地相继起来，被压在地上的浴袍少年终于获得了自由，撑着地打算站起来。

"少爷，少爷，听说宅里闯进了一个胆大包天的色狼，在哪里？看我不扒了他的皮给二哈们炖汤喝，啊——"

一个系着白色围裙的中年大妈风风火火地跑进来，手里还拿着锅铲，因为赶得太急，没注意到门口躺着的警察，被生生绊了一脚，直直往浴袍少年扑去……

所有人不自觉地撇开头，不忍看接下来的画面。

我也忍不住抬起手想挡住眼睛。

咦？

浴袍少年什么时候已经站起来，还伸手扶住了围裙大妈？

我不敢相信地揉了揉眼睛。这速度快得都赶上我们花国的移形术了吧，人类居然也能办到？

"谢谢少爷。"站稳的围裙大妈挥着她的锅铲，不好意思地笑着道谢。

"请问，是您报的警？"其中一个领队模样的警察正了正神色，轻咳了一声掩饰刚才的尴尬，朝浴袍少年开口问道。

"嗯。"

"然后，她……不会就是您口中说的色狼吧？"领队警察指着我问道。

"嗯。"浴袍少年口气淡淡地应道，流露出那种"不然还能有谁"的犀利眼神。

我明显看到警察叔叔们的脸上露出了难以置信的惊异神色。

"那个……"我扬起一个礼貌的笑容，朝警察叔叔摆摆手，"这只是误会，我这么纯洁善良可爱的小姑娘，怎么可能是色狼嘛，对不对？"

领队警察若有所思，估计觉得我说得有道理。

浴袍少年面无表情，墨绿色的眸子中却多了一抹嫌弃之色。

"少爷？"银发老者已经站到他身旁，等待他的指示。

"我不想再看到她。"他淡淡地低语。

银发老头立马朝警察喊道："还不快把这个女色狼带走。"

"喂，喂……我都说了我不是色狼，是误会，误会。"

　　然而，领队警察也不好违背报警人的意愿，不管是不是色狼，至少先带回局里好好审查准没错，于是他朝其他警察点点头。

　　一大群警察瞬间齐刷刷往我这边走来，我不自觉地往后退。

　　"误会，真的是误会……"

　　这样下去可不妙！

　　我还得在人间找花巫，万一现在去警察局，闹出什么事情可不好。

　　转眼，两个警察已经把退无可退的我一左一右架住，往外面拖走……

　　我忍不住看向那个双臂环胸，好整以暇地看着我被拖走的可恶浴袍少年以及他身旁站着的板寸头青年、银发老者和围裙大妈。

　　我咬了咬唇，这个时候使用隐蔽的秘法术，长老爷爷应该会原谅我吧。

　　反正刚到人间，人生地不熟，干脆先留在这里好了。虽然那个浴袍少年看上去就让人很想揍他一顿，居然冤枉这么纯洁善良的我是色狼，但也别无他法。一定是花戟那家伙选的地方有问题，所以这人才会跟花戟一样惹人讨厌。

　　被架着走的我省了自己走路，正好方便我安心默念心法。设定就是草摩家的远房表妹好了。我撇撇嘴，实在不情愿成为那个讨厌鬼的妹妹，可是更不想成为他的仆人。

　　"以花之名，月神为证，请暂时赐我草摩花檬之名，作为草摩家成员暂居草摩府1年。散！"我低喝道。

　　已经被拖到大门口的我紧张地等待着……

　　领队警察扶着被砸晕的小警察跟在后面，正打算与草摩府的人道别，说有什么情况再电话联系。

　　"等，等一下——"围裙大妈尖叫着跑过来，用锅铲拍开架住我的两个警察，挡在我前面大声说道，"她，她其实是我们家小姐！"

　　"小姐？"警察们惊讶得面面相觑。

　　"啊，对对，刚才一时没想起来，老爷提起过，夫人舅姥爷那边的小孙女

要来这里借住一段时间，瞧我老糊涂了，一时没想起小姐的样子。"银发老者不好意思地拍了下脑袋，一副恍然大悟的样子。

"对啊，对啊，老爷好像还给我们看过照片，我们一直以为小姐会先通知我们去接的，没想到她自己先跑来了，估计我们少爷一时也没想到，才会以为是色……啊，是坏人闯进来，所以才报了警。"深色正装的青年也立马赔笑解释道。

"所以，一切都只是误会，误会。"银发老者笑着接下去说道。

领队警察一副被雷劈的模样瞪着三个人，又瞥了眼远远站在内室门口双臂环胸斜靠在门旁一直冷眼旁观的浴袍少年，怒气开始狂飙："混账！你们以为警察都是吃饱了闲得没事做，随传随到陪小孩子玩过家家呢！你们一个个多大了，报警是好玩的事嘛，你们这边玩笑般报警，万一与此同时正好有真正的歹徒犯案，而警力都被你们浪费了，造成无法挽回的损失，你们说危害会有多大！学校没教过你们，随意报警的行为是浪费警力，浪费国家资源，更是违反《治安管理处罚法》的规定，涉嫌扰乱单位秩序，依法要给予治安行政处罚的，懂不懂？"

"对不起，对不起。"板寸头青年连连鞠躬，不自在地挠着头，虚心地接受批评。

银发老者也诚恳地表示歉意："我们以后一定注意。"

"就说我这么纯洁可爱的小女孩怎么可能是色狼嘛。谁叫你们要相信我的笨蛋白痴哥哥。"我澄清的同时，不忘顺便诋毁下那个可恶的浴袍少年。

"小姐。"围裙大妈不赞同地提醒我，"现在警察们还在气头上，万一真的以违反《治安管理处罚法》的规定给予处罚，罚钱是小，要是留下案底，要怎么跟老爷交代。"

我吐吐舌头，从围裙大妈背后往内室门口望去，浴袍少年依然站在那里，眉心却微微隆起，一脸深思的表情。似乎察觉到我的视线，他也转头将目光直

直地投了过来，几乎要直透人心。

我莫名地一阵心虚。

为什么我竟觉得他并没有被我植入设定记忆？

"你是在嘲笑我们警察的观察能力吗？"

领队的警察口气不善地瞪着我，让我瞬间从思绪中抽回，急忙收敛心神。

"没有，没有，警察叔叔，都是我的错。"我赶紧赔笑，还举手敬了个礼，"我一定记住教训，保证不再让哥哥乱报警，我发誓。"反正都是可恶浴袍男的错。

"警官，您看，少爷他不是故意的，小姐也道歉了，我相信他们会吸取这次教训，以后报警肯定会更加谨慎。念在初犯，您看能不能别惩罚他们了？"银发老者赶紧为我们说好话。接着又上前一步，附在领队警察耳边轻声道："我们老爷最近会去你们陈局那边拜访，到时候一定会当面道歉，当然也会对警官您敬业职守、时刻为民的行为好好做一番说明的。"

领队警察不自然地轻咳了声，正了正神色道："念在你们年少无知，这次就口头警告下吧。下次若再犯，决不轻饶，听到没？"

"是，我保证。"我赶紧笑吟吟地拍胸脯保证。

领队警察又看向内室的浴袍少年，只见他已经转身往房内走去。

领队警察的神色一变，却又不能做得太过分，只能又狠狠地瞪了我们几个一眼。

"收队！"

……

"呼——"板寸头青年拍着胸口长舒了口气，"幸好都走了。"

围裙大妈收回目光，想要接过我背上看上去很重的包："小姐，您什么时候到的？您看您不先打个电话来通知下，好让小吴早点去车站接您，不然也不会闹这一出了。"

"好了，都别说了，小姐估计也累坏了，我先带小姐去二楼客房，张妈你快去准备晚餐，这个点，少爷估计要饿坏了。"银发老者下起了命令，"小吴，你出去给小姐买点洗漱用品。"

"好咧！"板寸头青年小吴领命，风一般跑了出去。

张妈一拍锅铲："坏了！瞧我一时担心少爷的安危，都忘了厨房还在煲汤。"说完她风风火火地往厨房冲。

很快，还没等我跟银发老者有所反应，她又"咚咚"跑了回来，我们正莫名其妙，张妈傻笑了一声："忘记把包留下了。"然后她不由分说地把我的背包塞进银发老者的怀里，接着又一阵风般跑了。

"哈哈哈哈……张妈好好玩。"我忍不住哈哈大笑起来。

银发老者满是褶皱的脸上莫名地多了丝不自在的潮红。

我虽然觉得奇怪，却并没有多余的时间深思，因为我所有的心思此刻都被这座大宅吸引了。

刚才从浴室出来因为专心默念心法，我都没仔细观察四周。

此刻，银发老者带着我去客房，我才惊奇地发现，这所宅子居然有些类似我们花国的构造，外设户院，内设走廊回院，院内栽满名贵的花木，郁郁葱葱，生机勃勃。

我的客房在二楼，回廊的北侧有红木制成的楼梯，我随银发老者拾阶而上，两旁开得正盛的樱花无风自落，落英缤纷，美不胜收。

我伸手接了几瓣，趁银发老者在前面带路没注意，坏心眼地将花瓣弹向一棵树上正抱着酒壶酣睡的小花精。只见它毫无防备地被"暗器"弹了下去……眼见着要跟大地来个亲密拥抱，它瞬间清醒，惊慌失措地拼命煽动那双透明的羽翼，总算安然落地。

那小酒鬼花精根本没发现是我使的坏，立马检查它的酒壶有没有摔坏，然后才拍着胸脯，抚慰它的小心脏。

我暗暗好笑："真是个笨蛋小酒鬼。"

"啊？小姐您说什么？"银发老者以为我在跟他说话，转头亲切地问道。

我赶紧收敛坏笑："我……我是想问您，要怎么称呼您？"

"哦，哦，呵呵，都忘记跟您自我介绍了，我是这座草摩府的管家，姓陆，少爷平时都叫我一声陆伯，小姐不介意的话，也可以跟着这么叫。"银发老者笑着说道。

"陆伯。"我赶紧乖巧地叫道。

陆伯显然很开心，又继续解说道："刚才那个年轻的有点鲁莽的小伙子叫小吴，是草摩家的司机，还有刚才那个风风火火的妇人是草摩家的厨娘张妈，他们人都蛮好的，小姐以后有什么事情都可以找我或者他们两个。"

"嗯，好的。"

陆伯突然停住脚步，我还以为到了我的房间，却听他侧头笑着解释道："这就是少爷的房间。"

"哦。"

然后呢？

我一脸茫然地听着，难道是要我去敲门再有礼地打声招呼？

陆伯却已经自己抬手轻敲了几下门："少爷，晚饭等会儿给您送到房间，还是您自己下楼去餐厅吃？"

静默了一会儿，房内传来那个讨厌鬼独有的淡然噪音："送上来吧。"

"好的。"陆伯顿了下，又接着说道，"那我现在先带小姐去樱阁，等会儿就给您送餐。"

房内一片寂静。

我撇撇嘴，真是个没礼貌的臭小子。

"我们少爷从小体质就弱，季节转换或者气候不好的时候，就很容易生病。"陆伯带着我继续走，似乎怕我有被怠慢的想法，慈祥地解释，"所以少

爷的性子比较寡淡一点儿，小姐不要介意。"

"没事，没事。"我连连笑着摆摆手，"我早就听我爷爷提起过，草摩少爷因为身体原因所以喜欢清静。"

"小姐真是善解人意。"陆伯欣慰地夸奖我。

我暗暗吐吐舌头。请原谅我的信口雌黄吧。

"小姐，到了。"

陆伯在离讨厌鬼两个房间之远的一处房门口停下了脚步。

我从他身后探头好奇地打量了下，门侧的金属牌上用正楷镌刻着"樱阁"两字。

陆伯从金属牌上摸索了会儿，似乎拿了个什么东西，退开一步，把东西递到我面前："小姐，这是房间的钥匙，您收好。"

"咦？陆伯，刚才您是不是从金属牌背后的槽道里拿的？"

"是的，小姐。"陆伯解释道，"因为客房虽然平时很少有人住，不过老爷规定需要每天打扫整理，所以我跟张妈都会轮流来清扫，为了进出方便，我们习惯将钥匙放在门牌背面。"

我伸手接过钥匙，试探地问："草摩府的规矩是不是很多呀？"

"呵呵……瞧我笨嘴说的话，小姐可别多想。很多时候，草摩府就少爷和我还有张妈、小吴四个人住，一般只要不打扰少爷，其他都没什么关系。"

"那个……咳，哥哥的父母呢？"叫讨厌鬼哥哥实在有点别扭，我不自然地降低了几个音。

"老爷公司事务比较繁忙，一般都住在公司附近的公寓，只有在重要的节日才会回来。"陆伯似乎不想多说，转移了话题，"小姐，晚饭您是跟少爷一样在房间里用餐，还是去餐厅？"

"送到房里吧。"

我还没吃过人间的食物，到时候出了糗岂不是会露馅？

　　"好的，小姐，那您先进屋休息，有什么吩咐可以打床头的内线电话。"陆伯说完，有礼地躬身退开了。

　　我笑着朝他挥挥手，开心地拿着钥匙开门进屋。

第二章

花妖被犬欺 02 • CHAPTER

　　临院的窗户半开着，月光倾泻进来，樱花如雪般飘落满桌，还有一群抱着小酒壶呼噜呼噜睡得正香的酒鬼小花精。

　　我没有开灯，将背包扔在床上，蹑手蹑脚地走向那张靠窗的书桌。

　　正是樱花盛开的季节，每年的这个时候，樱花酒甘甜香浓到了极致，一年一度的樱花节不仅是人类的浪漫节日，更是樱花精灵们的狂欢节，小花精们自然不会错过这个时机。

　　"好喝……"

　　突如其来的叫声吓了我一跳，还以为被它们发现了。

　　原来是一只小花精似乎做了好梦，抱着酒壶翻了个身，嘴里还说着呓语。

　　我偷偷做了个结界，将窗户包围，以防它们溜走。

　　我的魔手已经伸向其中一只四仰八叉亮着大肚皮的小花精，不巧，旁边的一只突然迷蒙地睁开眼睛眨了眨，然后受惊猛地跳了起来："快逃，快逃，房间里有人来了！"

　　只见刚刚东倒西歪的一群花精迅速起身，虽然酒醉未醒，却抱着小酒壶，扑扑地拼命扇动着翅膀，本能地往窗口飞去……

　　"砰""砰""砰"……

　　我坐在椅子上，双手撑着下巴，好整以暇地看着小笨花精们可怜兮兮的下场。本来那群家伙就犯酒晕，现在更是晕乎乎的，站起来都摇摇晃晃的。

　　"呜……好痛……"一只小花精可怜兮兮地抚着额头抱怨。

　　我坏笑着用拇指跟食指捏住它的围领将它提起来。

　　"啊！放开我，救命啊！"

　　其他几只倒吸一口凉气，刚刚还迷迷糊糊的，现在瞬间清醒过来，瑟缩地抱成了一团。

　　"你们好大胆呀，居然敢闯进人类的居所？"

　　我手上那只原本还在拼命挣扎的小花精瞬间一愣，怯怯地抬起头看向我："您是……花妖大人？"

　　"花妖大人？"其他抱成一团的几只小花精窃窃私语，惊疑地看着我。

　　"算你们有眼力。"

　　"花妖大人，您怎么到这里来了？"

　　我嫌弃地晃了晃那只小花精："是我先问你们的。"

　　"别摇别摇，我说我说。"那只小花精可怜兮兮地求情，"我们是居住在草摩北院里那片樱花树上的小花精，因为枝丫正巧延伸到了这个房间的窗户边，而且我们看平时都没有人过来，所以慢慢地，这里就成了我们的聚集地。"

　　"对啊，而且就算有人进来，也看不到我们。"围抱成一团的其中一只接着说道。

　　"是不是太久没被花国使者鞭笞，连花国基本的八项规定都忘光了？错了还不认错，因为人类看不到你们，就可以随意闯入人类的领地吗？"我露出阴森森的表情。

　　被我提在手上的小花精赶紧瑟缩地求饶："花妖大人，我们知错了，下次再也不敢了。"

　　"您不会就是这次来的使者吧？可是一般来巡检的不都是花使吗，怎么现

在花妖等级的也可以来了？"另一只小花精低声插嘴，越问越像在自言自语。

我瞪了它一眼："我很快就会成为花使的。"

小花精吓得赶紧缩了缩脖子，不敢再多言。

我晃了晃手中的这只小花精："喂，问你们一件正事。"

"花妖大人，您尽管问，我们要是知道的，一定知无不言。"

"嗯，嗯。"围成一圈的小花精们赶紧附和。

"那个，我想问下，你们知不知道花巫大人在哪里？"

"花国的巫女大人？"手上那只小花精瞬间好奇地瞪大了眼睛。

我点点头："是的。"

抱成一团的小花精们终于决定不再演苦情戏，陆续围到我手边来："花巫大人来人间了吗？"

"花巫大人是不是长得很像仙人呀？"

"花巫大人肯定很强大，翻手为云、覆手为雨吧？"

小花精们居然七嘴八舌地议论起来。

"喂，喂，是我在问你们好吗？你们有谁见过花巫大人？"

我好想抚额长叹。

"没有。"小花精们异口同声道。

"不对啊，花巫大人在人间的话，你们应该能感觉到她的气息才对。"我有些疑惑。

"笃笃笃……"

敲门声不合时宜地响起。

小花精们再次手忙脚乱，本能地往窗外冲……

"砰""砰""砰"……

清脆的撞击声再次传来。

我摇摇头，撤了结界："你们先回去，明早我再去院里找你们。"

"哦，哦，好的。"小花精们朝我挥挥手，抱着它们的小酒壶，一只只往外飞去。

"还有我，还有我，花妖大人快放开我。"

我白了手里的小花精一眼，送它到窗口："小花精，你编号多少？"

"我是樱七。"

我满意地点点头，将它送到樱花枝丫上："明天别喝多了，花巫大人的事情我还要问你们。"

"嘿嘿，花妖大人放心。"小花精樱七扇动它的翅膀，打算飞向同伴。

"笃笃笃……"门外再次响起敲门声。

我朝小花精挥挥手，打算转身去开门，然而不经意间视线落在斜对面，全身瞬间不自觉地紧绷起来。

在一楼回廊处，借着灯光，我可以清晰地看到已经换上休闲运动衫的讨厌鬼正背手而立直直地望着我这边，有种洞悉了一切的感觉。

我一时竟有些手足无措。

"小姐，您在房里吗？"陆伯的声音自门外传来，也许是看我许久没反应，听上去有些担心。

"啊，啊，来了来了。"我赶紧起身离开窗口去开门。

"小姐，您怎么不开灯，是不知道灯的开关在哪儿吗？"陆伯疑惑地问道，抬起手将门口的电源开关打开。

"哈哈哈，刚才想睡觉了，所以忘记开了。"我赶紧笑着打哈哈。

"我还以为您跟少爷一样也不在房里。"

"嗯？哥哥他不在？"我若有所思地问道。

"是啊，刚才打内线电话来跟我说要去书房用餐。"陆伯走向窗口，"我把餐盘放在您桌子上，您先快点用餐吧，今天有点晚了，肯定饿坏了吧。"

"谢谢陆伯。"

　　"小姐客气了。那我先走了，有事记得打床头的内线电话啊。"陆伯不放心地又嘱咐了一遍。

　　"好。"我想了想，忍不住又问道，"陆伯，书房在哪里呀？"

　　"您说少爷待的那个书房吗？喏，就在你窗户对面。"陆伯已经走到门边，抬手指了指窗外，"小姐如果要去的话，记得保持安静啊。"

　　"好的好的。"我笑着目送陆伯离开，然后快速走向窗口，躲在窗帘后面小心翼翼地探头往外看，对面回廊上早已经空无一人，仿佛刚才看到的景象是我的错觉一般。

　　"刚才房间这么暗，常人应该看不见这边，就算看到，肯定也看不清这边发生的事情。"我喃喃自语，找了个合理的解释安抚自己。

　　我终于有心思看向陆伯拿来的食物，看上去好好吃。嘿嘿，还是先填饱肚子比较重要，其他的明天再烦恼吧！

　　清晨，阳光很好，透过微微飘动的窗帘像个调皮的孩子般不停地在我的脸上跳跃。

　　我挥挥手，不情不愿地翻了个身想继续睡，迷迷糊糊中听到有人在喊"花妖大人，花妖大人"，我睡眼蒙眬地睁开一只眼睛，发现编号樱七的小花精像小苍蝇似的正东躲西藏地躲避我的魔爪，嘴里不停地叫唤着我。

　　"樱七，一大早上来吵我干吗？我不是说晚点会去院子里找你们吗？"

　　"今天轮到我们樱花组出去做任务，等会儿我们都得到附近的林子里去，怕你到时找不到我们，所以花精们委派我过来跟您说一下。"樱七可怜兮兮地解释道。

　　我伸了一个懒腰："知道了，我等会儿去林子里找你们。"

　　"那我先走了，花妖大人再见。"

　　我挥挥手，倒头想睡个回笼觉。

"小姐，您起床了吗？"这时门外突然响起了陆伯的声音。

我一惊，差点儿从床上掉下去："嗯……正……正要起床。"

陆伯不会一直贴着门听里面的动静吧？我刚醒，他就敲门了。

"小姐，方便的话把昨天的餐盘拿给我吧。"

"哦。"我开了门，将餐盘递过去，忍不住又打了个哈欠，"陆伯，你好早啊。"

"呵呵呵……这么多年习惯了。"陆伯笑着有礼地接过，"小姐，今天吃西餐，您如果有特别想吃的可以告诉我，我让张妈去准备。"

西餐是什么玩意？大早上的不吃早餐吗？我一肚子疑惑，不过不敢瞎问，怕到时候圆不过来："我随意好了。"

"好的，那小姐洗漱好了就下来吧。"

我笑着点头，顺手关门。

"唉——"我忍不住长长地叹了口气，认命地穿衣洗漱，看来回笼觉注定要泡汤了。

沿着昨天陆伯带我过来的路，我往前走，路过讨厌鬼的房门口时，忍不住瞪了几眼。

下了楼，我推开客厅的门朝花园望去。此时正是樱花盛开的时节，粉嫩的樱花花瓣铺满了地面，树叶上的露珠闪着晶莹的光泽，柔软的阳光一层一层透过枝丫照射下来，美不胜收。

陆伯正在园子里浇花，看到我，马上热情地说道："小姐，餐厅往前走右拐就到了。"

"好的，谢谢陆伯。"

我照着陆伯的话，很快找到了餐厅，推门进去——长方形的餐桌对面，穿着白色休闲衬衫的少年正优雅地喝着奶白的液体，阳光透过玻璃窗照在他白皙的肌肤上，竟闪着一种恍若天使的光芒。

我竟然有一瞬间看呆了。

"小姐，您要喝牛奶还是豆浆？"张妈从厨房出来，笑眯眯地问道。

"嗯，我跟哥哥一样好了。"看他的样子好像很好喝，自己也想尝尝。

"好的，我给您去热下。"

我坐到他对面，有样学样地一手拿刀一手拿叉，对着盘中的荷包蛋下手……从来没有用过，感觉切起来很费劲，我偷偷地瞥了眼讨厌鬼，见他一直盯着平板电脑，于是直接叉起荷包蛋，低头啃起来，嫩黄的蛋汁顺着嘴角往下流……

等我把整个荷包蛋塞进嘴里再抬头时，看到讨厌鬼居然正看着我，一脸的嫌弃。

我可怜兮兮地指指在他那边的纸巾盒，让他递过来。

他假装没看见，继续低头看着他的平板电脑。

我满嘴的蛋汁，不敢乱动，很担心滴得到处都是，但是那个讨厌鬼居然见死不救。

"小姐，您的牛奶。"张妈正巧拿着牛奶杯出来。

我像看到救星般，双眼冒星星，含糊地说："张妈，快帮我拿张纸巾。"

"哦，哦。"张妈不明所以，马上拿过来给我。

我擦拭干净嘴角的污渍，撇撇嘴，瞪了一眼讨厌鬼。

本花妖找到花巫大人马上就走，暂居你家是你的荣幸好吗？哼。

我拿起杯子，愤愤地喝了一口牛奶……

"噗——"

一口奶以喷雾状直直喷向对面的讨厌鬼——

时间仿佛静止了一般。

我慌忙低头捂住嘴巴。

讨厌鬼忍不住皱起了眉头，我以为他肯定要爆发大骂我一顿，忐忑不安地

不知道接下来该怎么办。

张妈已经惊呼着拿着餐布想帮他擦干净。

"张妈，别擦了，我上楼去洗澡，换身衣服就好。"他又看了我一眼，拿着平板电脑转身离开了。

我这才松了口气，暗暗吐了吐舌头。

张妈转过头，有些不悦地看向我。

"我发誓，我不是故意的。"我马上向张妈解释，"主要是这个牛奶好难喝，有一股怪味。"

张妈疑惑地问道："小姐，您以前没有喝过吗？牛奶是现在很多人用来补充营养的食物，应该都会喝的呀。"

"呵呵呵……"我干笑着，赶紧想着合理的理由，"我……我从小对牛奶过敏，对，过敏。"

"啊，小姐，都是我的错，应该早点问你的，您还有其他不能吃的东西吗？跟张妈讲，或者有特别喜欢吃的，也可以跟张妈讲。"

我一下子不好意思起来，感觉欺骗这么善良的人有种深深的罪恶感："谢谢张妈。"

"我们小觐少爷从小身体弱，所以滋补的食材我都想着办法做成好吃的菜肴让他喜欢吃，可惜怎么补都没有把他养得壮壮的，不过比起小时候，现在已经好多了，不会动不动就发烧感冒。"张妈叹了口气，说，"小姐，您能来陪陪少爷真好，他因为这副身体，一直都不怎么出去，也没见有同学、朋友来家里。"

可是，我很快就会离开，而且我觉得讨厌鬼根本不需要人陪。

这些话我只敢在心里偷偷说，脸上还是笑着道："张妈，您放心吧，哥哥肯定有自己的想法。"

"你们同龄人应该话题多。我们老了，无法跟上年轻人的思路了。"

"张妈，我吃饱了，我想去外面的林子玩会儿，午饭前就回来。"我不想欺骗善良的张妈，赶紧吃了几口面包，打算撤了。

"好的，注意安全啊。"

"嗯，嗯。"

挥别张妈，我一溜烟往林子跑，省得路上被陆伯和小吴逮到。

草摩府位于半山腰，门前有条柏油路通往山下，四周都是茂密的树林。往上有一条长长的石阶，估计是通往山顶的亭子。

我环顾了四周一圈，确定没人，立刻飞进对面的林子中。

"樱七，小樱七，你们在哪里？"我用妖精的声波在林中传话。

"花妖大人。"樱七很快回应了我，"这边，这边，往沁心亭这边。"

我一落地，发现满亭子都是好奇地盯着我看的小妖精们。

"它们是林间的小树精，听说花妖大人来人间，都想来看下。"樱七不好意思地挠头解释。

我撇撇嘴，不过想着妖精多力量大，可以顺便一起问："你们有谁知道花巫大人的消息吗？"

小树精跟小花精面面相觑，齐齐摇头。

"都没见过？或者感应到也行？"

他们又齐齐摇头。

"樱七，你有没有帮我问问其他地方的小花精呢？"我知道他们有独特的联络方式。

"他们都不知道花巫大人来到人间的事情。"樱七怕打击我，说得很小声。

"难道花巫大人一来人间就隐去了她的气息？"我心底突然有种不妙的感觉。本来以为只是寻个人有什么难，花国的子民都有各自独特的气息，只要循着本体气息很快就能找到。

只是我来到这里后却一直没有感应到花巫大人的气息。还以为住在人间的

小妖精们肯定有谁知道花巫大人的去向，没想到居然全都不知道。

我满腔的自信被击得支离破碎，情绪瞬间低落起来。

"那个……"一只小树精突然幽幽地举手开口。

我的眼睛瞬间一亮，立即抬起头看向它，见它被我的神色吓得瑟缩了一下，我赶紧轻咳了声，收拾好情绪问道："怎么啦，你是不是想到了什么？"

"我觉得树婆婆有可能会知道，它是我们这里最老的树精。"

"树婆婆？它在哪儿？我马上去找它。"

小树精指了指前面不远处的一棵参天古木："树婆婆现在应该在那里休息。"

"好咧。"一转眼，我已经飞到了古木前。

"树婆婆，树婆婆……"

"叫什么，叫什么，老婆子耳朵好使着呢。"一只上了年纪的树精扑扇着翅膀飞下来，"哟，稀客呀，好好的花妖不待在花国，怎么跑到人间来了。"

"树婆婆，您好像也能晋升树妖了，怎么一直逗留在人间呀？"

"老婆子的事情不用你管，找我有什么事？"

好凶的树精婆婆，不过我还有事情要跟她请教，赶紧扬起笑脸问道："树婆婆，您有没有见过我们花国的花巫大人？"

"花巫？"树婆婆已经席地坐在枯叶上，我也只能跟着蹲下身。

"是啊，她来人间好久了，我想来找她回去呢。"

树婆婆想了很久："那个，不知道说出来对你有没有用，18年前的一个傍晚，漫天的火烧云艳得如神祇降临般壮观，老婆婆我活了这么久还是第一次见，整个草摩宅子被一股无与伦比的奇香包围，那时候我和其他几只现在已经成了树妖的树精正巧在附近，被这异相惊得愣了半天，到现在回想起来，还觉得很震撼。"

18年前？那不是花巫来人间的1年后吗？

"可是就不知道这跟你们花巫大人有没有关系？"树婆婆看着眉头都快打结的我说道。

我托着下巴沉思起来。

时间很吻合，草摩府的不寻常异相……而且花戟跟花巫这么熟，应该不会无缘无故就将我踹到草摩家……

难道，花巫就在草摩家？

"树婆婆，那后来有没有什么奇怪的事情发生呀？"

树婆婆又想了好久，然后摇了摇头："自那之后，草摩府一切如常，并没有什么异样。"

"是吗？"我喃喃自语，思忖着接下来该怎么做。

"你在这里做什么？"

"找树婆婆聊天啊。"我本能地回道，突然想起是从身后传来的男音，我一个激灵，赶紧转身望过去。

只见已经换上蓝色T恤衫和浅灰色牛仔裤的草摩觌正慢慢地朝我走来。

"找树婆婆聊天？"他挑高眉头，有些疑惑地问道。

我心虚地看了眼树下，树精婆婆已经识趣地先离开了："呵呵呵，就是跟大树聊聊天，我在家里老喜欢对着花木自言自语，哥哥不用奇怪，呵呵呵……"

他又若有所思地瞥了我一眼。

"哥哥，你怎么来这里了？"我赶紧岔开话题。

"登山有助于健康。"

"哦。"我没有多想，点了点头。

其实这里根本不是登山的路径，更不可能站在台阶上就看到我这边，然而这个时候，我的心思完全在花巫可能在草摩府的事上。

"那我先回去了。"我朝草摩觌挥挥手。

"我也正打算回去。"他不急不缓地说道。

"哦。"我轻轻应了声。

这家伙好奇怪，不会是发现了什么吧？

我忍不住又瞥了眼那张面无表情的俊脸，好像没什么变化。是我多想了吧，他一个人类怎么可能会发现我的秘密。

我率先走了几步，发现不对，我来的时候是飞过来的，根本不知道往哪边走是对的。

"我知道有条近路，跟我走吧。"草摩觌看我突然停下来，居然心领神会地开口道。

我赶紧退回到他身后。

走了不一会儿，我觉得有些奇怪，虽然是往山下走，可感觉不像是什么近路呀？

"我去那边洗个手。"他突然停步说了一声，然后转向一处山涧小溪。

"哦。"我也懒得多走，"我在这里等你吧。"

他意味深长地看了我一眼，然后头也不回地走了。

我选了棵大树背靠着坐下。还是花国好，到哪里只要一下就到了，不像人类还得一步一步走，这么点路就走得我双脚发麻。

突然，眼前一团黑影闪过，一个不明物体从我头顶的树上掉了下来。

"妈呀，蜂鸟窝！救命啊，哥哥……"

母蜂鸟看到窝掉下来，立马朝我直冲过来，我跳起来，立刻没命似的往草摩觌的方向跑去。

花国臣民有三大天敌——蜜蜂、蜂鸟、蜜狗。它们平时只采蜜，可是一旦碰上修炼成精的小花精，它们就会将其当成美味的食物。我虽然已经晋级成为花妖，可是作为花精时可怕的记忆一直遗留了下来，对这三种动物，还是有种本能的恐惧。

草摩觋看到直冲过来的我，微微侧了下身，一时刹不住车的我直直地往溪水扑去……

草摩觋双臂环胸，冷眼旁观。

我一边吐着嘴里的泥沙，一边努力擦着脸上的水滴："噗，噗，草摩觋，你是故意的。"

他没说话，只是伸手指了指我头上。

我顿时有一股不祥的预感，抬头往他所指的方向看去，只见两只蜂鸟正绕着我转圈……

"呜呜……哥哥，你快点帮我赶走它们，求求你了。快点，快点，呜呜呜……"

草摩觋坏心眼地看着我站在溪水里瑟瑟发抖，好一会儿才出手赶走那两只蜂鸟。

我居然不争气地打了个喷嚏，虽然还没到夏天，山间溪水比较凉，但也不至于让我全身发冷，出现感冒的症状呀。

我跟在草摩觋后面继续往山下走去，身上大半都湿掉了："哥哥，你是不是故意在报复我？"

"你有什么事情是让我需要报复的？"他在前面不急不缓地反问我。

我一阵心虚，浴室事件、早餐事件，好像件件都是被他怨恨的缘由呀。

"哈哈哈……哥哥大人有大量，就算有，肯定也不会放在心上跟我斤斤计较的。"

他回头瞥了我一眼，没再说话。

接下来的几天，据我的观察，草摩府虽然很大，人却很少，目前府中居住的就是厨娘张妈、管家陆伯，还有车夫小吴，以及草摩觋和我，并没有看到其他人进出，更别说花巫大人的踪影。

莫不是他们用了某种我觉察不到的方法把花巫大人软禁起来吧？

此刻，我已经绕了草摩北院大半圈，并没有发现特别之处。这里相对来说比较偏僻，靠近北边，区别于正庭的繁华，别有一种宁静和清雅，院里高耸的银杏与低矮的枫树相间，这个季节树叶还是浓郁的绿色，相信到了秋天这里肯定美得令人炫目。

我有些纠结，虽然很希望能看到秋日美景，却更希望早日找到花巫大人，回去向长老爷爷复命，然后正式成为花使。

想象着美好的未来，我忍不住扬起一个傻傻的笑容。

"那是什么？"我自言自语地喃喃道。

前面有一处围墙，上面布满了郁郁葱葱的常春藤，不仔细看的话根本没法察觉上面居然开了一扇门。

我小心查看了一圈，打算用穿透术直接进去看个究竟。

"这是为了工作，长老爷爷肯定会允许的。"我深吸一口气，一鼓作气往前冲去——

"砰！"

清脆的撞击声响起。

"嘶，好痛……"我抚着额头，感觉眼前有无数星星在绕圈。

"不会吧，难道来了人间，我的法术也会减弱，穿透术居然失败了？"我龇牙咧嘴地低语道。

刚才撞击力太大，差点儿把我撞晕过去。

我不甘心地伸手去推那扇门，门没有上锁，"吱呀"一声开了。

我小心翼翼地探头往里面看去——居然又是一个小院落。

我忍不住又四周观察了下，确定没其他人才做贼似的慢慢跨进了这个奇怪的小院落。一条石子铺成的小路蜿蜒通向正门，路两旁长满了嫩绿的酢浆草，这个季节开满了淡紫色的小花，有种绒绒的美感。

"嗷哼，嗷！"

听到某种动物发出的低沉的警戒声，我忍不住大吃一惊。

"谁……谁？给我出来！"我赶紧摆好架势。堂堂花妖会怕它，笑话！

"嗷！"声音越来越清晰了。

我没志气地往门口处挪了挪。

从正门外石砌的栏杆转角处，一只黑色如狮子一般的大狗一步一步踱了出来，凶恶的眼神仿佛能发出绿光，龇着可怕的獠牙，随着喉咙深处发出的闷吼声，口水一滴一滴地往下滴落。

我吓得腿发软，还没回过神，另一只白色的同样巨大的狗凶神恶煞地紧随其后从另一侧的石栏处冲了出来。

"妈呀！"

我大叫一声，没命地往外逃。

虽然本小姐乃堂堂花妖，可是此生最讨厌狗，尤其是这种大型犬……好吧，其实是怕……

我头也不敢回，一直往前院那边冲，总觉得只要稍微慢点，就会被后面那两只恶犬生吞活剥。

还没跑出北院，我一眼看到草摩觌手里拿着一本书站在走廊的前面，他看着我直直往他那边跑，却没有露出一丝惊讶的表情。

"哥，救命！"我已经顾不得其他，眼泪汪汪地像看到了救命稻草般朝他扑去。

他拿书顶住想要靠近的我，一脸嫌弃的神色："跑什么？"

"后面，后面有大狗追我！"我上气不接下气地说着，趁机绕到他身后躲起来。

"哪里？"

我拉着他的衣角，从他身后偷偷往前看——

走廊上空空荡荡的，仿佛一切是我的幻觉。

"刚才明明在后面追着我。"

他只是冷冷地看了我一眼，转身打算离开。

我心有余悸地赶紧跟上他："哥哥，府里是不是养了两只大狗呀？"

他充耳不闻。

"哥，就在那个北院的角落，那边有扇小门，里面有两只大得好像狮子的狗，你知道吗？"我锲而不舍地追问。

没有回应。

"你不知道吗？难道是野狗？"

还是没有回应。

"那下次叫陆伯找人把它们抓起来比较好，省得到时候咬了人，你没看到它们多凶狠，像要吃了我一样。"

他突然停住了脚步，自言自语的我一个没留意，鼻子一下子撞上他的后背。

"啊——"我捂住鼻子，发出一声闷哼。

"那是我父亲养的白丝、黑少，你没事少去招惹它们。"他估计是实在受不了我的碎碎念，终于开口道。

"咦，还有名字呀？"我捂着变红的鼻子，哼哼道。

"你去北院干吗？"

"哎？哈哈哈……只是随便参观参观而已。"我笑着打哈哈。

他懒得再理我，继续往前走去。

我拍着胸口长吁了口气，他突然这么问，害得我一阵心虚……

那天过后的几天里，我一直翻着怎么与狗狗和睦相处的书籍，虽然无比不情愿，但我还是壮着胆子，一次一次地去实验……

有本书上说，狗狗的智商蛮高，有小孩子五六岁的智商，只要表现出自己

的善意，真心想和它们做朋友，有毅力地跟它们沟通，狗狗感受到你的心意，就会慢慢亲近你。

于是，我再次鼓起勇气，推开那扇被常春藤缠绕的小门。

"小白丝，小黑少，你们好呀？我不是坏人哦，你们不要怕，不要叫哦。我们也算是不打不相识，对吧？"

"汪，汪汪汪汪！"

还没踏进酢浆草院，两只大狗狗已经凶恶地吼着朝我冲过来。

"哇，救命啊，不要追我……"

我只好再次上演逃亡戏。

草摩觌此刻正坐在庭院里看着书、喝着红茶，头都没抬，我却似乎看到他的嘴角扬起可疑的弧度……

可恶！居然在一边看我出糗，却不施以援手！实在是太可恶了！

第三章

草摩府果然有秘密 03 • CHAPTER

春末，正午，阳光很好。

我蹲在樱花树下郁闷地画着圈圈。

"花妖大人，您有什么烦心事吗？"樱七估计实在看不过去，抱着它的小酒壶飞到我面前。

我哭丧着脸，不想说话。

"花妖大人？"樱七担心地又叫了我一声。

"唉。"我叹了口气。

"怎么啦？花妖大人，您说给我听听，指不定我们能帮上忙呢。"

"为什么来到人间后会这么不顺？唉——"

"啊？"樱七扑扇着翅膀，一脸疑惑。

"唉。"

"花妖大人，是花巫大人还没有消息吗？"樱七试探着问道。

花巫大人？对，我还要找花巫大人，怎么能被两只可恶的笨狗欺负得失去信心？

"樱七，你知道草摩府北院那边有座可疑的小屋吗？现在被两只狮子犬把守着。"

　　樱七晃着它的小酒壶，想了半天，摇摇头："你没问下那边的小花精、小树精们吗？"

　　我翻了个白眼："这还用你说！怪就怪在那边居然找不到一只妖精，不知道是怎么回事？"

　　"难道集体出任务去了吗？"樱七咕噜咕噜喝了口酒，"我们有时候也会出去一段时间。"

　　"是吗……不像是这么简单。"

　　"花妖大人，您说什么？"

　　"没事，没事。"我摆摆手，"小樱七，你有没有可以对付可恶大凶犬的好方法？"

　　樱七咕噜咕噜又喝了好几口酒，忍不住打了个酒嗝："嗝，酒……好喝……"

　　我受不了地用手戳了戳它西瓜子般大的脸："小酒鬼。"

　　"我，我是说，可以拿樱花酒给它们喝嘛。"它摇晃着脑袋说。

　　"哇！这主意好像不错。等它们喝醉了，我就可以随便进去查看了。"我一抬手想拍拍樱七的小脑袋表示感谢。

　　小樱七立即警觉地跳开一大步，逃离我的魔爪。

　　"小酒鬼身手倒敏捷。"

　　"嘿嘿……"小樱七本来还在傻笑，目光似乎瞥到我身后，赶紧扑扇着翅膀逃走了，"花妖大人，我先走了，拜拜。"

　　我有些疑惑。

　　还没等我回头，张妈担忧的声音自我身后响起："小姐，我看您一个人在这里蹲了好半天，还自言自语的，没事吧？"

　　"哈哈哈，我只是对着树在练习……练习歌词。"我赶紧站起来转过身，一时脚麻，差点儿跌个狗吃屎。

张妈惊呼一声，赶紧扶住我，不赞同地摇头："小姐，您瞧瞧，老蹲着才会这样，下次要练歌的话，跟张妈说，张妈带你去音乐室，那边有好多器材，也可以好好坐着。"

"哦。"我乖乖点头。草摩府是有多大，居然还单独设有音乐室？

"张妈，您在草摩府很久了吗？"

张妈见我很有兴趣的样子，拉着我走到走廊一处低矮的石栏上坐下，开始拉家常："是啊，这么一算，好像都有18年了。那时候小少爷刚刚出生，老太爷跟老夫人正在环球旅行，家里只有老爷跟陆老头两个大老爷们儿，我是被聘来专门照顾小少爷的。"

"我看草摩府这么大，好像就只有哥哥、你、陆伯和小吴住。"

"据说草摩府以前是很热闹的，光整理庭院的仆人就有十几个呢。"张妈得意地说。

"真的假的？"我却满腹疑惑，"那现在只有你们几个，是草摩……啊，叔叔没有那么大的资金维持了吗？"

"没有啊，老爷的生意据说已经越做越大，应该不是钱的问题。"张妈比我更加兴致勃勃。

"哦？"

"说来也奇怪，18年前草摩府突然遣散了府中的仆人，只留下管家，就是那个陆老头。"

"那小吴呢？"

"小吴跟我一样，也是后来才进来的。"

"是吗？"我更加困惑了，"那你们没有问陆伯究竟发生了什么吗？"

"哎哟，你又不是不知道陆老头那个脾气，关于草摩家的事情，他嘴巴严得很。要是我多嘴问多了，还会被他骂一顿，还说我是不是不想在草摩府待了。所以……"张妈无奈地摊摊手，"我也就没敢再问。反正照顾好少爷就是

我们这几个人的使命。"

草摩府果然有秘密！

"那阿姨呢？我是说哥哥的妈妈，我进来后，一直没有见过她，也没听你们提起过。"

"好像是生了小少爷后，经常跟老爷吵架，后来就离家出走了，一直没有回来。"张妈惋惜地叹了口气，"我估摸着夫人生完小少爷后，得了那什么产后忧郁症，那时候老爷公司又忙，也没空细心照顾他们。唉……"

产后忧郁症？那是什么？我心中不解，打算等会儿去查查资料。

"为什么确定是阿姨的问题呢？万一是叔叔那段时间有了外遇……"

"不可能，不可能。"张妈连连摆手，非常肯定地说道，"我们老爷是工作第一的人，这么多年一直很少回家，也都是扑在工作上。要是真的有其他人，夫人都离开18年了，也没见他有续弦的打算。而且，跟你说，我就看到过陆老头曾经讷讷自语，就是因为老爷太爱夫人，所以才会这么痛苦。"

"叔叔……这么痴情！"我突然对那个还未曾见过面的男人产生了一点儿好感。

"是啊。有时候想想，夫人也真是绝情，18年啊，居然忍心对他们这对父子不闻不问。"

"那这么说，哥哥从出生后一直没见过他妈妈呀？"好可怜哦，我忍不住在心里对草摩觊产生了一丝同情。

"是啊，所以少爷性情会有些奇怪，我们也能理解。"

"嗯。"我赞同地点点头。

"好了，张妈要去干活了，小姐您要不要去房间睡个午觉？"

"哦。"

不对啊，我要问的是北院那个小屋的情况，怎么听着草摩府的故事都差点儿忘记了最重要的事情。

"张妈，张妈，等一下。"我赶紧跑着追上去。

"怎么啦，小姐，是不是想要吃点儿什么？"

我喘着气说道："不是不是！张妈，我是想问你，你知道北院那边有个小屋吗？"

张妈努力地回想了下："是不是有两只大凶犬守着的那里？"

"嗯，嗯。"我连连点头，"你知道那里是干什么的吗？"

"我也没进去过。"张妈斟酌着，"我们一进来就被告知那里是禁地，不准任何人进入。我也是有次急着找陆老头，才无意中看到那两只跟藏獒一样凶狠的狗，那瞪人的眼神，像要吃了你似的，害我好几天都做噩梦。小姐，你怎么去了那里？"

"我只是在逛草摩府的时候偶尔发现的，觉得很奇怪，所以想问问你。"我吐吐舌头，瞎掰了个理由。

"哦，小姐，我劝你少去为妙。那里除了陆老头每天去喂食，基本不会有人，万一那两只大凶犬伤了你，可怎么好。"

"放心啦，我会保护自己的啦。谢谢张妈。"

"小姐说的客气话。"张妈一脸感动，"小姐，您要是有什么需要的或想问张妈的，随时可以来找我哦。"

"知道了，张妈最好了。"我扬起一个甜甜的笑容表示感谢。

张妈欣慰地转过身，去厨房忙活了。

我却更加坚定地相信那个北院小屋里肯定有什么秘密。

会不会是花巫大人被囚禁在那儿，所以我才会一直寻不着她的气息？

看来无论如何，我都要进去一次。

"花妖大人，不……不用这么多吧？"

第二天，我在樱七它们那群小花精幽怨不舍的目光下，把它们存储了一整

年的樱花酒全部装罐提走。

"不要这么小气嘛，这也算你们帮我找寻花巫大人的功劳，我完成任务回去后，一定会在长老爷爷跟前夸你们的。"

"好吧……那，那你一定记得要跟长老爷爷说我们的好话呀。"

"嗯，嗯，放心。"我朝它们拍拍胸脯保证，然后头也不回地往大狗那边走去。

"都怪我多嘴。"身后传来樱七不甘的嘟囔声。

我笑着吐吐舌头。

深吸一口气，再次推开那扇越来越觉得绿得诡异的小门，我小心翼翼地往里面挪了一步："小黑少，小白丝，在不在？我又来了。"也许是心虚，我不由自主地东张西望，就怕那两只大恶犬从某个方向冲出来。

"看我给你们带了什么好东西过来？"我晃了晃手中的樱花酒。

虽然小花精们很喜欢喝，可是不能保证那两只大恶犬也会喜欢。我只能一步一步试探地往前边问边走。

没动静！

"咦？难道被抓起来了。"我喃喃自语。

越走越近，我的心却慢慢提到了嗓子眼，总觉得好像不会这么容易。

"嗷，汪！"

黑少以迅雷不及掩耳之势猛地扑倒了我，一口咬住了我的肩膀。白丝不甘示弱，紧接着咬住了我的腿。

"啊！痛！救命啊！"

完了，死定了，这次真的死定了。

手里的樱花酒罐滚了好几圈，滚到了草坪内。

我忍着剧痛，努力凝聚灵力，想通过法力自救。可惜被压着的我，根本无法动弹，而且这里似乎被什么封印了一般，我根本凝聚不起任何灵力。

难道我堂堂花妖要就这么命丧人间英年早逝了……

"呜呜呜，滚开，我还不想死！放开我！"

"小姐！"身后突然传来陆伯的惊呼，"黑少，白丝，快放开！"

陆伯一边呵斥那两只狗，一边赶紧跑过来扶起血迹斑斑的我："小姐，您没事吧？您怎么一个人来这里啊。"

我痛得快晕过去了："陆伯，我是不是快死了。"

"小姐别害怕，我马上带您去找医生。"

我在晕晕乎乎中，被陆伯背在背上一路小跑着往前厅跑，接着似乎又被塞进了一辆黑色的轿车里。张妈惊呼哭喊的声音，陆伯一面骂一面安慰的声音以及草摩觊难得的关切声，这一切都渐渐地越来越远，然后我就失去了意识……

再次醒来，已经是满目的白。

白色的墙，白色的窗帘，白色的床单，还有床前身穿白大褂的男人。

我眨了眨眼，以为自己到了另一个世界："你是天使吗？"

白大褂男人笑起来，露出一口洁白的牙齿："嗯，也可以这么说，不过我觉得形容我旁边的这位护士小姐更贴切些。"

我这才发现旁边还站着一位身穿白色套装的女人。

"护士小姐？天国是这么叫的吗？"我疑惑地问。

"天国？"白大褂男人跟身旁那位被称为护士的女士互相看了一眼，然后哈哈大笑起来，"你只是被狗咬了一口，没那么严重，去天国还早。"

"啊？"我满脸疑惑。

"笨蛋。"一个熟悉淡然的声音传入耳中。

我转过头，发现草摩觊正坐在那里，手里拿着一本书，似乎等在那里无聊，已经翻看了厚厚一叠。

"你怎么在这里？"我奇怪地看着他。

草摩府果然有秘密

"家属陪护。"护士小姐解释道。

"刚才已经给你的伤口进行了紧急清理和包扎，也做了初步检查，除了肩膀跟左脚踝的伤，其他应该没有问题。"白大褂男人尽职地叙述道，"等会儿就来给你注射疫苗。"

"疫苗？"我满脸疑问。

"你被狗咬了后，要注射狂犬疫苗，以防病变。"护士小姐温和地笑着解释道。

"不用了吧，只是咬了两口，不用这么麻烦的。"我一听到要注射疫苗，脑袋就开始发麻。而且花载给了我好多药，到时候吃几颗应该就没事了。

"一定要的，不然说不定会感染上狂犬病。"护士小姐坚定地说。

白大褂男人接着道："狂犬病呢，虽然潜伏期长短不一，一般在3个月以内就会发作。那些患者一开始伤口及其附近会感觉麻、痒、痛，跟蚂蚁咬似的，随后就会出现低热、缺乏食欲、恶心、周身不适等，慢慢地就会极度恐惧水呀、风呀，然后就会出现排尿排便困难，迟缓性瘫痪，眼球运动失调、下颌下坠、口不能闭，最终就会因为呼吸肌麻痹与延髓性麻痹而死亡。"

我目瞪口呆地听着，吓得脸色惨白："这……这么严重！我注射，快，马上给我注射吧！呜呜呜……"

白大褂男人一本正经地点点头，却偷偷向草摩觋的方向眨了一下眼。

我好奇地看着他，又转头看向草摩觋，只见草摩觋掩嘴轻咳了声，顺手又翻了一页手上的书。

我撇撇嘴，不明白他们在搞什么鬼。

"那我们先走了，有什么事，可以按床头的呼叫按钮，护士小姐们随时候命。"白大褂男人叮嘱我，又跟旁边的护士小姐交代了一些话，两人便相继离开了。

房间里突然安静下来，就剩我跟草摩觋两个人。

"那个……哥哥，我口渴。"

总觉得这么沉寂，整个空间都变得好奇怪。

草摩觋起身给我倒了杯水。

过了一会儿，我盯着床头柜上的水果篮说："哥哥，我想吃苹果，削好皮的那种。"

草摩觋瞥了我一眼，放下书，拿起刀开始认真削苹果皮。

……

"哥哥，我又想吃橘子了。"

……

一开始我只是想打破尴尬，可是发现指挥草摩觋做事感觉好好玩，而且他居然没有生气，很有耐心地随我差遣。

也许是因为他家狗造的孽，他想减轻罪恶感才这么配合吧。

"哥哥。"

草摩觋从书本中抬起头，淡然地望向我，又瞥了眼快要见底的水果篮。

我的脸突然莫名地有些燥热，赶紧清清喉咙："我只是想问你，小吴、陆伯跟张妈呢？我迷糊中好像听到了他们的声音。"

"张妈跟陆伯在家，小吴开车送你过来的。"草摩觋嫌弃地看着我，"我已经打电话告知陆伯你没事，不然张妈估计要哭死了。"

"还是张妈最心疼我了。"我一时感动得热泪盈眶。

"叫你没事别去招惹黑少、白丝，它们除了我父亲，谁都不让进去。"

"那你也没进去过吗？那里面有什么你也不知道？"怎么越感觉神秘可疑了呢。

"我没兴趣。"他继续低头看书。

我不由得撇撇嘴。

左脚跟右肩在麻药退去后开始隐隐作痛，无法入睡的我只能转动眼珠东瞧

西看，努力转移注意力。

原来这便是人类的医院，比起花国的医馆更显冰冷。

看着看着，我忍不住将视线偏向了坐在那里安静看书的草摩觇。

怎么会有人类能生得这般绝色！完美的五官，白皙如雪的肌肤，黑色的碎短发刚好垂落在眉宇间，尤其那双独特的眼眸，不仔细看，很难发觉居然是墨绿色的。他穿着简单的白色衬衫、浅色牛仔裤，却透出一股仙气。

……

"你喜欢他？"一个女声突然在我耳边响起。

我一惊，猛得转头，却牵扯到了伤口，一时疼得龇牙咧嘴。

"别乱动，看，伤口又出血了。"

原来是刚才的护士小姐，她拿着药盒进来打算给我注射疫苗，看我一直盯着草摩觇发呆都没发现她，她站在旁边好一会儿才好笑地出声调侃。

草摩觇听到护士小姐说我伤口又裂开的话，立即朝这边瞪过来，眉头不自在地皱了皱。

我忍着痛，示意护士小姐低头。

"你误会了，他是我哥哥。"我附在她耳边低声说。

护士小姐一脸怀疑，又在我耳边轻声道："顾医生说，他这个小学弟一向性格清冷寡淡，这次居然会送一个女生到他这边，还叮嘱他一定要亲自负责，肯定是动心了。"

我忍不住偷看了眼草摩觇，又不自在地轻咳一声，再次重申道："我真是他妹妹，你们误会了。"至少在他心里，我用法力植入的设定便是，我是他的远房表妹。

"好吧。"护士小姐无趣地耸耸肩，将一次性针管包装打开。

我看着那针尖，心一下子凉了半截："不会很痛吧？"

"放心，我肯定一针搞定。"

我无语了半天，什么叫肯定一针搞定？

"好了，稍微侧点儿身，我得把你的裤子褪下来点，好注射。"

"啊？"我的脸瞬间发烫，瞟向草摩觎，只见他假装没听到，专心致志地看书。

护士小姐哪管那么多，扯下我的裤子，用酒精棉球揉了下，针头毫无预兆地直刺而下。

"哇，痛……"我惨叫一声。

"不准看过来！"草摩觎忍不住转头想查看情况，却被我更加凄厉的叫声逼了回去。

护士小姐好笑地看着我，说："好了，你先在床上躺一下，等会儿就能出院了。"

草摩觎出声问道："不需要多住几天吗？她的伤口刚才不是裂开了？"

"只要别乱动，伤口暂时别碰水，等会儿把药配好带回去，自己在家每天换药就可以了。"护士小姐解释完，想了下又道，"医院床铺紧缺，就留给真正需要的人吧。这是顾医生叫我转达的。"

我看到草摩觎的嘴角抽了下，似乎想说什么，但最后只是站起来，说道："我随你去拿药。"

我的屁股一阵一阵发痛，跟黄蜂扎一样……

我沮丧地叹了口气，真是悲惨的人间之旅！还以为能很顺利地完成任务，顺便借机环游下人间，现在这个情况，真担心到时候长老爷爷给的期限到了，我还不一定能找到花巫大人。

草摩觎拿着药走进来，看到我盯着天花板发呆，只得出声提醒："药配好了，我们要回去了。"

"哦。"我左手一撑，艰难地坐起来。

草摩觎已经走到床前，将药递给我，我正想吐槽他虐待病人，他居然弯腰

将我一把抱起。

我吃惊得忍不住惊呼了一声，换来草摩觊嫌弃的一瞪："你能自己走？"

我没骨气地噤了声。

靠在他怀里，闻着他身上好闻的青草气息，我竟有点儿晕乎乎的，忍不住耳根发烫起来。

"怎么了？"他感觉到我在怀中不停地扭动，疑惑地问。

"没……没啊。"我心虚得有些口吃，赶紧转移话题，"那个，刚才护士小姐说你是顾医生的小学弟，那是什么呀？"

草摩觊沉默了一下，估计在思考要不要告诉我，或者怎么跟我解释，然后开口："他以前也是圣云高校的学生，大了我好几届。"

"哦。"我似懂非懂。

"他的父亲是我们家的家庭医生，偶尔他也会跟着过来，所以就相熟了。现在他父亲退休了，基本都由他接手治疗。"

"那他现在也是你们家的家庭医生？"子承父业的意思，这个我知道。

草摩觊摇摇头："这家伙很傲，一般不随意出诊，所以现在基本都是到医院找他。"

"医生果然都是怪人转世。"我点头赞同。

草摩觊又瞥了我一眼，没再说话。

小吴已经在门口等着了，看到我们出来，马上走到后面打开车门："小姐，您受苦了。"

我笑着抬起左手摆了摆："这点儿小伤，没事。"

草摩觊毫不温柔地将我塞了进去，害我撞到没受伤的手肘，忍不住轻哼了一声。

这家伙果然还是个讨厌鬼。

一路沉默着,一直到了草摩府,瞧那讨厌鬼刚才不耐烦的样子,我本来想自己下车走进去。

可是,草摩觋绕了过来,又小心翼翼地将我抱了起来。

他还没走进正厅,张妈已经惊呼着跑了过来:"小姐,您没事了吗?不用住院观察观察吗?"

"没事了,没事了。"看着张妈眼带泪光,我一时有些慌,冲口而出,"张妈,我突然想吃你做的大肉包了。"

"好,好,张妈这就给你去做。"

"陆伯呢?"草摩觋开口问了声。

"哦,陆老头请示了下老爷,现在买了狗链去栓那两只大恶犬了。"

我听着感觉好有罪恶感,要不是我自己去招惹它们,也不会被咬,现在反而所有人都帮我在善后。

"唉,估计黑少、白丝更加怨恨我了。"我靠在草摩觋胸前喃喃自语。

草摩觋低头看了我一眼,没有说话,一直将我抱回我的房间,再把我轻轻放在床上。

他离开前,还是忍不住交代了一声:"药自己放好,到时候有什么需要可以找张妈。"

"哦,知道了。"我点点头。

一直目送他走出房间,顺便带上门,我静心听了好一会儿外面的动静,确定他真的走远了,才忍着痛,小心翼翼地下床,去衣帽间翻出我的背包。

幸好我有先见之明,跟花戟要了好多有用的药。

我拆掉了脚上的纱布,将带来的紫色小药瓶中的药粉倒在伤口上,不出一刻钟,刚才还鲜血淋漓的伤口慢慢愈合,神奇地变成了一条结痂的新鲜伤痕。

"花戟那秃头,果然好厉害。"我啧啧称奇,将肩膀的纱布也拆下来,撒上药粉,等着愈合结痂……

草
摩
府
果
然
有
秘
密

不过为了不让草摩家的人发现可疑之处，我又将那些纱布一圈一圈裹了起来，然后躺回了床上。

"花妖大人，您没事吧？"小樱七和其他小花精从窗户外飞了进来，"听说您被那两只大狗咬了，还看到您被草摩家的人载了出去，我们都很担心您呀。"

"你们看我现在不是好好的吗，不用担心。"我轻弹了下樱七的额头，"就是樱花酒计划还是失败了。"

"我们本来看到花妖大人被咬伤载出去，想去北院观察下那两只大凶犬，可惜只到了那个廊外就被结界挡住，根本进不去。"一只小花精苦恼地说道。

"是啊，我们试了好几次，还是没有办法进去。"小樱七附和道。

"所以我才觉得那里很可疑啊。"我白了它们一眼，"一般的人类怎么懂得设结界？"

"那花妖大人，您还要去吗？"

"当然，指不定那里就藏有花巫大人的线索。"

"可是那两只大凶犬，您不怕吗？"小花精们担心地看着我。

"当然怕。"我一想起之前的情景，就禁不住瑟缩了下。那两只跟狮子一样壮的大犬龇着牙扑到我身上……那种深入骨髓的恐怖记忆，一时半会儿肯定消散不去，况且我一向就讨厌狗。

"所以，你们都回去好好给我想办法。"

"知道了，花妖大人。"小花精们看了我一眼，又相继飞了出去。

我在床上装模作样地躺了一个星期，实在是躺不住了便踮着脚装成一瘸一瘸的下楼，走到院子里透透气。

脚上的纱布条已经从开始的粽子样式变成了现在的豆腐块样式。

我坐在园中的石凳上晒日光浴，空气中是淡淡的樱花香以及清雅的酒香。

这群嗜酒如命的小花精，我把它们一整年的酒都抢光了，估计得趁着现在樱花季抓紧时间赶制新一批储备酒，不然它们这一年都没有樱花酒喝。

"好香！"

突然，一股肉包子的香味从楼梯口处传来。

我赶紧转头看去，只见草摩觌手上端着一个餐盘，上面是刚出炉的热腾腾的诱人的大肉包。这是我来人间吃到的最喜欢的食物，张妈的手艺真不是盖的。白嫩软糯的皮，咬一口，滚烫鲜美的肉汁立即渗了出来，我会不怕烫地猛吸，馅里放了香菇、笋等极鲜的食材，吃起来少了肉的油腻，又鲜又香。

我一溜烟小跑着扑向草摩觌，哪顾得上继续装脚伤。

"哥哥，我在这儿，我在这儿。"

还没等他有所反应，我已经把手伸向餐盘上的包子……

他连忙抬手拍开我的手："洗手去。"

"我的手很干净，你看。"我可怜兮兮地摊开双手。

"洗手去。"他头也不回地往楼上走去。

"知道啦，你等等我。"我快步赶楼上走。

他突然停住了脚步，回头深思地看了我一眼。

我满眼都是他手中餐盘上的肉包子，正想着他突然停下是不是要给我吃了，见他的目光投向我的脚，我心中一凛，本能地立马装脚疼。

"哎哟，哎哟，我的脚好痛，看着肉包子都忘记我的脚有伤了。"明显的"此地无银三百两"的感觉。

草摩觌挑挑眉，一脸高深莫测的表情。

我紧张极了，以为他会揭穿我，他却往下走了两步，一把扶住我。

"慢点儿走。"

"哦。"我乖乖地点头，继续装脚瘸，忍不住偷偷瞟了他一眼，似乎没有什么奇怪，我才暗暗舒了口气。

不知道人类这么点儿伤愈合要多久？

他扶我回到我自己的房间，洗好手后，我马上跑回去，拿起肉包子就开始啃，吃完一个见草摩觋居然还在，我赶紧又不怕烫地拿了好几个，恋恋不舍地道："剩下的你拿走吧。"

草摩觋默然无语，好半晌才道："我帮你换药吧。"

我一下噎住了，一口包子卡在喉咙里上不来下不去，只得拼命捶胸顿足。

草摩觋赶紧从窗户边的桌子上倒了杯水给我："快喝下去。"

我咳嗽了半天，终于捡回了一条命。

"咳咳，我自己换……怎么能麻烦哥哥。"

这几天想着各种借口推脱着张妈要帮我换药的热情，就怕他们看到我已经只剩下淡淡伤痕的伤口会吃惊，送我去医院当研究对象。

草摩觋倒也没有坚持："那些肉包子都是张妈做给你吃的，怕你吃不够，所以多做了，吃不下就放着好了，等一会儿陆伯会来收餐盘。"交代完毕，他便转身离开了。

听他这么一说，我才安心下来，又津津有味地吃了起来，直到肚子鼓得都撑不下了……

餐盘上还剩好几个包子，张妈果然是怕我吃不够，才当喂小猪一样做了这么多。

我双手后撑，半躺在床上，看着那几个还冒着热气的美味大肉包，突然灵机一动，那两只大笨犬会不会也正好喜欢吃呢？

我翻箱倒柜地找出一个袋子，将肉包子小心翼翼地打包好，走到门口，做贼似的左顾右盼了好一会儿，确定草摩觋不在，才一溜烟往北院跑。

站在被常春藤缠绕的小门外，我竟踌躇了起来。那时被黑少猛扑过来咬住的恐怖记忆还在，我似乎高估了自己的承受能力。

我努力深呼吸，平复心底的那抹恐惧。

　　"没事的，陆伯已经把它们锁住了，我只要不靠太近，它们现在伤不到我。"我自言自语地自我安慰。

　　为了花巫大人，为了早日成为花使，豁出去了！

　　我深吸一口气，用手一推小门。

　　两只大笨犬一左一右懒洋洋地卧在小径两侧，听到门口的动静，警觉地扫了我一眼，然后又继续一副懒洋洋的表情，爱答不理的样子，完全不像前几次那样凶神恶煞地狂叫着冲出来。

　　难道是被陆伯用链条锁住后，知道怕了，不敢再欺负我了吗？

　　我蹲在一丈开外的地方，与两只大笨犬大眼瞪小眼注视了好一会儿。

　　"唉，没想到我堂堂花妖居然沦落到被你们两只大笨狗咬，没天理啊！"

　　"汪呜！"白丝嫌弃地反驳了一声。

　　"我都被你们咬过了，我也不生气，你们也大狗有大量，我们和解吧！"我将手上的袋子放在地上打开，"你们看，我给你们带来了我最喜欢的大肉包，咬一口肉汁满嘴哦。"

　　我依旧没敢走近，只是拿了两个肉包，分别扔到它们嘴边。

　　黑少根本没什么反应。

　　白丝倒是凑上前嗅了嗅，然后慢慢地坐了起来。

　　我欣喜地看着它，以为它终于有兴趣想吃了。

　　"真的很好吃哦……"

　　只是没想到白丝那家伙用它的前爪拨了一下肉包子，然后一踢，当球似的给我踢了回来，然后还不过瘾似的又走到黑少那边，将另一个肉包子也给踢了回来。

　　"你们两只大笨狗，居然连这么好吃的包子都不要，笨狗笨狗笨狗！"看着心爱的肉包就这么可怜兮兮地遭到嫌弃，我气得跳起来骂道。

　　"嗷！"黑少瞪了我一眼，发出威胁的闷吼。

我一震，想起我现在打不过它们不能这么嚣张，马上气焰就蔫了下来。

我将沾了土的肉包子小心翼翼地又捡了回来，嘟囔着："包子啊包子，没想到你居然落到被狗嫌弃的地步。难道以后得叫你——狗不理包子！"

不过，张妈听到后会不会暴跳如雷，再也不给我做包子了？我又赶紧摇摇头，甩掉那个念头。

"你们到底吃什么长大的，这么难伺候。"我撇撇嘴，看着那两只继续懒洋洋晒太阳的大笨犬沉思道。

黑少理都不想理我，白丝这会儿也眯起眼睛打盹。

它们居然藐视我！

我试探地往前面走了几步，佯装要冲进去，黑少立刻站起来，瞪圆了眼怒视着我。

我一个激灵，脚本能地往后退。

墙？

我没退几步，怎么就碰到墙了？

我好奇地转过头——

"被咬过还不知道怕？"草摩觇冷冷的声音自身后传来。

我吓得赶紧往后跳开一大步，黑少嗷嗷的闷吼声显得更急促了。

呜，我怎么这么可怜，被前后夹击了。可是比起大笨犬，还是草摩觇那边安全点儿，我又乖乖地挪回草摩觇身边。

"黑少。"

草摩觇只是轻喝了一声，就见刚刚还凶神恶煞的大黑犬乖乖地躺回去，还讨好地发出了低沉的声音。

"咦，它们好像很听你的话呀？"我惊奇地看着他。

"然后呢？"草摩觇看着满脸期待的我，凉凉地问。

"呵，呵呵呵……我只是好奇而已。"

草摩觋越过我，走到黑少和白丝那里，似乎不放心地又在它们耳边嘀咕了几句什么，然后朝我看了一眼。

"呜。"

"呜。"

黑少、白丝同时低低地应了声。

我暗自思想斗争了半天，还是打算试一下，于是开口求道："哥哥，你能不能带我进那屋里看下，就一下。"

草摩觋拍了拍黑少的头，站起来直接回绝了我："不要。"

"为什么？"

"没兴趣。"

"可是我有兴趣啊。"

"那你自己进去吧。"

我怨恨地瞪了他一眼，明知道这两只可恶的大笨犬肯定不会让我过去，所以故意这么说。

他已经往外面走，看我只是站着没跟过去，凉凉地说道："对了，我爷爷奶奶还有父亲正在客厅，他们想见你。"

"啊？"

第四章

关系缓和 04

CHAPTER

我一路碎碎念跟着他走到客厅。

因为草摩觐说，一个星期前就接到了父亲的通知，正在环游世界的爷爷奶奶听说我来到府上，所以临时改了航班说要过来，他还无辜地反问我难道不知道这件事情吗？

我一脸鄙视地想用眼神杀死他。

因为过于紧张和气愤，我都忘记问他怎么知道我会在北院那边，而且居然还是他大少爷亲自出马过来叫我。

来不及深思，我们已经到了这个平时甚少用到的大客厅。我记得只是在参观草摩府的时候到过一次，平时基本不来这边。估计是依着老太爷、老夫人的喜好，这里的装潢比较古典，但也不是那种沉重规矩的中式风格。

我站在门口望去，一对老头老太太正坐在沙发上玩扑克玩得不亦乐乎，老头白发苍苍，脸色却十分红润，一副老顽童的感觉；老太太估计染了发，居然是一头潮流的深红色短卷发，看上去又洋气又精神，只是此刻估计手中的牌不好，正皱着眉头思考着怎么出牌。

飘窗的榻榻米前，还有一个颀长的身影正盘腿坐在那里，深色的西服外套搁在一边，白色衬衫袖口随意地卷起，正优雅地泡着茶，阳光从窗户外丝丝缕缕地洒进来，照得他恍如画中之人……

似乎觉察到我们进来，他本来低着的头微微仰起："来了。"淡淡的语气，跟我旁边的某人极像。

我一时有些无措。

草摩老太爷也跟着望过来："这就是小花樱吧？快进来。"

"好，爷爷。"我嘿嘿傻笑了一下当作回应，却看到旁边的老太太偷瞟了一眼老头，然后迅速将手中一张牌掉落到下面的牌中。

我不明所以，好心地提醒道："奶奶，您的牌掉了。"

老太太一脸受打击的样子，哀怨地看了我一眼。

草摩觌嘴角一扬，径直走到旁边的小沙发上坐下。

我在扶手边坐着，用疑惑的目光询问他，却被他直接无视了。

老太爷顾不上招呼我，直接吹胡子瞪眼地指着老太太说："死老太婆，又耍赖，快把牌拿回来。"

老太太朝我眨眨眼，伸手去拿旁边的Q。

"奶奶，您拿错了。"

"哈哈哈……"草摩老太爷不给面子地狂笑起来，"死老太婆，叫你作弊，哈哈……"

老太太不得已只好拿起了本来扔掉的牌，摇头叹气道："这孩子也太实诚了些。"

"花樱。"榻榻米上的中年男子突然开口叫我。

不知道为什么，看着他我竟莫名地紧张起来："在。"

草摩觌一脸嫌弃地瞪了我一眼。

"要不要喝茶？"

"啊？哦，喝茶。"我乖乖走过，虽然没有特别想喝，不过他都发出邀请了，感觉拒绝会很不礼貌。

他优雅地倒了一杯茶，示意他对面的位置："坐吧。"

"好。"我懒得脱鞋，就侧坐着，拿起那杯茶一口喝掉了。

男人瞟了我一眼，眉毛不自觉地挑了挑，又给我倒了一杯："喜欢这个口感吗？"

口感？

我舔了一下唇："回味有点儿甜。"

对于人类中意的那些奇怪的饮品，我一向无法理解，还是觉得花国的樱花酒比较好喝。

"君作茶歌如作史，不独品茶兼品士。小觌要不要也喝一杯？"

"我不渴。"草摩觌完全不给面子。

我忍不住偷偷望了眼对面的中年男子，只见他表情淡然，倒了一杯茶自己品着。

我也跟着拿起茶杯，一口一口地喝着。

"我夫人的舅姥爷现在可好？"中年男子冷不丁出声问道。

我一惊，水进了气管，不停地咳嗽起来。

"喝个茶怎么也能把自己呛着。"老太太看不下去，走过来轻轻拍着我的背唠叨着。

"咳咳……喝太急了，奶奶，我……咳，没事。"

中年男子的神情耐人寻味，简直跟讨厌鬼草摩觌一个模样，感觉就像看透了一切一般。

我还是硬着头皮回道："嗯，很好，身体很健朗。"

"他们可知道我夫人失踪很多年了？"

"瑞时！"老太爷不赞同地低喝了一声，也许觉得在我这个小辈面前说这种话不合时宜。

草摩瑞时神色复杂，没再说话，优雅地拿起茶杯继续喝着。

老太太拉我起来，将我带到沙发前坐下，慈祥地问道："小花檬，你今年多大了？"

除去作为花精的漫长岁月，我成为花妖好像也差不多就18年吧，这种问题

还是很好回答的："我18岁。"

"那跟我们家小觊同岁呢。"老太太高兴地说。

老太爷也跟着问道："小花檬，这次来这边打算住多久呀？"

我想了想，没有直接回答："爷爷，您是担心我在这边住很久吗？"

"哈哈哈，你这丫头想哪里去了，爷爷当然是希望你住得越久越好啊，我们平时都不在，你正好跟小觊做个伴。"

"我喜欢一个人，清静。"一直安静地坐在旁边的草摩觊凉凉地补了这样一句。

老太太瞪了他一眼，拉着我的手，又戳戳我的额头："别听那浑小子的话。奶奶我可很希望有个可爱的小孙女陪着，又贴心又乖巧，还能陪我去逛街散步。"

"奶奶，我下次陪你去逛街。"我赶紧讨好地说，又偷偷朝草摩觊扮了个鬼脸。

"小觊啊，春假很快就要结束了吧。"草摩老太爷突然转了话题。

"下个星期开学。"

"小花檬要在这边住，也不能落了学业，到时你带她一起去上学吧。"老太爷直接下命令道，"转学的事情，瑞时你抽空安排下。"

草摩瑞时点了点头，继续专心研究泡茶。

"上学？"我惊奇地看着他们。

"是啊，在学校会遇到新的同学，交到新的朋友。"老太太微笑着看着我，温和地说。

"好呀，好呀。"我连连点头表示同意。到时就可以见识到人间学校的模样了，回到花国可以跟其他小花妖好好吹吹牛。

草摩觊故意"好心"地提醒我："你最近不是一直想跟北院的黑少、白丝套近乎做朋友吗？去了学校就没那么多时间可以跟它们接触了。"

是哦，我怎么一高兴把这么重要的事情忘记了？

我苦恼起来。

要是去了学校，就只能偶尔有空去找它们，那个小屋我到现在都没能进去，花巫大人指不定就在里面，正等着我去救她。

可是去学校不但可以接触到更多人类，也许也能找寻到花巫大人的其他重要信息……

"不准再去北院。"草摩瑞时突然冷声喝道。

我被这突然的呵斥声吓了一跳，受惊地望向他。

"你这孩子这么凶干吗？"老太太赶紧安抚我，不满地瞪了眼草摩瑞时，"丫头别怕，有我在，没人能欺负你。"

"她前不久才被黑少、白丝咬伤过，我是为她好。"草摩瑞时解释道。

"啊，真的呀？我看看，伤到哪里了？"老太太紧张地上下打量着我。

我给她看了下肩膀已经很淡的伤痕："没事了，奶奶。"

"哎，太危险了，那两只大凶犬，我们都不敢接近，小花檬你还是听瑞时的话，不要再去了。"老太太一脸忧心忡忡地说。

"是啊，这两只大凶犬是以前小觊妈妈养的，就亲近他们三个，其他人想要侵犯它们的领地，直接会被啊呜一口当点心吃了。"老太爷童心未泯，装出凶恶状吓唬我。

"哈哈哈……爷爷，您装得一点儿也不像。"

"哈哈哈，爷爷只是随意装装，还没认真发挥。"

"爷爷您耍赖。"

……

"下个星期一，小觊你带花檬去教导处报到，其他事宜我会交代下去。"草摩瑞时开口了，我上学的事情就这么一锤定音。

有其父必有其子，果然两个人都那么讨厌呢。

不过也好，省得我再继续纠结。

"哎呀，你看，聊得开心都忘记了，老头子，快去把包拿过来，买了礼物

还没给花檬、小觎呢。"老太太吩咐道。

老太爷赶紧屁颠屁颠去他们房里拿包去了。

草摩瑞时站起来也准备离开:"我去书房办公。"

老太太摆摆手,看样子早就习惯了自己的儿子是个工作狂。

"花檬呀,你的丸子头真好看,奶奶年轻的时候最喜欢扎丸子头了。"

我只得嘿嘿傻笑,心塞地想,奶奶您戳我的丸子头戳到现在,我明天一定不扎了。

"我去书房看书。"草摩觎站起来也打算离开。

"站住,臭小子,你的礼物还没拿来。"草摩老太太不依了。

"能不能不要?"

"当然不行。"老太太一脸奸诈的笑容。

我觉得祖孙俩的谈话好有深意,完全听不懂,有礼物收不是应该很开心吗,至少我很期待看到草摩爷爷将要拿来的礼物。

草摩觎只得又无奈地坐回沙发上。

我们等了一会儿,草摩老太爷一阵风般跑了进来,人老童心却未泯,而且那体力也真叫人佩服。

他直接将礼物一人一份放到我们手上。

草摩觎若有所思地看了一会儿。

我却很兴奋地问道:"我能不能拆开看?"

"嗯,嗯,快拆快拆。"老太太居然比我还兴奋,一个劲地点头。

我不疑有他,一层一层地开始撕包装纸,打开纸盒,礼物居然还用粉色的纱巾包了起来。我看了眼正满脸期待地盯着我的草摩爷爷和草摩奶奶,心里不知为何开始有些毛毛的感觉。

我手上的动作已经不由自主地慢了下来,忍不住不停地瞟草摩爷爷和奶奶,那过分激动与期待的表情是送给人家礼物该有的表情吗?我又瞟了眼草摩觎,他只是挑了挑眉,完全一副事不关己的态度。

"快，快打开。"草摩奶奶比我还迫不及待。

也许是我多心了。

"嗯。"我将粉色的纱巾抽了出来，又将撒了一层的白色碎纸片打开，没想到里面居然还有一层黑色的薄纸覆着。

"呵呵……包装得真好。"我朝草摩爷爷和奶奶笑了笑。

"那才会有更加强烈的惊喜感嘛。"草摩爷爷莫名兴奋地说。

"嗯，嗯，老头子说得对。"草摩奶奶也忙不迭地附和道。

我将黑色的包装纸揭开——

"妈呀！"我吓得差点儿扔了手上的礼物盒，还好草摩奶奶及时拉住了我。

"哈哈哈……"草摩爷爷跟草摩奶奶像两个奸计得逞的孩子一般，幸灾乐祸地大笑起来。

"爷爷，奶奶，你们欺负人！"我幽怨地哭丧着脸。

黑纸下面赫然是一个身着白无常衣着的恐怖玩偶，凸着只有眼白的眼睛，阴森森地瞪着人，玩偶四周还被洒上了一些不知道是什么动物的血液，腥臭而恶心。

在完全没有心理准备的情形下，实在是恐怖至极。

我忍不住瞪了一眼草摩觋，看他的样子，明显早就知道老头老太太喜欢捉弄人。

"哈哈哈，丫头居然没哭，嗯，嗯，很好。不像小觋那臭小子，第一次收到我们的礼物，哇哇地哭了一个晚上。"草摩爷爷拍拍我，欣慰地赞叹。

我干笑着扯了扯嘴角，这个表扬怎么感觉这么奇怪？

草摩觋难得地脸红起来，不自在地轻咳一声说："那时，我才7岁。"

"哦，我怎么记得那时好像是13岁。"草摩奶奶一脸认真地补刀。

草摩觋的嘴角忍不住抽搐了下。

我难得看见他也有孩子气的表情，于是抿嘴偷笑起来。

　　"丫头，不逗你玩了。喏，这个才是真正我们想送给你的礼物。"草摩奶奶温和地笑着将白色玩偶拿起，手指挑动盒中一个不起眼的小扣子，"啪"的一声，底层板跳起，原来这只是隔层板，下面居然还有一层，那里面安安静静地躺着一个可爱纯净的陶瓷娃娃，草摩奶奶将它拿出来放到我手上。

　　我惊讶地发现，原来娃娃里面还套着娃娃，我一个一个地把它们分开，最后一共分出了8个样貌一模一样的小娃娃。

　　"丫头，这叫套娃，有多子多孙的寓意。"草摩奶奶调皮地朝我眨眨眼，"当然也是多福多贵的象征。"

　　"谢谢爷爷奶奶。"我自动忽略了那个"多子多孙"的词，在草摩觋面前说这种话总觉得怪怪的。

　　"小觋小子，你猜猜，这次爷爷跟奶奶给你带什么了？"草摩爷爷已经转移对象。

　　草摩觋却突然站了起来："我回房拆。"这态度完全不想给两个老头老太太面子。

　　"哎，哎，臭小子，你给我回来。"草摩爷爷想拦已经来不及了，草摩觋迅速开门离开了。

　　"这个臭小子，真是越大越不可爱。"草摩奶奶颇感没趣地啧啧两声。

　　"丫头，我们家草摩小子虽然性格有些别扭，人品绝对很好哦，你可以好好考察下。"草摩爷爷突然很有深意地冲我眨眨眼。

　　什么意思？我一头雾水。

　　"老头子又犯糊涂了，他们是有血缘关系的兄妹。"草摩奶奶用手中的白色玩偶砸了好几下草摩爷爷的头，无奈地说道。

　　"不是规定三代以内不可以吗？我算算……"草摩爷爷开始掰着手指认真地算数。

　　"是吗？"草摩奶奶也跟着起哄。

　　"舅姥爷应该是小纱妈妈的兄弟，这样算的话，小纱妈妈是第一代，小纱

是第二代，小觌是小纱所生，那就是第三代……老头子，小花檬跟小觌正好是第三代。"

"不对，不对，三代应该是直系，他们两个应该不算直系呀……"

我一脸茫然地看着这对活宝老头和老太太，实在不明白他们究竟在研究什么，拿着礼物踮着脚走到门口才跟他们说道："爷爷奶奶，我先回房放礼物，拜拜。"然后就赶紧溜之大吉了。

草摩爷爷和草摩奶奶在的几天里，草摩府难得地热闹了起来。

一大早我跟草摩觌就从被窝中拉了起来，跟着两老在院子里跳奇怪的舞蹈，同样被"迫害"的还有陆伯、张妈跟小吴。

看着平时自律严谨的陆伯由于肢体不协调，老是同手同脚地差点儿摔倒，我跟张妈、小吴不客气地哈哈大笑起来。陆伯的脸涨得通红，可这是草摩府老太爷明确下达的指令，他又不敢拒绝，只能任我们嘲笑。而草摩瑞时借一早有会议，早早就开溜了。

吃过早饭，我跟草摩觌又被拉着去城里大采购。

小吴开车载着我们四个人去离草摩府将近15公里的城里。

这还是我来人间后第一次去大城市，心里异常期待和兴奋。一路上，我不停看着窗外迅速后退的景物，啧啧称奇。虽然花妖有瞬间移动的术法，不过没想到人类居然发明了这么神奇的代步工具。

城里的马路上到处是汽车，还有奇怪的红绿灯。

小吴将我们放在一处人流非常多的大楼，自己去找位置停车。

我跟在草摩爷爷奶奶身后，兴奋地往大楼里面走。

整座大厦金碧辉煌，还有琳琅满目的小吃、饰品、衣服。我都能闻到空气中飘着的各种食物的清香。

"我能不能吃那个？"我扯了扯草摩觌的手臂，指向那边的小吃店。

草摩觌嫌弃地瞥了我一眼，却还是开口跟草摩老太爷老夫人说道："爷爷

奶奶，我跟花檬先去吃点儿东西。"

"哦，好，你们年轻人去吧，这种油腻的小吃不适合我们老头老太太，我们去二楼超市买日用品，你们到时候去那边找我们好了。"草摩奶奶摆摆手，牵着老头子的手往扶手电梯走去。

我两眼冒星星，已经迫不及待地往小吃区冲。

草摩觊不着痕迹地叹了口气。

"大叔，这是什么？"

"油炸章鱼丸子，小姑娘要不要尝尝，很好吃的哦。"

"嗯，嗯，要两份。"我竖起两根手指。

"我不吃。"草摩觊适时插嘴。

我奇怪地看了他一眼："我吃啊。"

他的脸色瞬间难看了些许。

"两份章鱼丸子好了，小姑娘拿好，很烫哦，慢点儿吃。"老板热情地套了两个纸袋，还不忘叮嘱道。

"嗯，嗯。"我边说边用竹签叉了一个丸子咬了一口。

好烫，不过很鲜香。

我一面咀嚼着，一面拉着草摩觊前往另一个小吃店。

"喂，喂，小姑娘，钱。"老板赶紧在后面喊道。

"什么？"我又叉了一颗丸子咬着，满脸疑惑地望过去，又看了一眼草摩觊。

"你买了两份章鱼丸，还没付钱啊。"老板看到我茫然的样子，有些怀疑地瞪着我。

"哦。"我立即献媚地朝草摩觊笑着道，"哥哥，给钱。"

草摩觊一脸嫌弃，却乖乖地替我付了钱。

我吃得很香，刚叉起最后一个，没想到被草摩觊半路伸手拦截，"啊呜"一口直接吃掉了。

"你……你……你不是说不吃的吗？"我气得跳脚。

草摩觊只是耸耸肩："我付的钱。"

"哼。"我无法反驳，只能气鼓鼓地去下一家继续奋斗……

"老板，碳烤毛豆腐我要大份。"

"好咧。"

"哥哥，给钱。"

……

"老板，这个是什么呀？"

"蚵仔煎，要不要尝尝。"

虽然不知道是什么，不过看上去很好吃："嗯，嗯。"我连连点头，看了眼一旁什么话都没说的草摩觊，有了前车之鉴，我赶紧补充一句，"要两份。"这家伙自己什么都不点，老爱抢我的吃，可出钱的是老大，我只能愤愤地看着他抢走我的食物。

"呵。"旁边的某人轻笑了一声。

我偏头看去，草摩觊依旧面无表情的样子，刚才莫非是我的错觉？

拿着蚵仔煎，我拿出一份递给他："不准抢我的。"

草摩觊没有拒绝，伸手接过，只是深深地看了我一眼。

"哇，那是什么，好像很好吃。"我的目光已经迅速转向另一边的小吃店，大步冲向那边。

半小时后……

"呼，好饱啊。"坐在电梯旁的休息长椅上，我心满意足地抚着已经圆鼓鼓的肚子，打了一个饱嗝。

"猪。"草摩觊轻轻地低喃了一句。

"什么？"我没听清，疑惑地望向他。

他一副懒得理我的神情。

我撇撇嘴说道："我们去找爷爷奶奶吧。"

"嗯。"

从休息长椅上站起，正巧一个妇女牵着一个七八岁大的小孩从电梯口下来，孩子手里拿着一个冰激凌甜筒，正津津有味地舔着。

"这个，这个，我要吃这个。"我扯着草摩觐的手臂摇晃着，期待地叫道。

小孩子一脸戒备地看向我，不由自主地握紧了手里的甜筒。

草摩觐一副想抚额长叹的尴尬表情，直接拉着我的手快速离开了。

"我也要吃他手里拿着的那个。"我不满地抗议。

"闭嘴。"草摩觐瞪了我一眼，沉默了一会儿，还是不忍心见我一副失魂落魄的样子，妥协道，"知道了，就去给你买。"

"嗯，嗯。"我开心地笑着连连点头。

草摩觐很快去而复返，居然很大方地给我买了两个甜筒。我一手拿一个，轻轻地左边舔一口，右边舔一口，又冰又甜，很美味，还有浓浓的奶香……哇，没想到城里这么好玩，有这么多好吃的，下次一定还要再来！

"小觐，小花檬，你们来了。"草摩奶奶大老远地冲我们招手。

我们迎上去，才发现草摩爷爷旁边堆了好多袋子，草摩觐无力地叹口气，认命地当起了搬运工。

"好，满载而归。"草摩奶奶兴奋地说道。

"小花檬，你们没买什么东西？"草摩爷爷好奇地问了句。

"都在她肚子里。"草摩觐忍不住吐槽。

"嘿嘿……"我不好意思地挠挠头。

"哈哈哈……"草摩爷爷、草摩奶奶互相看了一眼，哈哈大笑起来。

回到草摩府已经是傍晚时分。

张妈早已准备好晚餐等我们，因为明天草摩老太爷跟老夫人又要出发环球旅行前往下一站，所以晚餐非常丰盛和隆重。

草摩瑞时随后也走了进来，估计是陆伯通知他我们回来了，他才从书房结

束办公出来的吧。这个男人好像除了工作还是工作。

"来，我们大家一起碰个杯。"草摩老太爷发话了。

他们三个倒上了葡萄酒，我跟草摩觊则只能以鲜榨橙汁代替。

"祝我跟老太婆这次旅途顺利愉快。"

"干杯！"

我觉得很有趣，也跟着草摩奶奶喊道："干杯。"

草摩爷爷微笑着望向我："小花檬，我们不在的时候，麻烦你多照顾一下我们这个别扭的小孙子哦。"

"嗯，嗯，放心，爷爷。"我拍着胸脯保证，我只想快点儿找到花巫大人，才没空跟这个讨厌鬼斗呢。

"喊。"草摩觊淡淡地哼了一声。

草摩爷爷满意地笑着点点头。

"瑞时啊，你少加几天班，圣摩集团一时半会儿也倒闭不了。"草摩爷爷又看向他那个性格独断的儿子说道，满含着深沉的关心和担忧。

"对啊，对啊，我跟你爸还有叔叔他们没要求年年涨分红的。"草摩奶奶也跟着挤对，知道自己儿子的脾气，劝也没用，只能以这种方式让他感受他们的关心。

草摩瑞时只是优雅地拿起酒杯抿了口酒，修长白皙的手指握着盛满葡萄酒的高脚杯，透着一股无与伦比的高贵："我会每个星期抽空回这里。"他淡然地说道，却给出了承诺。

草摩觊面无表情，但流转的眼波泄露了他假装的沉静。

草摩爷爷又恢复老顽童的神色，席间不停地说着好玩的笑话以及他们在世界各地的趣闻，一时将刚才有些沉闷的气氛完全驱离了。

我听了忍不住哈哈大笑，对他们的旅途又惊奇又向往。

晚餐愉快地结束后，我打着饱嗝回到了房间，平躺在床上，房间漆黑一片，我也懒得开灯。

晚风轻轻拂动窗帘，朦胧的月光透过间隙洒进来。又是一轮上弦月，我来人间竟然已经半月有余了。

"呼，好，今晚再做一次努力。"我腾地坐起来。

既然两只大笨犬这么听草摩睨的话，我可以找件他的衣服披上，这大晚上的，笨狗的视线不像猫咪这么好，指不定我就能蒙混过关呢。

我翻箱倒柜地找出一件黑色套头紧身衣："当初随手把你扔进来是对的。"我对着它喃喃自语，因为也只有这件有点儿像夜行衣了。

在房间里屏息凝神静等了好久，确定所有人应该都睡觉了，我蹑手蹑脚地打开门。为了不发出声音，我扶着走廊的墙壁，一步一步地往隔壁走去……

就是这里！

我屏住呼吸，小心翼翼地转动门把手，"咔"，门居然没锁，真是天助我也。

轻轻推开门，房间内漆黑一片，真希望自己有花巫大人的夜视眼，可以行动自如，现在我只能努力去适应黑暗。

窗帘拂动，月光倾泻而下，床上的人呼吸沉稳，似乎睡得很熟。

我开始往床的左侧移动，衣柜的门就在那里。

如此寂静的夜里，我都能感觉到自己清晰的心跳声，"咚咚咚"，越来越快。我不时转头查看床上的人的情况。

呼吸均匀，没有醒来的迹象。

我轻轻地一点儿一点儿推开衣柜的推拉门，又忍不住回头看了一眼，床上的人还保持刚才的姿势。

我安心了，摸索着找到一件大衣外套，咧嘴一笑，往身上一套，又蹑手蹑脚地转过身。

床边，本就漆黑的夜里，似乎有一团更深的黑影笼罩着，那种不可忽视的存在感令我忍不住浑身一个激灵。

还没等我反应过来，那团黑影伸出手，拉住我的手臂一扯，我本就全身绷

紧，一个踉跄，直直地往黑影身上撞去。

"啊！"

在我的惊呼声中，我们一起跌在了身后的大床上。

身下的人吃痛地闷哼了一声。

我的头顶不知道被什么磕了一下，隐隐作痛。

"啪！"

房间的灯瞬间通亮。

我抚着头慢慢抬起视线，看向下方被我压着的人，草摩觋面无表情地瞪着我，眼神却高深莫测。

"嘿嘿……灯怎么突然亮了？"我做贼心虚地干笑着。

草摩觋抬起一只手摇了摇手上的遥控器。

居然是自动灯。

我干笑着，打算先从他身上起来，两个人现在这种姿势实在太怪异。

突然，一股力量拽着我一个翻身，一阵天旋地转之后，情况发生了大逆转，这下轮到我被压在他身下动弹不得了。

草摩觋俊美白皙的面孔离我仅一个拳头的距离，我能感觉到他灼热的气息吹拂着我的面颊，有点痒痒的。

我不由自主地屏住了呼吸，耳根发烫。我努力挣扎了一下，却被他压得更加严实。

"你……你……"我咽了一口口水，"你想干吗？"

他盯着我沉默了一会儿，竟然缓缓勾起了嘴角……

我惊讶地看着他，一时忘了反抗。

草摩觋居然笑了！

他竟然会笑？

窗帘不停地被风拂动，月光照在床上，他整个人都仿佛笼罩在一层柔光里，而他嘴角的那个笑容仿佛有一股魔力一般，令我觉得百花在一瞬间绽放，

美不胜收。

"你觉得呢？"他捉弄似的又靠近了一些。

我不争气地撇开了头："快放开我，小心我大喊有色狼，到时家里所有人都会赶过来看到的。"

"哦？"他的笑意更浓，"你确定？"

我怀疑地看了他一眼。

"要不，我们再试试捉一次色狼？"他的语气里有一股浓浓的戏弄味道。

他的话令我不由自主地想起第一次来到草摩府的情景，我还看过这家伙半裸的身体，以前并没觉得什么，此时此刻，我的脸却情不自禁地滚烫起来。

"那次不算，我不是故意的。"

"那这次呢？"

"什么这次，是你压着我好吗？大色狼，快放开我！"不能被美色迷惑，我得赶紧脱身。

"时间：深更半夜，地点：我的房间，事件：你刚刚投怀送抱。"他阐述完毕。

呃？我一时语塞，完全无法反驳。差点儿忘记了，这家伙的逻辑思维不是一般的强。

"我……我……我只是刚刚去上厕所，有些迷糊走错了房间而已。"我急中生智，编了一个借口。

"哦？你的房间不是有厕所吗？"他凉凉地提醒道。

"我不想在房间上不行啊。"

他耸耸肩。

"你睡觉穿的衣服……很特别。"

我这才想起，此刻我穿着黑色紧身衣，尽显身体曲线，我赶紧双手护胸做保护状。

草摩觊挑眉，轻哼了一声，转移了视线，扯了下我身上的外套："这件衣

服很眼熟啊，好像是我的吧。"

"那个……是刚才上厕所觉得冷了，所以就拿了件衣服穿而已。"我打算死扛到底。

"哦。"

"可以放开我了吧，我要回房间了。"

他盯着我看了半晌，终于不紧不慢地从我身上挪开，站在床沿，双手环胸俯视着我。

我趁机从床上蹦起来，一下退到大门口，不等他再说话，赶紧开门走人。

我一口气跑到楼梯拐角才敢大口喘气，抚着胸口努力平复快要跳出喉咙口的心。

"还好溜得快，还是被我拿到了，嘿嘿。"我整了整身上的外套，满意地笑着低声自语，"好，进行下一个计划。"

借着月光，我小心翼翼地往北院跑去。

夜风拂面，有种特有的清凉之意。

常春藤环绕的小门在月色下更显诡异清幽。

我将宽松的外套直接兜到头上，用手拉住，只露出两只眼睛，然后屏息凝神地轻轻推开小门。

长满酢浆的小院里显得安静祥和，紫色的小花在夜风中轻轻摇曳着。

我谨慎地朝小屋入口看去，没有看到两只大笨犬，估计大晚上它们也都在睡觉。

我用力抓住外套，一步一步沿着小径往前面走着，越来越接近廊前，已经到了两只大犬的活动区域，被咬的阴影又莫名地袭上心头，我不由自主地后退了一步。

"呼呼——"我用力深吸了几口气，给自己加油打气，都已经走到了这里，绝对不能因为害怕而逃避。

于是，我又往前挪了几步。

就在这时，黑少从右侧的石栏后冲了出来，月光下，它龇着那如狼牙般的牙齿凶狠地瞪着我；白丝紧随其后，从左侧的栏后一步一步踱过来……

"白丝，黑少，站住，我是草摩觍。"我努力模仿着草摩觍的声音，却感觉到这两个家伙并没有因为我身上外套的气味而表现出友好。

"嗷汪！"黑少率先叫了一声，直接跳起朝我扑过来。

我只觉一团黑影瞬间笼罩过来，上一次的痛苦记忆又清晰地浮现，我努力扯过草摩觍的外套挡在面前。

只是黑少虽然扑倒了我，却没有像第一次一样直接撕咬，它嗅了嗅我身上的衣服，愣了一下，却似乎很快明白发生了什么事情，仰头朝天狂叫起来。

"喂，喂，黑少，别叫，拜托了。"我可怜兮兮地求情。它这么一叫，等下草摩府所有的人都跑过来，到时我该怎么解释啊？

黑少根本不理我，明显是在呼唤什么人过来。

白丝一直站在旁边审视着。

我根本无法动弹，黑少的力气实在太大了。

小屋的门突然"吱呀"一声开了。

我还没来得及看清楚究竟是谁，冷冷地命令声已经传了过来："黑少，白丝，过来。"

两只大笨犬摇了摇尾巴，立即乖乖放开我，往小屋门前出声的人走去。

我终于可以撑着坐起身来。

"你怎么会在这里？"门口的人语气明显有些不耐烦。

这声音？

我一惊，抬头望去，草摩瑞时正盯着我，脸色有些难看。

"啊，哈哈，我只是觉得月色好，随便逛逛而已。"被他这么盯着，我竟有了一丝莫名的紧张。

"不是告诉过你，不要接近这里吗？"他瞪着狼狈的我，低沉地喝道。

"我……"在那样毫无温度的目光下，我竟无法反驳，只能弱弱地点头。

"快点儿回房去。"他已经转身回房，背对着我，又冷声威胁道，"下次再擅自跑到这边，一定不轻饶，听到没？"

"知道了。"我蔫蔫地应了声。

他走进小屋，将门重新关上，连偷看的机会都没有留给我。

黑少跟白丝瞥了我一眼，懒懒地各自踱到石栏后面继续睡觉。

我赶紧爬起来，迅速跑回自己的房间。

虚软地扑倒在床上，我将脸埋在被子中，平缓着气息也平复着心情。

草摩瑞时究竟是什么人？

"啊啊啊……"我蒙着被子，忍不住抓狂地叫着。

本小姐可是堂堂花妖，居然被如此欺负。

"花……花妖大人？"窗外玻璃上贴着樱七的小脸，声音弱弱的，带着担忧，估计是看到了我抓狂的样子有些不放心。

我从床上抬起头望去，今晚的经历太过惊心动魄，我实在懒得爬起来："小樱七，没什么重要事，明天再来找我吧，我困死了。"

"哦。"小樱七可怜兮兮地又折了回去。

好困，很快，我就沉沉地进入了梦乡。

第五章

花妖上学记 05 · CHAPTER

清晨的天空还泛着鱼肚白。

一大早睡眼蒙眬的我就被陆伯的敲门声叫了起来。

草摩爷爷和草摩奶奶今天就要出发继续下一站的环球旅行，所以全家集合，一起欢送他们。

"小花檬，小觋小子就麻烦你多照顾了。"草摩奶奶将车窗摇下，笑着冲我挥手。

"下次爷爷再给你们带好玩的礼物哟。"草摩爷爷凑过来笑着说道。

"好。"我挥挥手，有些舍不得这两个童心未泯的老人家。

他们走后，草摩府定会冷清许多。

"瑞时小子，别忘了答应我们的事。"

草摩瑞时皱着眉，虽然不太情愿的样子，但还是点了点头，代表他既然答应了肯定会做到。

"好了，大家回屋去吧，我们出发了。"

轿车启动，朝机场开去——

"那个开车的是谁呀？"我好奇地问身旁的陆伯。

"我们老爷的司机小杨，因为小吴等会儿要送你跟少爷去学校，从机场赶

回来怕来不及，所以就让他去了。"

"哦……"我点头应道，后知后觉地察觉到，对哦，我们今天要去学校，于是忍不住兴奋地轻呼，"我要去上学啦！"

草摩觊意味不明地瞥了我一眼。

我瞬间安静下来，经过昨天晚上的事，不知道为何，现在看着他，我就觉得心里怪怪的，然后本能地想逃离他身边。

吃过早饭，拿到陆伯给我准备的新书包，我惊喜地抱在怀里翻看着，昨天的记忆一扫而空。

学校在城区的西北角，离这里有好长一段路，怪不得小吴会开车送我们过去。

早饭过后。

草摩觊说去房里拿一本书，小吴要去车库把车开出来，我便一个人背着书包站在大门口，心情很好地蹦蹦跳跳，踢着小石子玩。

"花妖大人。"小樱七悄悄地飞到我肩膀上。

"小樱七？"我一早起来又送爷爷奶奶，又忙着去学校的事情，都忘记昨天这小家伙大晚上扑在窗玻璃上的事了。

"花妖大人，您要去学校呀？"小樱七羡慕地问。

"嗯。"我笑着点头，"怎么啦？对了，你昨天晚上找我有什么事？"

小樱七不自在地说："我只是昨天听其他花精说，您要去学校，所以想过来问您一下，可是您一直不在，我等了好久才看到您回来躺在床上。"

"你对学校很好奇吗？"

"嗯，嗯。"小樱七拼命点头，"我好想看下学校是什么样子，我出任务都没有去过学校，听其他妖精说，学校好漂亮。"

"是吗？很漂亮吗？"我更加期待和兴奋了，"那我今天先去探探路，下次带你一起去玩。"

"真的吗？"

"当然是真的。"

小樱七开心地扑扇着翅膀。

"兴致很好，在这里演单口相声吗？"草摩觐不知道在我身后站了多久，突然出声道。

我跟小樱七聊得太兴奋，根本没注意到他是何时出现的。

听到他开口，我吃了一惊，猛地跳起来转过身："你，你什么时候来的？"

"走吧，小吴来了。"他直接忽略我的问题，越过我率先往黑色的轿车走去。

"呃……"

"花妖大人，加油。"小樱七做了一个鼓舞士气的动作。

"嗯。"我满怀信心地点头，赶紧跟着跑了过去。

我本能地想去坐到副驾驶那边，可是小吴这家伙已经将后门打开，等着我坐进去。我犹豫了一下，还是钻了进去。

草摩觐坐在另一边，拿着一本书安静地看着。

我乖乖坐好，贴着车窗，尽量离他远一些。

"少爷，小姐，我开车了。"小吴笑着提醒道，然后启动了车子。

车一路高速行驶，窗外的景色从一路的银杏树变成香樟树，两旁渐渐开始有大楼林立。

我一直朝窗外看着，身体的每个细胞却一直紧绷着，身旁的某个人存在感太强，我一直想让自己平静下来不要太在意，可是心根本不受控制。

为什么当初看到他的身体时都没有这么奇怪的反应，昨天晚上只是意外地倒在一起，却突然好像有什么地方被触动了。

我愁眉苦脸地纠结着。

车穿过城市的时候，速度放缓了下来。

"小吴，去绣锦屋那边一下。"

"好的，少爷。"

"为什么要去那里？"我好奇地问道，视线接触到草摩觋，又忍不住赶紧装作不经意地撇开。

不知道他是根本没注意，还是不在意，淡淡地解释道："前几天定制的校服需要去取一下。"

"校服？"我是记得有人来草摩府帮我量过尺寸，不过不知道要干吗，陆伯把那人带来后就有事去忙了，后来我也就忘了问。

"圣云高校都有统一的校服，一般分春夏冬三件，基本是一个学年给学生做一次，你属于插班生，我们这届校服今年开学时已经发放，所以爸爸叫人帮你单独做了一套。"草摩觋解释道。

"那现在是去那边给我拿校服吗？"我期待地问。

"嗯。"

"好呀。"一激动，我一时忘记是在狭小的车里，手一伸，直接打到了车顶，痛得我龇牙咧嘴。

草摩觋嫌弃地瞥了我一眼，继续低头看书。

我吐吐舌头，抚着疼痛慢慢减轻的手，心里有些窃喜。

这红绿灯真讨厌，车子一直停停走走，因为有期待，所以我更焦急起来。

"小吴，还没到吗？"

"快到了，快到了。"

……

"小吴，到了吗？"

"快了，快了。"

"小吴……"

"马上，过了这个红绿灯，转个弯就到。"小吴估计被我问得也焦虑起来，还没等我再次开口，率先交代道。

草摩觌一副事不关己的样子，一直淡定地看书。

终于，车子缓缓地停了下来。

"少爷，小姐，到了。"

小吴话音刚落，我就迫不及待地跳下车去。

因为往前走是一个不足1.2米宽的弄堂，小吴只能把车停在外面。

草摩觌从另一侧优雅地走了下来。

"在哪儿呀？"我左顾右盼，没看到门。

"走吧。"草摩觌已经率先往弄堂里面走去。

我好奇地跟在他身后。

"小吴呢？不来吗？"

"我们取衣服很快的，他在车上等。"

"哦。"我没再说话，在他身后保持一步远的距离跟着走。

这是一个幽静的弄堂，青石板铺成的路，有股独有的古典风韵，靠墙的夹缝里偶尔有嫩绿的小草探出头，上面趴着懒懒地睡觉的小妖精。

我刚蹲下想捉弄一下它，草摩觌突然在前面停住了脚步，回头朝我看过来。

我赶紧讪讪地站起身，朝他跑过去。

"到了。"

我期待地循着他的视线看去，弄堂的石墙上开着两扇赤色的大门，一扇上面还挂着"营业中"的牌子。

"绣锦屋。"这三个字用一块上好的紫檀木镌刻，牌匾高高地挂在门上方的石墙上，字的四周竟然还闪着盈盈波光，我好奇地盯着看了好久。

"那是老板娘特有的手艺，用丝线针针绣上，会有三维的即视感。"草摩觌解释道，往门内走去。

"哦，好厉害。"

"好好看路，小心台阶。"

他的话刚说完,我已经一步踏空,直接往前扑去——

这是什么破设计,台阶居然设计在里面,还只有一步,很容易被忽视。

危急时刻,幸好草摩觋在一旁及时拉住了我。

"谢谢。"我拍拍胸口,还好还好,得救了。

不过,刚才明明他离我已经好远了,怎么会突然出现在我的身旁,还正巧拉住我?

我满脸疑惑地盯着他的背影,人类也懂瞬间移动技能吗?

"草摩少爷,您来了。"一个身着黑色大喇叭裤、白色绣花改良上衣的中年妇女迎了出来。

"老板娘,我们来拿校服。"

"好的。你们先在这边坐一会儿,喝杯茶,我马上叫小月儿把衣服拿出来。"

我忍不住东张西望起来。

这是一个四四方方的大厅,没有刻意装修,墙面贴着素雅的墙纸,天花板保留了原始的样子,没有做吊顶修饰,灯也是以亮度为主,没有装草摩府里那种豪华的水晶灯。在进屋的右侧位置,用古典屏风隔出了一个茶室,或者说是会客室,放着一个茶几,上面有一把茶壶,旁边有几把深红如黑的椅子,两侧是配套的长椅。

其余地方则陈列着各式各样的衣服,有的挂在玻璃橱窗里,有的穿在模特的身上,琳琅满目。

我根本坐不住,一直想去看个仔细。

"这是花檬小姐吧?第一次见面,请多关照哦。"老板娘边洗茶杯边笑着说道。

"请多关照。"我连忙收敛心神看向她。

她给人一种宁静典雅的亲切感,不是大美女,然而气质绝佳,是越来越耐看的那种,而且她的穿着很独特,有自成一派的风格,估计跟她本身经营的事

业有关。

"这是嫩叶苦丁，喝起来微苦，但回味清爽甘甜，是我很喜欢的一种茶。你们尝尝，如果喝不惯，我再帮你们换其他的。"她泡了两小杯，分别递给我们。

"不用麻烦。"草摩觋淡淡地回拒。

我拿起来喝了一口，的确有些苦，但苦而不涩，唇齿留香，慢慢地舌尖竟然感觉到一丝甜味："好奇怪的茶。"

"呵呵呵……"老板娘轻笑一声，"这茶很好地诠释了'苦尽甘来'一词，我很喜欢它的寓意。"

"苦尽甘来……"我又品了一口，的确很具象。

"花檬小姐，要不要参观一下小屋内的样衣？"估计看我的目光时不时地瞟向橱窗，老板娘会意地笑了笑，提议道。

"好呀，好呀。"我赶紧点头。

刚站起来，内室门口走出一个身着背带牛仔裤的小女孩，拿着衣服急匆匆地往这跑来："校服拿来了。"

"好的。"老板娘停下了脚步，等小女孩过来，"要不，花檬小姐先去试衣间试穿一下，有什么不合适的地方，可以马上修改。"

草摩觋默许了，静静地坐着。

我很兴奋，跃跃欲试，有新衣服穿，哈哈，还是传说中人类的校服。

"试衣间在哪里呀？"我迫不及待地问道。

"我带你去。"老板娘接过小女孩递过来的校服笑着说，边走又边介绍起来，"这次先给您赶制的是两套夏服，圣云高校校规比较严格，女孩子的裙子长度一定要及膝，不能太短，希望您不要介意。"

"嗯，嗯。"我沉浸在有校服穿的喜悦中，一个劲地笑着点头。

"校服一套是长袖的深蓝色长裙，为了让袖口与领子不太沉闷，我特意改

成了白色条纹；还有一套是灰白色短袖水手服配黑色百褶半身裙，这个季节还不是太热，所以一般穿的是长袖深蓝色长裙。你想先试哪一件？"

正说着，我们已经到了试衣室。

"短袖那套吧。"

我接过衣服，拉上布帘，开始兴致勃勃地换装。花国没有四季更替，我穿的基本都是便于修行的长衣长裤，来到人间的这段时间正好是春末，天气也不太热，我穿自己的衣服刚刚好，心思也都在寻找花巫大人身上，根本没想过要去人间的商店里添置衣服。

衣服已经换好，我看着镜中的自己，本就顶着一张娃娃脸，扎了个丸子头，看上去萌萌的。

"怎么样？合身吗？"老板娘在外面询问。

我拉开布帘："嗯，校服真好看。"

老板娘笑着点点头，将另一件递给我："换这件试试。"

"好。"我开心地接了过来。

穿上之后才发现，原来深蓝色的裙子这么衬皮肤，感觉自己好像又白了点儿。我再次拉开布帘，高兴地说："老板娘，这件也很合身很好看，我都喜欢。"

"呵呵，喜欢就好。"老板娘欣慰地说，"很少人会喜欢穿校服的。"

"为什么？"

"因为女生更喜欢有特色的衣服，男生也有自己想要的风格啊。"

"是吗？"

我不懂，打算重新换回自己的衣服，正想转身拉布帘，老板娘出声阻止了我："就这么穿着吧，等会儿去学校省得换了。"

"可以吗？"我期待地问。

老板娘好笑地点点头："当然可以。"

"好啊！我去给草摩觊看看我的新衣服。"说完，我拔腿往大厅跑，完全忘记被我遗忘在试衣室内的另一套校服，还有我原先的衣服。

"哥哥，你看，我的校服好看不？"我跑到他面前问。

草摩觊正好望着试衣间的方向，我刚刚一路跑过来的情形全落在他眼里，他怔了一会儿，轻咳一声才淡淡地说道："也许该给你做男生校服。"

我一脸疑问："为什么？"

"既然校服拿到了，我们也该走了。"他没有回答我，站了起来。

"可是，我还没看模特身上的样衣……"我不甘心地指了指那些五颜六色、造型各异的服饰。

"下次有时间再带你来参观。"

"等等，花檬小姐，您的衣服。"老板娘随后缓缓走来，优雅淡定，好像不管再急的事情，她都能淡然处之。

草摩觊示意我将衣服拿上，随即告辞往门口走去。

我也笑着朝老板娘告别，赶紧跟了上去。

"那个……"老板娘突然出声。

我有些奇怪地回头，难道还有什么东西落下了吗？却见刚刚还从容淡定的老板娘一副欲言又止的样子，犹豫了许久才终于忍不住问道："草摩少爷，令尊近来可好？"

草摩觊本来已经走到台阶处，因为老板娘出声而停住了步伐，却在听到她后面的话时整个人瞬间紧绷。

我又疑惑又担心，不明白为什么突然气氛就变了。

他沉默了一会儿才冷冷地回答道："很好。"然后头也不回地跨出了门。

"哦。"只见老板娘咬着嘴唇，脸色苍白了许多，看上去好可怜。

草摩觊走得很快，已经快出弄堂了，我一路小跑着赶上去。

小吴站在车门边，尽职地打开后车门，我们先后坐进去，小吴赶紧绕回驾

驶座，启动车子，继续往学校开去。

车里的气压变得异常低沉。

我忍不住稍稍偏头偷瞟他，他只是侧头看着车窗外，本就没什么表情的脸上此刻多了一丝阴沉与烦躁，墨绿色的眼眸愈发暗沉。

"干吗？"他猛然转头看向我，也许是我从上车到现在不停地偷瞟他，终于被发现了。

我纠结地咬着嘴唇，放开又咬住，不知道此刻开口问出心中的疑惑到底合不合适。

"你不喜欢老板娘吗？"我还是忍不住问道，又期待又紧张。

小吴偷偷从后视镜往后看了一眼，似乎也很好奇我的问题。

草摩觊看着我沉默了许久，久到我以为他不会回答我这个问题，他又重新转头看向窗外，才淡淡地说："不是。"

"那为什么刚才你的态度突然变了？"我实在不明白人类复杂的情感，"她问候令尊有什么不对吗？"

"没有。"

"可是你的表现好像不是这么回事啊……"

又是很长时间的沉默。

我把身体稍稍前倾，想看到他此刻的表情，可惜什么都看不到。

半晌，他突然无力地叹了口气："我刚满周岁不久，母亲不知道什么原因离家出走，抛下我跟父亲，这么多年来一直不管不问。"

虽然我想安慰他，可是又不知道要说什么，只能静静地听着。

"老板娘周韵是我父亲的大学同学，据说对我父亲一见钟情，一直默默地陪在他身边，希望有一天我父亲能看到她。而且她坚信，只有她能成为我父亲最理想的伴侣，不管是工作上还是生活上。可惜，我父亲遇上了我母亲，开始了一段执着的爱恋……我不知道我母亲的离开有没有老板娘的原因，不过她作

为母亲能狠下心这么多年来一直音信全无，我实在不知道该对她抱着什么感情……"他毫无情绪地叙述着。

"所以你对老板娘的态度才这么别扭？"我好像有点儿懂了。

"父亲单身多年，她一直等着他，也是个可怜的女人。"

话虽然这么说，可是，在他的内心深处又不想接受母亲以外的女人。是这个意思吗？

"校服在她们这边做，是叔叔要求的吗？"

"不管怎么样，我父亲肯定也觉得有负于她，所以在生意上能关照的肯定毫不吝啬，而且她在制衣方面的确很有能力。"

"你没有问过你父亲，你母亲离开的原因吗？"我总觉得有哪里不对，可是一时又想不起来。

"小时候问过。"草摩觋的眼神变得十分悠远，"父亲的回答都是一样，母亲只是出去散心，我相信了，可是一年又一年……"他轻轻地带些嘲讽地哼了一声。

"陆伯不知道吗？"我记得陆伯留在草摩府很久了。而且草摩爷爷跟草摩奶奶虽然老是四处游历，对家里的事肯定会在意吧。

"估计是父亲交代过，所以没人跟我说过母亲的任何事。"

小吴从后视镜一直偷看，被我逮个正着。

"小吴，你知道什么吗？"我靠上前，凶凶地问。

"不知道不知道，我来的时候，夫人已经离开了。"小吴连连摇头。

"那没有听陆伯说起过什么吗？"

"没有。"小吴继续摇头。

我无趣地撇撇嘴，又坐回来。

草摩觋一直看着窗外，没再开口说话。

在他的心里，原来一直有这么一道伤疤，岁月变迁，依旧无法抹平，然而

他表面却装作云淡风轻，不曾在家人面前表现出任何思念与悲伤。

可是某些事某些人像落地的种子，在你以为自己已经淡忘得只有零星痕迹的时候，它其实早已在心里生根发芽，只等着某个被触动的关键点才会爆发。

老板娘也许正是那个关键点，所以今天的草摩觋才会如此反常，平时并不多话的他才会跟我讲了这么多不为人知的事。

他，也许不是不想说，只是无人可说吧？

我凝视着他，不明白自己为何会心痛，也许是草摩觋无助地忍耐却不得不伪装着不在意的那份心令人心生怜悯吧。

我看着他的侧影好一会儿，突然想到什么，又靠上前附在小吴耳边轻声警告了一句："今天的事情不许对任何人说，不然罚你给黑少、白丝当玩具。"

小吴猛点头。

车内又恢复了安静。

窗外路上的景色从高楼大厦又变成一排排香樟树，喧嚣声渐渐远离。小吴在一个路口左拐。

满目的梧桐叶飘零，路牌改成了梧桐大道，路的尽头远远就能看到唯一的一排宏伟建筑，背山而建，应该就是这次的目的地——圣云高校。

车子越来越接近学校，在最后一个路口停下来等红灯。

我望着车窗外，心底却莫名地涌出一股说不出的怪异感。

离校门不远的道路两侧种植的樱花树竟然是光秃秃的，我能感觉到它并没有枯萎，只是好像跟动物一般陷入了冬眠，而且我根本看不到小花精的踪影。不只是这里，就连刚刚的梧桐树也是，因为没有花精的守护，才会在初夏的季节里，树叶迅速凋零飘落……

这里究竟发生了什么？

所有的花精为何集体失踪了？

而且，那座山……它的磁场我竟有种说不出的熟悉感。

"看什么？"草摩觍冷不丁出声，人也靠过来。

我因为太过沉浸在自己的思维里，竟生生被吓了一跳，可又不能跟他说我此刻心底的疑惑。

"没什么，没什么。"我只能摇头。

草摩觍却皱起了眉头，表情比刚才还阴郁，也许更像是生气。

"哦？是吗？没什么都能看得如此专注？"他说话的语调也有些怪怪的。他的视线透过我这边的车窗看向樱花树那边，只是视线的落点好像更偏下。

我顺着他目光的方向看去，只见樱花树下竟站着一个男生，简单的白色衬衫、深灰色长裤，应该是校服吧，跟我的那套短袖校服很像。他侧身站着，仰头看着旁边樱花树的枝丫，风吹过，将他的头发微微吹乱，他依旧静静地站着……就是那一抹侧影，竟令人无法移开视线。

不知道他站在那里有多久了，由于刚才我所有思绪都在花木无故休眠的事上，根本没有留意其他。

难道草摩觍以为我一直盯着看的对象是他？

"咳。"我不自在地轻咳一声，觉得应该要解释些什么，"我只是觉得这里的樱花树很奇怪，我们府里的那些都已经如雪般盛开，为什么这里连个花骨朵都没有？都已经是初夏了啊。"

"品种的原因吧。"草摩觍终于又坐了回去，不甚在意地答道。

"是吗？"我觉得没有这么简单。

说完我忍不住又看向樱花树下的男生，他有一股翩然如仙的气质，然而我肯定他只是一个人类，可是他究竟在看什么呢？

车子缓缓加速，在与那棵樱花树擦身而过时，树下的男生突然侧头，直直地朝我看过来，我来不及躲闪，目光与他的视线碰个正着。

那是双漆黑的眼眸，仿佛有种吞噬人的恐怖魔力。

我本能地缩回身子坐正，又偷偷朝草摩觍身旁挪近，仿佛这样就能让自己

心安一些。

草摩觊奇怪地瞥了我一眼。

我冲他扮了个鬼脸："你的心情恢复啦？"刚才还一副忧郁的书生样，此刻又恢复了本性。

他的回答是抬起手在我的额头上轻轻弹了一下："白痴。"

虽然不怎么痛，但我还是本能地捂着额头，气鼓鼓地瞪着他："干吗打我？"

"把书包背好，到了。"他又直接忽略我的话，提醒道。

圣云高校有规定，私家车不准进校园。

小吴将车停在校门口，下车开门嘱咐道："少爷，小姐，开心上学哦，下午放学我再来接你们。"

"好。"

我们相继下车。

刚才远远看着就觉得校园好大，此刻站在大门口，更觉贵气壮阔。大门是刻有腾龙祥云的罗马柱组成的巨型拱形门，两侧还开有半扇小拱门，顶是三角凉亭状，镶着石材线条，多了一丝刚毅，凉亭上四个镶金浮雕字赫然入目——圣云高校。

草摩觊已经往校门内走。

我因为很新奇，所以走得不快，一直左顾右盼，估计来得有些晚，路上并没看到其他同学。

走了没多久，前面便出现了分岔路，我跟着草摩觊往左边走，却好奇地望着另一边："哥哥，那边是通往哪里呀？"

"那边是研究部。"

"我们呢？"

"基础部。"草摩觊似乎已经习惯我问的奇怪问题。

"嗯，嗯。"我虚心受教地点头。

没走多久，竟然又看到一扇铁制的伸缩门，门的一侧有间小屋，正对面的窗户有个身着黄绿色制服的大伯坐在那里，戴着老花镜低头看报纸。

还没等我们开口提醒他开门，窗前突然又冒出一个穿同样制服的年轻人："喂，你们两个第一天上学就迟到，给我过来签名。"

看报纸的大伯这才抬起头，推了推他的老花眼，看到草摩觐的时候，神情立即变了，一掌拍向他旁边的小年轻，脸上却笑着朝我们点头："草摩少爷，您居然开学第一天就来了。这小子是新来的，不懂事，您不要介意。"然后迅速给我们打开了那扇自动伸缩门。

草摩觐礼貌地朝他点点头。

我好奇地看看草摩觐，又看了眼窗内的两人，只见戴着老花镜的大伯一直在数落那个挠着头不知道到底哪里做错了的年轻人。

隐隐地我似乎听到"父亲、校董、身体原因极少来学校"的话，然而离得越来越远，声音也渐渐模糊……

我来不及在意，对于学校的一切都很好奇。

我们离教学楼越来越近，突然——

"草摩觐来了！"一声兴奋的尖叫简直可以冲破云霄。

还没等我抬头寻找声音来源，瞬间从四面八方冲过来一群女生将草摩觐团团围住，我一个不留意竟然被生生推挤了出来，然而想再挤进去到草摩觐身边已经根本不可能。

这家伙有没有留意到我不在他身边啊？

我在外围跳呀跳，然而围拢的人越来越多。

"唉，至少先告诉我，我现在该去哪里吧？"我郁闷地叹了口气，在圈外等了好一会儿，看这些女生们的兴奋状态，一时半会儿肯定不会轻易放人，我打算自己先去熟悉熟悉新学校。

找了个花坛踏上去，我朝人群中央一脸铁青的草摩觇挥着手，好不容易他看了过来，我比画了好一会儿，意思是我先去逛逛，你在这边慢慢来吧，也不管他看没看懂，我又做了一个加油的动作，便见他那双墨绿色的眼睛里瞬间蹿起一股火苗。

我吐吐舌头，赶紧跳下花坛开溜。

这家伙来学校也怪可怜的，居然像稀有动物一样被围观，啧啧。

我一边走，一边搜寻着小花精的身影，想问问学校的情况和地形。

圣云高校环山而建，校园内绿化覆盖很广，花木品种繁多，可是好奇怪，我一路走来，连一只小妖精都没看到。

而且这里的花草树木跟学校路口的那些树一样，都处于休眠状态，虽然有新的嫩芽长出，但也没什么精神。

这到底怎么回事？

难道是受学校后面那座山磁场的影响？

我走着走着，竟已走到学校西北角的山脚。学校为了学生的安全，防止某些学生好奇而上山迷失在里面，砌筑了高达3米的围墙，根本没有路口可以上山。

我朝四周看了看，打算使用魔法去山上转转，却不经意间瞥到银杏树下有一个白色身影。

好眼熟！

啊，是刚才在校门口看到过的樱花树下的男生，他又静静地站在那边，仰头看着枝丫，专注得仿佛上面有他最珍视的宝贝。

我犹豫着要不要过去。

他突然侧头，黑如星辰的眼睛直直地看了过来，如刚才一般，我来不及躲，视线就这么不期而遇。

怎么办？怎么办？我莫名地慌乱起来。

　　"你好。"他开了口，温润的声音如风轻轻刮过我的耳朵。脸上的笑容在阳光下好似有魅惑人心的魔力。

　　"你……你好。"我沉浸在他的美貌中，呆呆地看了好久，后知后觉地回道，同时在心底忍不住唾弃了一下自己。平时在家看惯了草摩觊绝美的脸居然没有产生免疫力，此刻看着这张如初冬暖阳的脸居然还会迷失。肯定是草摩觊平时臭脸摆多了，这个男生挂着温和的笑容，我才会一时看呆了。

　　"你是几班的？"他朝我缓缓走来。

　　"不知道。"我摇头诚实地交代，"我是新来的。"

　　"哦，是吗？那你怎么会走到这里，教室应该在那边，是迷路了吗？"他在我距一步之遥的地方停住。

　　我摇摇头，又觉得不对，马上又点点头。

　　他好笑地看着我："那我带你回去吧，顺便带你参观下学校。"

　　"可以吗？"

　　"走吧。"他说完率先往前面走去，我连忙跟在他身后。

　　"对了，你叫什么名字？"他走得不快，似乎是怕我跟不上。

　　我心里有股奇怪的感觉，却说不清道不明，只好笑着回应道："我叫花檬，草摩花檬。你呢？"

　　"草摩？"他眯了下眼睛，笑容不减，"你是草摩家的人啊？"

　　"是啊，怎么啦？"

　　"怕被说高攀啊。"他虽然是说笑的语气，却令人觉得是在嘲讽。

　　我有些疑惑地看向他。

　　"你不知道这所学校是草摩家的吗？"他笑着反问我，见我好像真的不是很清楚，笑容才又和缓起来，"你是草摩家的什么人呀？"

　　"我是草摩觊的远房表妹。"

　　他笑着点点头，说道："草摩这个姓很少有，你竟然也姓这个，我还以为

是直亲。"

"是吗？"我突然觉得自己是不是犯了一个大错误。我是夫人舅姥爷的孙女，不应该跟着草摩家姓的吧？我忍不住戳戳自己的榆木脑袋，自己到底做了什么破设定。还好还好，草摩府都没人注意。

"那个，为什么说这个学校都是草摩家的呀？"我赶紧转移话题，不在这种纠结的问题上打转，怕到时候圆不了谎。

"圣云高校只是圣摩集团旗下的一个教育项目，目的是为集团培养合适的人才，当然它的师资力量在全国也是数一数二的，自然有很多学生慕名而来。而圣摩集团的总裁就是草摩瑞时，他也同时兼任圣云高校的董事。"

原来叔叔这么厉害，我还是第一次听说。

"对了，你还没告诉我你叫什么名字呢？"

"尹翌枫，叫我阿枫就可以了。"他的笑容变得越发亲和起来。

"枫树的枫吗？"我顺口问道。

"这么聪明？"

"真的啊？"我扑哧笑了一声。

"怎么了？"

"看你好像很喜欢树木，每次都在盯着树专注地看，好像上面有什么宝贝似的。"我笑着说。

他瞥了我一眼，笑意未达眼底，走了几步才道："是我妈妈喜欢，所有的花草树木都像她的孩子一样。"

"你妈妈肯定是个善良的人。"

他轻笑了下，没有说什么。

我们一直往前面走着，他偶尔会开口介绍下这是学校的哪里或者那幢楼是用来干吗的。

"今天不是开学吗，不要上课？为什么我看到很多同学都在外面。"

105

"今天只是来报个到，真正上课要到明天。"

"那我们现在去教室吗？可是我不知道我的教室在哪里。"

他只是笑笑，又带我去看教务处外面的公示牌，我努力搜寻了大半天才看到我的名字。

"二年级二班。"我指着自己的名字所在位置，草摩觊的名字在我上面一行，而在我下面的不远处，"尹翌枫"三字赫然入目，"我们同班呢。"

他笑着点头："走吧，去教室。"

"嗯。"

第六章

草摩大少爷吃醋了 06 · CHAPTER

教学楼外，人群已经散去，我搜寻了一圈，没看见草摩觋的身影，估计是回教室去了。

"怎么了？"尹翌枫看到我突然站住，疑惑地问道。

"没事没事，只是在想我们班在哪个位置？"我哈哈笑着挠挠头，顾左右而言他。

"在二楼。"他指了指楼上靠右的方位。

"哦，哦。"我连连点头。

他笑了笑，往楼梯口走去。

突然，一个冷冷的声音传了过来："你去哪儿了？"

我居然没胆气地缩了缩脖子，努力扬起甜美的笑容，回过头——

草摩觋逆着光站在那里，毫无表情的脸上好像结了一层冰似的，眼睛半眯着，视线越过我投向后方，又瞪了我一眼。

"我看你在忙，就想先在学校里随便逛逛，参观参观，正巧遇上阿枫……啊，对了，他和我们同班呢。"我笑着解释，却看到草摩觋的脸色越来越难看。

"花檬，你的介绍多余了。"尹翌枫笑着，却给我皮笑肉不笑的感觉。

"咦？"我疑惑地看了他一眼，灵光一闪，伸手戳了下自己的脑袋，

"哈，我才是插班生，你们早就同班，应该老早就认识了。"

"草摩少爷，要不要一起回教室呀？"尹翌枫开口邀请，语气听上去却有些冷淡。

草摩觋没有回答，慢慢地朝我走过来。

尹翌枫笑着看了一会儿，继续往楼上走："花檬，你以前在哪个学校读书呀？"

"花花童盟。"我顺口回答。

"嗯？我好像没听说过，在哪里呀？"他回头温和地问道。

啊，怎么办？刚才居然把在花国的学校名字报出来了。我的目光不由自主地开始游移，心里拼命盘算着该怎么回答。

"下三流的学校，入不了尹少爷的耳，没听到过也很正常。"草摩觋在身后凉凉地说道。

我一听火气直往上冒，我们花花童萌在花国可是数一数二的高等学府，培养出了像八大花长老这么优秀的人才，他居然敢说是下三流。我回头正想与他理论，却被他深思的眼神直接瞪了回来。

他是在帮我解围吗？我若有所思地闭上了嘴巴。

"草摩少爷真是过奖了，我家财小气小，跟草摩家相比实在上不了台面。"尹翌枫笑着说，语气却极冷。

这两人怎么感觉这么奇怪？我被他们一上一下夹着，心有戚戚焉。

终于走到了教室，好多同学三五成群地聚在一起聊天，看到门口的我们，突然死一般寂静。

我正想问问是怎么回事，却听到一阵此起彼伏的尖叫声——

"哇，草摩觋！"

"哇，尹翌枫！"

伴着尖叫声，我又被蜂拥而至的女生生生推挤了出去，差点儿跌个狗吃屎，幸好集中心智使了个小魔法，倒退了好几步才站住脚跟。

我叹口气"啧啧"两声，这是花国俗称的"犯花痴"吗？

我打算先绕过风暴圈，往教室挪进去，这时，一道愤怒得仿佛能灼伤人的视线令我一个激灵，忍不住朝走廊尽头望过去——

一头亚麻色波浪卷发的女生站在那里，目光直直地射向这边，仿佛自己心爱的玩具被人抢走，而她想要夺回又不能，只能充满怨恨地瞪着这边。

我顺着她的视线回头看，却只看到被围在女生中间一脸无奈笑容的尹翌枫，还有一脸铁青地绷着脸的草摩觐。

她看的究竟是谁？

我再望向她时，走廊那头早已没了她的踪影……

还是先挪进教室要紧。我很快把那个女生抛在了脑后。

"花檬，过来。"草摩觐突然出声唤道。

正在努力往门内挪的我瞬间感觉到身后射过来的一道道杀气。

我假装没听见，只想赶快远离是非地。

"花檬，等等，我给你安排座位。"尹翌枫也跟着说道。

杀气四溢，这么一来，我俨然成了所有女生盯着的目标。

这两人是故意的吧？见不得我置身事外轻松自在。我哭丧着脸，总觉得有股浓浓的捉弄意味。

女生们瞬间朝我围过来。

"啊，你叫花檬啊，是新来的插班生？"

"以后就是同班同学了，都是女生，我们先熟悉下。"

"对啊，来来，我们先过来认识下。"

一群女生七嘴八舌地说着，虽然友好地挂着笑容，却带着一种阴森森的恐怖感觉。

我深觉不妙，却已经被包围起来，簇拥着往教室外的走廊尽头走去。

"草摩，尹，我们先借下花檬，马上就回来。"没等那两人回应，我已经被那群女生架着拖走了。

　　我忍不住幽怨地瞪向罪魁祸首，草摩觐墨绿色的眼眸里透着一丝笑意，朝我投来一个自求多福的眼神，而尹翌枫只是笑着摊了摊手，一副爱莫能助的无辜样。

　　可恶！为什么我突然觉得这两人居然在某些方面这么像。

　　"你叫花檬？"

　　背抵在墙上，前面的一群女生恶狠狠地瞪着我，总觉得我只要回答得令她们不满意，她们就会扑过来灭了我。

　　"呵，呵呵……是啊。"我干笑着回道。

　　这画面怎么这么眼熟，好像变成一群黑少跟白丝在围攻我。呜呜呜……草摩觐你这个坏蛋！

　　"你跟草摩觐、尹翌枫认识吗？怎么认识的？什么时候认识的？"一个假小子般模样的女生表情狰狞，直直地瞪着我。

　　"认识。"我咽了一口口水，这有犯很大的罪过吗？你们不是也都认识他们吗？我疑惑地想。

　　"阿玉是问你怎么认识的，什么时候认识的，别装蒜！"另一个女生凶狠地补充道。

　　"那个……尹翌枫只是刚刚在学校碰到的，他见我瞎晃悠，好像迷路了，便友好地说要带我参观一下学校。"我老实交代。

　　"什么！"一个女生尖叫道。

　　"你说的是尹翌枫吗？友好？自愿带你参观学校？"另一个难以置信地接着尖叫道。

　　"你是不是认错人了，还是你给他吃了什么迷魂药？"

　　"对啊，不可能的，尹翌枫才不可能。"

　　女生七嘴八舌地拼命否决。

　　我一脸呆相。

　　"那个……我能不能问下，为什么尹翌枫风评这么不好，你们都这么

迷……啊，追随拥戴他？"我举起一只手发问。

"谁说他风评不好！"

一转眼，女生们从刚刚的不相信又变成凶神恶煞的母老虎，我是不是不该开口引火上身啊？呜！

"你们刚刚不是在说……"我委屈地指出关键。

短发女生阿玉瞪了我许久，终于开口解释："尹翌枫只是不知道怎么和朋友相处而已。"她顿了顿，用略带自豪的口吻说道，"他是天才，本来可以跳级，听说是他自己拒绝了董事会的提议，想跟正常孩子一样读书，所以才没有跳级。"

"哦。"看不出来他居然这么聪明，我一副虚心求教的好孩子模样，拼命点头。

"所以他有时候缺课，老师都会默许，因为知道他全懂了。"一个女生补充道。

"而且他笑起来如春风一般温和沁人，又如冬日暖阳一般温暖宜人。"另一个女生冒着星星眼，双手合十，呈陶醉状。

"你的文学真好。"我由衷地赞叹。

"她是语文课代表。"旁边有人顺口回道。

"哦，哦，好厉害！"

"停停，别扯开话题。"阿玉忍不住提醒。

"呵呵……"我赔着笑，配合地又问，"那既然尹翌枫这么聪明，笑起来也这么阳光，为什么他说要带我参观学校，你们会觉得这么惊奇、难以置信呢？"

"他虽然脸上时常挂着笑，可是跟同学都保持着距离。我们跟他讲话，他会回答，那种感觉，怎么说呢，会令靠近他的人觉得自讨没趣。"

那你们还对他前呼后拥的！我心里嘀咕着，却没胆真这么说出来。

"是啊，而且他很少主动参与什么事情，我觉得他跟草摩蜘一样，都是怕

麻烦的人。"

"对了，草摩觊呢？你还没说草摩觊和你是怎么认识的？"有个女生终于想起来问了。

"哈哈哈……我是他妹妹。"我觉得这个答案肯定安全。

"妹妹？"

女生们突然凑近议论起来。

"胡说，休想骗我们，我们从来没听说过草摩觊有妹妹！"然后，女生们如怨妇般用喷火的语气呵斥道。

"不会是死皮赖脸黏上去的妹妹吧？"

"肯定是什么干妹妹，草摩觊一向不理会这种人，你肯定是自封的。"

喂，你们是不是想太多了？

我无力地想抚额叹息，可此刻还是先解释清楚为上，我赶紧举起双手加强语气："真的，真的是妹妹。"

女生们面面相觑，见我这般肯定也变得疑惑起来。

"我是他的远房表妹，假期的时候刚刚来到他们家做客，因为要住一段时间，草摩爷爷便叫我跟他一起来上学。"

"是……真的？"

"真的真的。"我连连点头，"下次带你们去草摩府玩。"

"可以吗？"那群女生刚才还一副要吃了我的母老虎模样，瞬间全部变成小绵羊，讨好地凑过来。

"我也能去吗？"

"我也想去。"

……

"嗯，嗯，到时草摩觊在家的生活你们也能看到。"我想象着草摩觊在家被一群女生疯狂追着的狼狈模样，瞬间解气了不少。叫你先出卖我，不出卖你，也太对不起我的智商了。

"花檬啊，原来我们刚才误会你了，你可不要放在心上哦。"阿玉将手放到我的肩膀上，友善地拍了拍上面的灰尘。

"对啊，对啊，我们刚才只是……只是跟新来的同学开个玩笑而已，呵呵呵……"

"玩笑，哈哈……对，就是玩笑。"

好多女生献媚地附和。

"所谓有朋自远方来，不亦说乎。"语文课代表深度近视眼镜后的眼睛闪闪发光。

"那尹翌枫会带你参观学校就更奇怪了。"其中还算理智的一个女生双臂环胸做深思状。

"为什么？"还没等其他女生回神质疑，我率先好奇地发问。

"因为他们两个有点儿既生瑜，何生亮的感觉。"语文课代表解释道。

"嗯。"

"嗯。"

所有女生都点头附和。

"是吗？"难怪刚才在楼梯口气氛那么怪异，"他们有什么恩怨吗？"我八卦地问道，"不会两个人同时喜欢上一个女生，然后为了争夺女生而反目吧？"

"花檬同学，你偶像剧看多了。"阿玉语重心长地看着我说道。

"哈哈……"我只能傻笑两声，因为张妈很喜欢看韩剧，我也跟着看，里面好像是这样演的，"那是为什么呢？"我的好奇心顿时爆棚。

"这么说吧，两个同样优秀的人既能惺惺相惜，又会因气场相似而互相排斥。"

好深奥！我一脸茫然。

"简单说，就是天生敌对，互相看不顺眼。"阿玉叹气，以最直接的方式解释道。

"哦。"我应了一声。心里却有些困惑,这两人真的只是单纯地讨厌对方吗?

"所以说,尹翌枫会主动提出带你参观学校让我们匪夷所思。"双臂环胸、扎着马尾的女生下着定论。

"估计他只是看我可怜,一个人在学校北面山脚迷路,才好心带我出来的吧,也没怎么逛,就是一路走来随便介绍了下。"我赶紧撇清关系。好不容易看这群女生的气焰熄下来,我才不不要傻傻地去浇油呢。

"我也觉得只是凑巧。"阿玉认同地点点头,"刚才看到他们两个同时出现在门口就觉得太神奇,以为太阳从西边出来了。"

"我跟尹翌枫走到楼梯口的时候,正好我哥哥找到我,所以就一起上来了。"

"走了,我们先回教室吧。"马尾女生出口提醒道。

"对啊,把花檬同学拉出来聊这么久,你哥哥等会儿要担心了。"

"呵呵呵。"我咧嘴露出一个笑容,他会担心才有鬼呢。

"花檬,草摩觊在家是怎样的呀?"阿玉挽着我,兴致勃勃地问,迎来其他女生期盼的目光。

我好奇地反问:"跟在学校不一样吗?"

"应该不一样吧!"阿玉激动地说道,"比如他来学校都是清一色穿的校服,在家肯定穿更别致更帅气的衣服,我超想看他穿睡衣的样子。"

所有女生做出一副梦幻状,害得我脑海里情不自禁地浮现出那晚被扑倒在他床上的画面,那天他好像就穿了一件白色的睡衣,周身沉浸在柔和的月光中,俊美无瑕的脸靠得那么近……

我的耳根又忍不住发烫,赶紧轻咳了一声掩饰心虚:"他在家基本都穿白色衬衫,哈哈,看上去没两样,哈哈哈……"

女生们失望地叹了口气。

"草摩觊因为身体原因极少来学校上课,就算是同班同学都很少能见到

他。真羡慕你，可以天天见面。"阿玉羡慕地看了我一眼，碎碎念道。

"是啊，还以为今天他也不会过来，真没想到开学第一天就能见到他。"

可是陆伯好像提起过，那家伙只是季节交替或者气候太反常才会偶尔感冒，身体不好应该只是小时候的事情了吧。估计是那家伙偷懒不上学的借口。我在心里暗暗吐槽。

不知不觉就已经走到了教室门口。

阿玉拉住我，不放心地叮嘱一声："花檬，以后草摩觋的情报就拜托你了。"

所有女生齐刷刷地盯着我，我好像被瞬间赋予了一个伟大使命般，不由自主地嗯了一声，点点头。

阿玉这才放心地笑着拖着我走进去。

草摩觋在右排靠窗的地方，拿着一本书静静地看着，自成一股气场，非常爽心悦目。他是那种天生一举一动都散发着优雅高贵气质的人。

女生们为此目眩神迷了好一会儿，我虽然免疫力比她们强，不过美好的事物总会让人忍不住将视线停留。

"花檬，你坐我边上吧，正好空着一个座位。"阿玉强迫自己收敛心神，觉得先安顿我这个"间谍"比较重要。

教室里是一人一个独立座位，共四排，过道比较窄，仅供两人错身过去，我想应该是为了防止同学课余打闹。

阿玉说要安顿我的座位就在她左侧，草摩觋邻座的前一个座位。

我坐下后忍不住又回头瞥了他一眼，他正好从书中抬头，于是视线一下子碰个正着。我用眼神努力传达我无言的悲愤，他只是掩嘴淡淡地轻咳一声，假装没看见继续低头看书。

"花檬，你看什么？"阿玉凑过来，"看你哥哥吗？你不知道这个位子有多少人觊觎着，可以跟草摩觋离这么近。而且……"

我因为过于好奇，打断她的话，凑过去问："那你为什么不坐呀？"

阿玉悲愤地握拳："不敢坐。"

我惊讶又疑惑，故意压低声音阴森森地道："不会是受诅咒的位子吧？"

"差不多。"阿玉叹口气，凑得更近一些，"因为女生们都想坐在这里，可是位子只有一个，所以谁也不希望别人坐上去，为了班级的和平与团结，最后由花美男同盟会会长，也就是我啦，定下规矩谁也不能坐这里，而且只要在教室内，谁也不能借故围在草摩跟尹身边，以免造成他在教室里不舒心，唉，其实是为了怕他到时候跟董事提议换班级，我们不敢冒这么大风险。"

"哦。"我若有所思地点点头。

怪不得刚才在教室门口这么大的动静，而此刻居然都本本分分、安安静静地坐在自己的位子上。

"那，那我坐在这里，不是也很危险吗？"我指着自己，额头开始冒冷汗。

阿玉抛了一个"你是笨蛋"的眼神："你是草摩觐的妹妹，不属于'竞争对象'。"

"哈哈哈……原来如此。"

我新奇地环顾着教室，跟花国好像没什么区别，只是多了一些高科技的东西，讲台上方居然还挂有电视机："那个可以看电视剧吗？"

"不能。"阿玉撑着头无聊地回答我，"不过等会儿教导主任的开学训话会在上面进行现场直播。"

"教导主任好厉害呀。"我由衷地赞叹。居然跟花国八大长老之一的花宗长老的秘术一样，能全校影像传达。

阿玉白了我一眼："的确很厉害。"

奇怪！为什么我觉得我们说的似乎不一样？

"怎么没看见阿枫呀？"刚才开始就觉得少了点什么，现在我终于想起来了。

"阿枫？你说尹翌枫？"

"是啊，是啊。刚才不是跟我哥哥一起进来了吗？"

"花檬，作为花美男同盟会会长，我一定要提醒你一句，以后记得还是叫他尹翌枫或者尹，千万别亲昵地叫阿枫，否则……"阿玉露出恐怖的神情，害我又忍不住吞了口口水，屏息听着她继续说，"否则你会成为全校女生的公敌，就像白佳微一样。"

"白佳微？也是我们班的吗？哪一个？哪一个？"

"花檬同学，你到底有没有听重点？"阿玉做咬牙切齿状，无力地叹口气，"要不是你是草摩觊的妹妹，我才懒得跟你讲这些。"

"我知道错了，下次一定记得只叫他尹翌枫。"我举起两根手指发誓。

"嗯，嗯。"阿玉欣慰地点点头，才跟我解释道，"白佳微是隔壁班的。据称是尹翌枫的青梅竹马，上学放学都会粘着尹，又不是连体婴，我觉得尹不是很喜欢她。"

我认真地听着。

"尹对她虽然有点儿特别，可是一定只是因为从小长大的情分，他从来没有承认过白佳微是他女朋友。"

哇，女生浓浓的妒忌真可怕。

"花檬，你们在聊什么？"身后一条手臂伸过来，戳了戳我的背。

阿玉瞬间僵住，直挺挺地转正身体，假装没事发生似的朝前方看。

我深吸一口气，讪笑着回头："尹翌枫，你刚才去哪里了呀？我怎么没看见你。"

"有点儿事情出去了一下。"他笑了笑，岔开话题，"我还以为你坐到别处去了，没想到还是我预想的位子。"

"啊？"

"我们前后桌。"

"啊！"

我侧头朝阿玉望去。阿玉继续装耳聋。难道刚才她被我打断的那句"而

且"，说的就是这个位子不但与草摩觋接近，还是尹翌枫的前桌？

"怎么了？不想坐我前面呀？花檬。"他挤出一个忧伤的笑容。

我回他一抹更忧伤的笑容："我怕被灭口。"

"呵呵……"他轻笑出声，"花檬，你太可爱了。"

可是——

为什么我一点儿也高兴不起来？

不是说他因为怕麻烦而跟同学们保持距离吗？那现在这个挂着笑容、戳着我丸子头的人是谁？

我虽然没抬头，却敏锐地感觉到四周射过来的杀气，忍不住瑟缩了一下。

其中还有一道从左后方射过来的冰冷视线。

草摩觋！

"花檬，花檬。"

尹翌枫戳着我的丸子头，似乎上瘾了，这家伙跟草摩奶奶一个德行，呜呜呜，我可怜的丸子头命运多舛。

被他一闹，我都顾不上想草摩觋生气的缘由，只得一手护着头，一手去拍他的手。

"同学们，早上好！"

一个声音从讲台上响起，我停止闹腾，瞬间转身坐正。

咦，老师呢？那声音——

电视机屏幕上正在播放一个身着灰色西装、头发呈地中海式的中年发福男人坐在印有"圣云高校"四字和校徽的背景前，通过面前的话筒向我们打招呼。他手里拿着稿子，旁边还放着一杯茶，朝电视外的我们微笑。

这就是阿玉说的现场直播吗？

我有些失望，好像还是花国长老爷爷们比较有气场，举手投足都是我们的表率。

突然，背后被人有规律地戳了戳，我好奇地回头，尹翌枫朝我露齿一笑，

递了一张字条过来。

　　我疑惑地瞥了他一眼，然后偷偷放在桌子底下打开看："今天放学早，我带你去小吃街。"

　　"小吃。"我吸了吸口水，那天跟草摩觊在市区吃过后，我一直好想能再吃到那些美味。

　　"好呀，好呀。"我回复道，还在后面画了个笑脸，将字条递还给了他。

　　"要不要跟你哥哥请个假？"

　　"他不能一起去吗？"

　　"他应该不想。"

　　"呃……"

　　一来一回，忙得不亦乐乎，我还是第一次这么跟人传字条，比起当面说话，多了一份隐秘的乐趣。

　　我将字条递回去，不经意间瞥到草摩觊阴郁的墨绿色眼眸正瞪着我们这边，眸色极冷，他是在生气吗？

　　我怯懦地笑笑，赶紧坐正，一种做了坏事被当场抓住的怪异感袭上心头。我摇摇头，心想肯定是草摩觊不喜欢尹翌枫，所以看到我跟他传字条才会这么不爽吧。

　　"花檬，有没有逃过学？"字条又重新递了回来。

　　"没有。"

　　他是想带着我开学第一天就逃学吗？

　　"今天只是开学实训，不上课，沈老头等会儿讲完，还有校长继续念经。现在小吃街应该很空，要不要出去？"

　　"可是，老师不会生气吗？"话是这么说，其实我有点儿心动。

　　"有我在。"

　　一锤定音。

　　于是，我重新写了一张字条卷成一团，扔向左后方草摩觊的桌子，等会儿

草摩大少爷吃醋了

他要是找不到我，到处张贴寻人启事，我的一世英名可就全毁了。

"哥哥，我跟尹翌枫去吃好吃的，你要不要一起呀？"我还在后面加了一个吐舌的鬼脸。

字条很快被扔了回来。

我的一串字下面，只有冷冷的两个字加一个加重语气的感叹号——

"不准！"

我跃跃欲试，正打算"尿遁"，被这两字生生地兜头浇了一盆冷水。

尹翌枫一直在后面等着我先出去，见我突然没什么动静了，就伸手戳了戳我的后背。

我露出一个比哭还难看的笑，用嘴形无声地说道："我哥哥不准。"

尹翌枫看向旁边，草摩觊也冷冷地回瞪过来，感觉他们视线相交的地方火星四射。

"不用理他，我们走。"他说着就站了起来。

草摩觊率先一步起身走到我旁边，把我拉着往教室外走。

"哥哥，我们去哪儿？"我轻呼一声问道。

班级里所有同学都莫名其妙地看向我们这边。

"回家。"他不耐烦地说道，"已经报过到了。"

咦？这样也可以？

那天虽然没有去成学校的小吃街，可是接下来的日子，尹翌枫像故意似的，跟我走得很近，带我参观学校高年级的社团，去看文艺演出，又教我柔道和跆拳道……

他居然是跆拳道黑带呢！

"小时候天真地想着只要自己变得足够强大，就能保护最重要的人。"他站在窗口，逆着光，微笑着对我说。

那时候的他仿佛是一个背后长了翅膀的天使，卸下了所有防备，温和而善

良。

我不由得想，能成为他心底最重要的那个人是多么幸运与幸福……

"花檬，明天带你去小吃街，上次你回家了没吃成。"

我原本拖着疲惫的身躯摇摇晃晃的，一听这个立刻精神抖擞起来："好呀，好呀！我要吃遍小吃街。"我兴致勃勃地说道，一个激动却牵扯到刚刚扭到的腰，又苦着脸哀叫起来。

这家伙教学真是一点儿都不放水，我今天被摔了不下二十次。

"回家用热毛巾敷一下会好些。"尹翌枫笑着嘱咐。

"这要是练到黑带，我估计半条命都没有了。"我深深地叹了口气，"我放弃了。"

"这么快？"尹翌枫扶住我往门口走去，取笑道，"某些人不是放出豪言壮语，只需一个月就能考到我用了整整半年才考到的黑带吗？"

"哈哈哈，我说过吗？我怎么不记得了。"抚着酸疼的腰，我故意装傻不肯承认。

尹翌枫只是笑笑，伸手又戳了戳我的丸子头。

"喂，你干吗老喜欢戳我的头发？"我终于忍不住抗议了。

他笑而不语，眼神又变得柔和起来。

莫非这家伙那个最重要的人也跟我一样喜欢扎丸子头。我暗暗猜想着……

校门口，一辆熟悉的轿车早已停在那里，小吴看到我过来，急忙下车为我开门。

我朝尹翌枫挥挥手，朝轿车奔去。

草摩猊坐在车里，面无表情地双臂环胸。

"呵呵……哥哥，你等很久了吗？"

最近几天好像都是他在等我，学校是3点半放学，过后都是学生的自由时间。我跟着尹翌枫在学校晃悠，不知不觉都会挨到5点左右。

　　我跟草摩觊提过可以自己坐车回去或者让尹翌枫送我回去，让小吴先送他回家不用等我。他只是冷冷地说，最近他都要在图书馆看书。

　　"小吴，开车。"草摩觊没有理我，直接下达命令。

　　一路上，气氛冷到冰点，粗神经的小吴都忍不住从后视镜偷偷地瞟了好几眼。

　　"手怎么了？"草摩觊似乎一直不明缘由地在生闷气，看到我一直揉着手腕，终于忍不住开口问道。

　　"刚才练跆拳道的时候，不小心手用力撑了下，稍微有点儿扭伤，不过没大碍。"我哈哈笑着说。

　　他的脸色却更加阴沉了："少跟姓尹的接触。"

　　"不关他的事啦，是我自己说要尝试练练看的。"

　　他瞪了我一眼，有种想要掐死我的感觉："我是让你小心他那个人。"

　　我好奇地望着他，等着他解答。

　　他叹口气："平时笑里藏刀、不愿与人深交的人，突然对刚转学的你这么热心，你不觉得有问题？"

　　"哈哈哈……那肯定是因为我魅力太大。"我拍拍胸脯，嘚瑟地说道。

　　"笨蛋。"他瞪了我很久，最后无力地吐出两个字。

　　我没有反驳，看着车窗外，玻璃上，我看到自己唇角带着一丝笑意。

　　周末清晨，我早早地起床洗漱完毕，满心欢喜地啃着张妈给我做的大肉包。

　　"小姐，周末难得可以睡个懒觉，你怎么起这么早呀？"

　　"恩恩，我等会儿要出去。"我一边嚼着肉包，一边回答道。

　　"去哪儿？和谁？"

　　声音是从餐厅大门那儿传来的，一贯的清冷，除了草摩大少爷别无他人。

　　我回头看着他："哥哥，你怎么也起这么早？"

他走到我身边，接过张妈递过来的牛奶喝着："别顾左右而言他。"

"尹翌枫，他说带我去个好玩的地方。"我撇撇嘴说。

"不是让你少跟他来往吗？"

"可是，我们是同学啊，他热情友好地跟我做朋友，也没有什么坏举止，我怎么可以不明缘由地去伤害同学的感情。"我抗议道。

"你……"草摩觊气得猛灌了一口牛奶。

我将最后一口包子塞进嘴里，打算去房间拿包，然后去大门口等尹翌枫，他昨天客气而坚定地说要来草摩府接我出门。

"等等。"草摩觊不着痕迹地吐了口气，唤住已经走到门口的我。

"有什么事吗，哥哥？"

"你不是一直很想跟黑少、白丝做朋友吗？我今天正好有空，咳，可以带你过去。"说这话的时候，他的表情明显有些不自然。

"啊？"我纠结起来，"明天不行吗？"

"只有今天。"

"那爽朋友的约，似乎不太好呀。"

"错过今天，我不知道什么时候有空。"他一本正经地说。

"呃……"

暗自衡量了好久，最后，我咬咬牙说："我去打电话。"

草摩觊满意地点点头，慢条斯理地开始吃包子，嘴角不经意扬起的笑容像是夺回了心爱玩具的孩子，满足而自得。

十几分钟后，北院。

"黑少、白丝，坐下。"

草摩觊背手而立，开口命令道。

两只大笨犬乖乖地蹲坐在地上，伸出舌头，伴着呼气声。

草摩觊侧头示意我过去，我害怕地摇摇头，躲在他身后。

"你不是要跟它们做朋友吗？不先让它们熟悉你，怎么进一步发展呢。"

谁要跟他们做朋友，我只是想进小屋去看看里面到底有什么。

我双手扯着他的衣袖，挣扎了许久。

"哥哥，你陪我一起？"我可怜兮兮地请求。

草摩觇瞟了我一眼，牵住我的手走过去。

"黑少，伸手。"

黑少冷傲地瞥了我一眼，不情愿地在主人的命令下抬起了右爪。

草摩觇示意我去握住，我小心翼翼地俯身过去，目光时不时地瞥下草摩觇，在他投过来的放心的目光中，我伸出手握住跟黑少的小肉爪。

"嗨！小黑……"在黑少凶冷的目光中，我咽了口口水，将"少"字念完，本来还想跟它贴近点，看来不大可能。

我就这么跟它握着手，大眼瞪小眼。

"白丝，伸手。"白丝也乖乖地抬起爪子，草摩觇自然地跟它握住摇了摇，"乖！"他放下它的爪子，然后摸摸它的头。白丝开心地伸出舌头发出嘶嘶的讨好声。

我打算依样画葫芦，将黑少的爪子放下，然后去摸它的头，被它嫌弃地撇过头躲开了。

"我还是被嫌弃呢。"我委屈地向草摩觇哭诉。

草摩觇无语了一会儿，耐心地继续教我怎么跟它们玩，亲近……

晚霞映红了半边天，我早已累得盘腿坐到石子路上，与黑少、白丝互相瞪视着。草摩觇说要去拿狗粮让我拿给它们吃，他估计也没辙了，黑少、白丝居然也会用表面功夫，绝对是快成精的狗，当着他的面，勉强还应付我一下，他一走，立刻对我露出真面目。

"拜托，我就想进去看一眼，就一眼，就让我过去吧。"我打着商量。

"嗷呜，汪！"

"敢进去杀无赦"，它们的眼神以及语气充分表达了这个意思。

努力了一天，最后还是以失败告终。

我垂头丧气地跟着草摩觌回餐厅吃晚饭。

"被嫌弃的终究还是被嫌弃的。"草摩觌总结道。

"哼，明天去垃圾街大吃一顿补回元气！"我朝天望着浮云，气鼓鼓地说道。

走在前头的草摩觌突然停住了脚步，回头疑惑地看着我："垃圾街？"

"对啊，就是小吃一条街，好像同学们都习惯称它'垃圾街'，虽然我也不明白是为什么？哈哈哈……本来说好今天跟尹翌枫去的，不是正好你说要帮我跟黑少和白丝做朋友，我就跟他说改成明天，他二话不说就同意了。"

草摩觌无奈地瞪了我半晌，脸色极其沉重："你说，你没有取消约会？只是换了时间。"

"是啊，明天他一早就来接我呀，那条垃圾街据说很有名，想到那些好吃的，口水都要流下来了。"

我做期待状，错过了草摩觌难得的快要抓狂的神情。

第七章

阴谋 07 • CHAPTER

　　"垃圾街"位于学校东南方向，走过一条不算宽敞的柏油路，再转个弯就到了，那里原本是农民的矮房，后来这里建了学校，就渐渐被承租出去开小吃店，一家一家竟形成了一条街。

　　由于来的人很多，许多毕业后的学生也会带人过来一尝这里有名的小吃，所以每天产出的垃圾也极为惊人，不知道从哪个学生开始，就顺口叫成了"垃圾街"。

　　今天是周日，人数之多可想而知。

　　我一手拿着铁板鱿鱼，一手拿着关东煮。

　　尹翌枫拿着一串丸子也毫无帅哥形象地跟着我边吃边走。

　　"花檬，那边好像有著名的绍兴臭豆腐，要不要吃？"

　　"臭豆腐？"我还是第一次听说，"臭的还能吃？"

　　"笨！臭豆腐、臭鳜鱼、臭蕨菜……都是人类最伟大的发明。要不要试试？"他卖力地鼓动我去尝尝。

　　"当然要试试。"作为一个吃货，尝遍人间美食可是我最大的愿望。

　　尹翌枫好笑地戳戳我的额头："走吧。"

　　虽然说是臭豆腐，只是闻上去有点儿味道，不过吃起来很香，跟上次吃的毛豆腐又不一样。由于手上的东西太多，我们干脆在小摊内选了一个两人位置

坐下开吃。

"蘸点儿酱味道更好。"尹翌枫倒了一些酱料在碗碟里,然后推到我面前。

"嗯……好……"嘴里塞满了食物,我随意地应了声,"你也吃。"

"嗯。"尹翌枫摇摇头,居然将我含了满嘴食物吐出的话听明白了。

我一直埋头狂吃,根本没想过要在帅哥面前保持淑女形象,旁桌的女生频频侧头,而路过的一些女生居然也挨个坐进来,臭豆腐小摊从未迎来过这么多花枝招展的女生,老板乐得笑开了花。

"阿枫,原来你在这里?"一个身着淡色连衣裙的女生款款走进来,那头漂亮的亚麻色波浪卷发随意地用发带拢在身后,唯一不搭的是她似乎根本受不了这里的气味,一直用手掩着鼻子。

"佳微,好巧。"尹翌枫抬头笑着看向她。

"你吃完了吗?要不我们去以前经常去的奶茶屋那边坐坐。"她看着尹翌枫说,完全无视坐在旁边的我。

"花檬,要不要去尝尝?"尹翌枫侧过头问我。

我将最后一块臭豆腐吞下去,才用力点头:"嗯,正好口渴了,嘿嘿。"

尹翌枫温柔地递了一张纸巾作势要帮我擦嘴角,感觉到站在旁边的女生散发出的强烈杀气,我赶紧将纸巾拿过来,随手抹了抹:"好了,走吧。"

一站起身,我才发现整个小空间里居然挤满了人。

"哇,这里生意真好。"我由衷地点头称赞。

"好吃下次再带你来。"尹翌枫以为我还意犹未尽。

味道的确很好,我开心地猛点头。

"阿枫,伯母最近怎么样?"白佳微不甘被冷落,直接打断我们。

尹翌枫瞥了她一眼,她的脸色突然变得很不自在,我关心地跟着问:"你妈妈生病了吗?"

尹翌枫瞬间收敛了神色,笑着看向我:"只是身子有点儿虚,没什么大

碍。”

"哦。下次带我去见见伯母呀。"

"嗯，有机会的。"尹翌枫别有深意地看了我一眼。

我没有察觉到异样，目光已经瞥向不远处的其他食物："我要吃那个。"

"走吧。"尹翌枫宠溺地拉着我朝那边走去。

白佳微的脸色更加难看了，却还是跟了上来。

我一手一串水果糖葫芦，满足地大口咬着。

尹翌枫不喜欢这种甜食，而白佳微估计是不想跟她讨厌的人吃同一种食物，所以也没买。

"花檬，你的胃太……强大了。"尹翌枫边走边取笑道，因为这一路上，我的嘴巴根本没有停过。

"猪。"一个冷冷的熟悉的声音在身后响起。

我一惊，猛地回过头，只见草摩觎不知何时出现在我们身后，脸色从未有过的铁青。

他怎么会在这里？张妈说她家少爷最讨厌去人多的地方，尤其这种满街都是油腻的食物味和杂乱的人声，所以早上我出门的时候，他根本没提起说要一起过来。

"哥哥？"我回过神之后，忙笑着迎过去。

"吃饱了吗？吃饱了就回家。"他看着我灿烂的笑脸，脸色稍微缓和了些。

我摸摸鼓鼓的肚子，有些依依不舍："可是尹翌枫说，那边还有家不错的奶茶店。"

"嗯，花檬还要去喝奶茶，你有事可以先走。"尹翌枫冷笑着回应道。

"没什么事。"草摩觎看了我一眼，淡然地道。

"那一起去吧？"我立即开心地提议。

"草摩大少爷估计对那种几块钱一杯的奶精很反感，花檬，你太不了解你

哥哥了，估计他从小都没来过这种地方呢！还是不要为难他了。"

我实在不明白尹翌枫跟草摩觊到底有什么深仇大恨，为什么碰到一起总喜欢互掐。

"哥哥？"我扯扯草摩觊，看到他正面无表情地瞪着尹翌枫，不由得有些担心。

"阿枫？"白佳微站在尹翌枫身边，似乎也有些紧张。

"奶茶下次再喝，我们先回去。"草摩觊一把牵起我的手，转身就要离开。

尹翌枫却不依，挡住了我们的去路："你只是她哥哥，不能随意左右她的意愿吧？"

草摩觊只是冷冷地吐出两个字："走开。"

"花檬，我们去奶茶店。"尹翌枫跟他杠上了，牵住了我的另一只手。

"花檬！"草摩觊第一次那么严肃地叫我的名字。

我苦着脸左看看右看看，忍不住求救似的看向站在一旁的白佳微，她只是冷冷地回瞪我……

身旁的人群渐渐停住脚步，好奇地瞥向我们这边，尤其是围过来的女生越来越多，毕竟两个这么赏心悦目的大帅哥同时出现在这里，周围的一切都变得流光溢彩，充满粉红色的泡泡。

我咬了咬唇，不想被众人指指点点当珍稀动物观赏，于是闭了闭眼睛，轻轻挣脱了尹翌枫的手："我还是先跟哥哥回去吧。今天谢谢你了，尹翌枫。"

他一脸深沉地盯着我，没有说话。

草摩觊眼皮都没抬，直接牵着我转身穿过人群，快步离开了。

我只是任由他牵着往前走，望着他挺直的背影，嘴角忍不住溢出一丝笑意。一向讨厌这种环境的草摩大少爷居然出现在这里，而且明显是为了来找我。

他是不是在担心我？

其实，草摩觋说得没错，尹翌枫的确有问题，从我第一眼看到他起就察觉到了他的异样，他似乎也对我有什么怀疑，所以不遗余力地亲近我。

只是，不入虎穴，焉得虎子。既然他率先有了接近我的动作，那我就静观其变。毕竟我是花妖，他区区一个人类也玩不出什么花样。

"花妖大人，您叹什么气呀？"樱七小小的身躯贴在窗玻璃上，瞪着大大的眼睛看着我。

"咦，你今天怎么冒出来了？"我靠在窗台上，有些懒洋洋的。

草摩觋一路闷头不说话，回到家后，他就直接将自己关进书房，没再理我，估计心里余怒未消，我也不敢在这个时候自讨没趣，去捋老虎胡须。

"是你自己最近太忙，都没时间理我们。"小樱七不满地指控道。

"嘿嘿……我有重要的事情要做嘛。"我将窗户打开，让樱七飞进来，改用双手撑着头。

"哼，肯定是在学校玩得乐不思蜀，所以才不理我们的。"小樱七气鼓鼓地盘腿而坐，收起那双透明的翅膀。

"真的有很重要的事情，我发誓。"我举起三根手指头，向樱七保证，"本来我熟悉了学校后，就想带你去玩玩的。只是……"

"怎么啦？发生什么事了吗？花妖大人。"小樱七立刻紧张起来。

"那所学校很奇怪。"

"嗯？"

"围绕着学校，不管是校内还是校外，所有的花木灵气都在消逝，连个成形的花精都看不到。可是又找不到任何异样，我觉得很奇怪。"

"会不会是那边磁场的原因，不容易修炼啊？"

"我去学校图书馆查过资料，发现原来这所学校居然是建在'云山'山脚，虽然那时候为了安全考虑，适当地靠后挖了一部分山体，不过总体没有改变山脉走向，对它的破坏应该不大。"

"云山？好熟悉呀。"小樱七摇晃着脑袋努力思索着。

"废话，那是人间妖精们最喜欢的修炼场所，也是通往花国最近的路口，笨樱七。"我用手指轻轻地敲了敲它的头。

"哦，哦，怪不得，这个地名那么熟悉。"

"所以在学校内找不到半只小花精，我才觉得奇怪。"

"是好奇怪。"

我白了它一眼："我怀疑是有人在搞鬼，可是又想不出来这么做的原因，唉。"

"唉。"樱七也跟着叹气。

我的一指神功再次戳了过去："你再学舌，看我怎么灭了你。"

"没有啊，我只是叹我好命苦，本来还有机会去学校见识下，现在看来又要泡汤了，唉。"

我好玩地将它当球滚："那倒也是，如果那边的问题没解决，你还是暂时不要去那边比较安全。指不定那里住了一只会吃妖精的怪兽。"

"花妖大人，花妖大人，别玩了，我好晕啊。"樱七喊道。

我这才收手，暂时放过它。

"小樱七，你说那里奇怪的事情跟花巫大人的失踪有没有关系？"

小樱七像喝醉了酒般，东摇西晃，根本没明白我在说什么。

我又懒懒地趴靠在窗桌上，脑海里一团乱，完全理不出头绪，只能从可疑的尹翌枫下手。只是他是人类，我又不好使用魔法，得找个机会让他带我去他家玩玩。虽然草摩觐不喜欢我跟他太亲近，可是我现在又不能告诉他实情，指不定他还以为我是哪家医院跑出来的病患呢……

隔天上学，我一直想找尹翌枫，跟他道个歉，因为昨天先抛下他走了，没想到他居然请了假没来上学。班里的同学却对此已经见怪不怪。

我以为隔一天两天就能见到他，只是连续一个星期，他都没有在学校出

现。

"阿玉，你知道尹翌枫为什么不来学校吗？"我忍不住凑到阿玉身边，轻声问。

"不知道呀。尹翌枫一向很神秘，不过他请假很正常，以前也这样。"阿玉一副不用担心的语气。

我若有所思地点点头。他应该不会因为我那天抛下他伤心欲绝，躲在家里难过吧？我赶紧摇摇头，不能这么自恋，他接近我肯定有其他目的。

"花檬，放学去哪里玩呀？"阿玉转移了话题。

"我回家，呵呵……"今天得去后山转转，趁尹翌枫不在，正好去那边观察一下情况。

"嘁，你就是为了跟你哥哥多待在一起吧。"阿玉对我是草摩觊妹妹的事真是羡慕不已。

"下次给你拍他睡觉的照片啦，阿玉别生气嘛。"

"哈哈，这可是你说的，到时候别耍赖。"

"嗯，嗯。"我扬着笑容，坚定地点头。上次还替她们拿了草摩觊的一些日常用品，被那群女生当宝贝一样地收藏了。

"还是我家花檬最可爱。"阿玉马上变了脸，抱住我做出一副激动得痛哭流涕的样子。

我嘿嘿苦笑。要是被草摩觊发现我偷拿他的东西送给其他女生，我估计要见不到明天的太阳了。

放学后，我跟草摩觊说了声我有点儿事情要处理，就匆匆往后山赶。

在无人的院落，我念了口诀，直接飞上了后山。

山里有层薄薄的雾，没有动物的呼吸和鸣叫，静得有些诡异，参天的古木里居然也看不到半只树精。

如果树精修炼成功成为树妖离开原本的寄主，也会有新的小树精寄居过来，树木花草才会保持生机勃勃。

134

云山的磁场并未发生多大变动，却找不到任何来这里修炼的妖精的踪迹。

天色渐渐暗下来，我转悠了半天，无功而返，忍不住叹了口气。看来今天得先回去，不然草摩觑见我迟迟不归，指不定担心得出来找我，到时候就更麻烦了。

"呜，呜。"突然，一声声极细极轻的呻吟从不远处断断续续地传来。

我一愣，赶紧循着声音四处寻找。

一只被掉落的枯树叶盖住了大个半身子的小树精倒在那边，似乎太过虚弱而无法动弹。我走近蹲下身查看，小树精已经奄奄一息，感觉仅剩一口气了。

我将它小心地托在掌中，屏息凝神用自己的灵力护了好一会儿，它才微微有了苏醒的迹象。

"你是……"小树精强撑着睁开眼睛，紧张地问道。

"我是花妖，别怕。"

"嗯。"它轻声应道。

"能告诉我发生了什么事吗？怎么这里的妖精们全消失了，而你也变得这么虚弱？"

"我是侥幸逃脱的……不知道从什么时候开始，身边的妖精们一只一只地失踪……一开始，大家以为它们是修炼成树妖后去树国了，还怪它们都不和我们告别一下，渐渐地，失踪的妖精越来越多……我们才发现了不对劲。"

"然后呢？是谁干的？"

"是……"它太过虚弱，一下子说了这么多话，将所有精力用得差不多了，眼睛慢慢地又重新合上了。

"是谁干的？"我焦急地问着，抖了抖手。

它却已经沉沉地睡了过去。

我轻轻抚摸了一下手中这只可怜的小树精，结了个印护住它，然后藏进书包，打算先将它带回草摩家好好养伤。

我俯瞰了一下校园，只有三三两两的学生还在主道上行走，刚刚还喧闹沸

腾的校园，此刻安静了好多，我依旧飞回了刚才无人的院落，拍了拍身上的泥土，假装什么事情都没发生往校门外走去。

蓦地，一道带着灵压的掌风凌厉地从身后袭来。

我本能地往旁边一躲，脚一下子没站稳，因为惯性而往前跌跌撞撞地冲了好几步，还没来得及回头看究竟发生了什么事，又一道灵压掌迎面袭来。

我连反击的机会都没有，只能一个劲地躲避。

一个跃身，我跳到了一棵香樟树上，却根本没有喘息的时间，那人紧随其后脚踏树干飞了过来，掌中的灵压越来越强，被击中的话肯定非死即伤。

我集中精神接连使用了隐形术加穿透术，沿着树干遁到墙壁的角落处，不由自主地放缓了呼吸。

那个人很快也飞到了树下，站在那里四下搜寻我的身影。

我一动都不敢动，紧张得连手心都冒出了一层薄汗，眼睛紧紧地盯着那人的举动。

这人整张脸都包了一块黑色的布，只露出一双大而警惕的眼睛，看身形像一个女生。而刚才那几招灵压掌，明显是花国的法术，从我一招都无法招架来看，她有可能是比我等级更高的花使。

可是为什么花使会出现在这里？而且还要攻击我呢？

容不得我多想，她已经双手结印，试图破我的隐形术。

我咬了咬牙，掌心凝起一股灵压，既然避无可避，只能尽快偷袭，也许还能有一线生机。

我极小心地往她那边挪动。

有机会！

趁她刚结完印出现短暂的空当，我瞅准时机直接扬掌朝她攻去——

"啊！"

一声惨呼，我被反击一掌，直接被灵压之气震飞到一丈开外，直直撞上墙壁后再自由落体跌到地上。

我捂着胸口，脸色惨白地从地上艰难地爬起来，却因为力道不足，又虚弱地跌坐了回去。

她居然看穿了我的招数，刚才只是在等着我自投罗网。

眼看着她一步一步朝我走过来，我想凝结灵压，用我的秘术暂时冻结她的思维，不过这一招对比我等级高的花国子民不是每次都有用，他们只需用灵压将我的秘术破除即可。

可是现在这个状况，只能死马当活马医，只需一分钟的时间，让我有机会逃跑就好。

她越走越近，我凝神运劲，好半晌发现灵压居然被封住了，她刚才打到的竟然是我的封印穴。

呜呜呜……完了……这次真的死定了……长老爷爷，救命啊……

"砰！"

突然，随着一声闷响，我震惊而难以置信地看着已经走到我身旁的黑衣蒙面人瞬间被打飞了出去，拦腰撞到了前面的香樟树上。

咦？难道真的是长老爷爷听到了我的祈祷，来救我了吗？

她咳了一声，从地上慢慢地站起来，低喝道："谁！"听声音果然是女的。

我也好奇地四处搜寻，想知道救我的人到底是谁。

"不想死的话，快滚！"一个冷漠而熟悉的声音响起，却始终没见到人。

黑衣女子找不到他，直直飞奔向我，想做最后的挣扎。

就在这时，一道极强的灵压射到了她的脚边，她如果没及时停住脚步被打中的话，此刻估计已经半死不活了。

她咬了咬牙，愤愤地瞪了我一眼，才不甘心地隐形撤离。

我挣扎着想站起来，刚才那个声音好像是……

一只有力的手握住我的胳膊，搀着我站起身。我侧过头，草摩觋那张俊美冷漠的脸庞近在眼前，眼睛里面似乎闪过一丝心疼。

"你……刚才……"我震惊得不知道该如何开口。

"先回去再说。"他似乎也知道我有好多问题要问，一时半会儿也解释不清，觉得还是先离开这里比较安全。

一路上我都惊奇地盯着他看。

他被我看得不自在，回瞪了我一眼。

车上有小吴在，我又不好问什么，可是真的有好多疑惑和问题要问他，都快把我憋死了。所以到家之后一下车，我也不顾胸口的疼痛，拉着他直接往房间跑。

他倒也没反抗，任由我拉着。

一直到了自己的房间，将门"砰"地关上，我才敢大口喘气，却牵扯到了胸口的伤，疼得忍不住哼了一声。

草摩觊皱了皱眉："伤得很重？"

"没事没事，我有药，吃几颗就没事了，你等一会儿。"我将书包扔在床上，翻箱倒柜地找花载给我的药包。

我拿了几颗治内伤的药丸正想囫囵吞下，草摩觊不知何时倒了一杯水递给我，我看了他一眼，接过来喝了下去。

"要不要找顾学长帮你再看一下？"他似乎有些不放心。

我摆摆手："不用，不用，这药很灵的。"

他没再说什么，自己走到窗前的椅子上坐下。

我才想起还有很多问题要问他，赶紧在他对面的床沿坐下，眼睛散发着亮亮的光芒。

他有些无语，轻咳了一声："想问什么？"

我有好多话想说，可是脑袋里纠结了太多问题，倒一时不知道要从何问起。

"你是谁？"最后，我问了一个白痴问题。

"草摩觊。"

"不是，我不是问这个。"我敲了敲自己的脑袋，"刚才是你救了我，可是你怎么会花国的法术？那么你应该不是普通人呀。"

"那你觉得我是什么人？"他笑着反问。

我再次用念力感知了一下，却还是一无所获，只能颓败地摇了摇头，近乎喃喃自语道："你应该是人类才对。"

"怎么会有这么笨的小花妖。"他忍不住长叹了一口气。

"谁笨了，我可是长老爷爷亲自……"不对呀，明明是我要问他问题，怎么把自己的老底先揭穿了，还有，他怎么会知道我是花妖？

"你……你究竟是谁？"我忍不住往床的另一侧挪了挪，离他远一些，仿佛这么做就会安全一点儿。

"草摩觋。"他很有耐心地再回答了我一遍。

"不是问你的名字，是问你……"

他好笑地看着快抓狂的我。"我是人类。"他肯定地回答道。

"可是……刚才你明明用了法术……"

"花檬，你来人间干吗？"

"什么？"我假装听不懂。

"如果你不跟我讲你的来历和目的，我也只能无可奉告。"他双臂怀胸，一副谈判的姿态。

脑海中暗自斗争了好久到底该不该说，可是不说的话，现在这样的情形下，我似乎占不到任何优势，而且现在有另一股强大的势力在破坏妖精界的和平，我一个人根本应付不过来。

"你没有被我植入记忆？"虽然我已经确定，但还是忍不住问道。

"是。"他凝视着我，眸色无比温柔。

"那你怎么不揭穿我，任由我假装你妹妹，在草摩家混吃混住？"我抬手指控他。

"是啊，我都让假冒的妹妹骗吃骗住了，还要被她指着骂，世态炎凉

啊。"他居然开玩笑似的反击我。

我一时语塞，赶紧转移话题："那，草摩家的人不会都知道我是个骗子吧？"呜呜呜……我怎么觉得有种小鸡进入黄鼠狼窝里的感觉。

"你对自己的秘术这么没信心？"

"当然有。"我瞪了他一眼，还不是因为他，一个区区人类就挡住了我的秘术，我才会自我怀疑。

"放心吧，除了我，其他人都认定你是我母亲舅姥爷的孙女。"他缓缓地说道。

"那你也可以揭穿我呀，为什么……"我实在想不出他的目的。

"一开始，我只是震惊于一个不知道从哪里冒出来的女色狼突然夜闯我的浴室……"他说到这里停顿了一下。

我脸一红，忍不住瞪了他一眼："谁是女色狼啊？"

他的脸也微微泛红，墨绿色的眼眸明亮惊人，却强装镇定地继续说道："我本来想让警察去查，省得麻烦……没想到你竟然又让事情发生了转变，被张妈、陆伯他们以大小姐的名义带了回来，所以我开始好奇你的来历，打算看看你留在草摩府到底想要干吗……咳，劫财还是劫色……"

我一撑床沿，怒道："本姑娘可是堂堂花国的花妖大人，需要劫财……劫色？"

虽然对他的俊美脸庞非常迷恋，可那只是……只是"爱美之心，人皆有之"，阿玉就是这么说的。

草摩觑突然站起身，朝我俯身靠过来。

我心里莫名地有些悸动，忍不住往后缩了缩脖子，却被草摩觑一手按住了后脑勺："你确定？"

"确定什么？"

他充满魅惑地一字一句低低地吐出："不需要劫个色？"从他鼻子里呼出的灼热气息喷到我的脸上，酥酥麻麻的。

我的脸瞬间烫得都能煎鸡蛋了，目光也在半空被他截住，避无可避："呵呵呵……我们是兄妹。"我只能蹩脚地说道，看着眼前这张俊美的脸，脑袋一片空白。

"你知道那是假的。"他越靠越近。

我不由自主地屏住了呼吸……

"笨蛋，呼吸。"他有些不忍地骂道，然后起身，不再让我继续有压迫感。

我这才发现自己差点儿就快憋死了，于是开始大口大口地喘息。

"来，跟我说说你来草摩府的目的。"他诱惑般地说道，在床沿坐下了。

我瘫坐在那里，离他有一个手臂之远的距离，无法再平静地面对他，目光四下游离："没有目的。"

"花檬。"他有些失落地唤了一声我的名字，似乎觉得我还是不信任他。

"真的没有目的。我来人间……是想找个人。却误打误撞闯进了草摩府，因为暂时也不知道该去哪里，才会在你报警抓我的时候，打算先留在这里……"

"找人？"他疑惑地看着我。

"嗯。"

"什么人？"

"这是秘密……"连花国的子民我都没有说，怎么可以随便告诉人类呢。

"也许我能帮上忙。"他认真地看着我。

我摇摇头："连花精们都感知不到，你怎么会有办法。"

"花檬，其实一开始我便知道你来自何处。"他淡淡地说道，"那天你改变了草摩府所有人的记忆，又在窗口跟小樱花精们聊天，我在对面的书房门口都看到了。"

我捂住脸，果然那天看到的情形并不是我的错觉。

"我只是好奇，一只花妖来草摩府究竟想干吗？所以一直等你有所行动，

可是你除了对后院的黑少、白丝感兴趣，似乎再没有什么不轨的举动，于是我暂时放任你……"

"不是不轨，是觉得那里可疑。"我低低地反驳道。

"为什么？因为除了我父亲，不准任何人去那里？"

"是啊，那里有很大的可能囚禁着什么人，你不觉得吗？"

"笨蛋，在人间私自囚禁人是犯法的，你以为草摩府会做这种事。"他颇感无奈地瞪了我一眼。

我撇撇嘴，心想我又不是人类，哪里知道人间的规矩。

"可是，我在那里根本施展不了花国的法术，不然那天也不会被两只大笨犬咬得这么惨。"想起当时的那一幕，我依然心有余悸，有些愤愤地说道。

"黑少跟白丝是弑神，会自行张开结界保护那里。"他解释道，还伸手摸了摸我那天受伤的右肩，虽然那里此刻已经淡得看不出伤疤。

我全身一僵，不敢动弹，然而听到"弑神"两字，又忍不住看向他："你说黑少、白丝是弑神？"

"嗯。"他微笑着点点头，手本来还在轻轻摩挲我的伤痕，见我肌肉紧绷，才讪讪地缩回了手。

"你们家怎么会有弑神？"我惊奇地叫道。

"是我母亲的。"

"她……也是花国的人？"

"所以你能告诉我，你找的人是谁吗？"

我难以置信地看着他，难道他是花国妖精与人类的爱情结晶？

"花檬？"见我没有回答，他出声提醒道。

"我……我是来找我们花国的花巫大人，这是长老爷爷给我的考试任务。"我还沉浸在花国妖精与人类结合的震撼中。

"花巫大人？"他讥笑地哼了一声，"原来她在花国的地位这么高。"

"那是，除了花国八大长老，就属她跟怪医花戟地位高了。"我骄傲地宣

142

布道。

"她没有回花国？"

"是啊，据说失踪了19年。"

听到我这么说，草摩觋突然陷入了沉思。

"怎么了？"我看他的神情隐约有些悲伤，按捺不住地问道。

"我一直以为她回花国了，抛弃了丈夫和儿子……"

我越听越迷糊。

"花檬，你要找的人是我妈妈。"

我一时傻眼了，跟他大眼瞪小眼对视了好一会儿。

怎么会？怎么可能？花国的巫女大人在人间结婚生孩子了？

"我的体内有我母亲封印的灵力，随着我的年纪增大，封印越来越控制不住，所以我偶尔也可以运用灵力。"

"咦？"我被一波又一波匪夷所思的事情震惊了。

"你感应不到我的气息，是因为平时我都以人类的状态活动，如果不是你这次遭受袭击，我也不会冲破封印……"

"那你既然看得到花精，为什么学校发生这么多事，你都置之不理？"我终于想起重要的事情，不满地指出，"你可是有花国一半的血统。"

草摩觋看着我，沉默了好半天才开口："我去学校的时间不多，发现这一现象的时候，已经着手在调查。"

"那有结果了吗？"我忍不住朝他那边凑过去一些。

他看了我一眼："有了些眉目，只是我还不知道他们的目的。"

"是谁？尹翌枫吗？"我说出了心中的猜测。

他似乎有些奇怪我会这么说，盯着我看了许久才点点头："嗯，不过他应该有个帮手，我猜很有可能也是花国的，不然应该没这么大能力将这么多花精的灵气都吸收掉。只是我一直不明白他这么做的原因，他的确是人类。"

"会不会跟你一样，拥有花国的血统，所以也有灵力？"

　　"不可能。"草摩觋直接否决了，"我有试探过，他只是纯粹的人类。"接着他又忍不住轻叹一口气，看着我说，"花檬，你难道没觉得我有一双墨绿色的眼眸很奇怪？"

　　我很诚实地摇摇头："因为在花国见多了，难道人类的眼睛不是这样的吗？"

　　"至少东方人不是。"

　　我又忍不住看了一眼他那双墨绿色的眼眸，此刻仔细回想，的确跟花国的树种族妖精的眸色很接近，而花巫大人正好是树种族的一员。

　　花国的花妖花使们有偏花性跟树性两种，花性类很多眸色偏红，有各自深浅不同的红色，然后这种颜色的区别只是代表我们属性上的差异，不代表灵体的强弱；而树性偏绿的多，很多绿到一定程度跟墨黑差不多，比如花戟。

　　"我竟然一直没有想到这一层。"我的语气有些挫败，如果草摩觋是坏人，那后果真是不堪设想。

　　"本来就是笨蛋，花国居然会派你过来。"草摩觋不给面子地打击道，语气却是温暖戏谑的。

　　这句话怎么这么熟悉？

　　我气鼓鼓地瞪着他，就说是讨厌鬼，一点儿也没错。

　　"不过，有一点儿还不算笨。"他微微勾唇露出一抹微笑，似乎心情不错，"你是从什么时候开始怀疑尹翌枫的？"

　　"那天去学校的时候，我看到他站在一棵失了花精的樱花树下，眼神里流露出的某些东西，让我很在意，后来在学校我又看到他若有所思地盯着树在看。"

　　"所以，你是故意让他亲近你的吗？"草摩觋转而问道。

　　我看了他一眼，默默点了点头。

　　他一副不知道该怎么教育我的表情，最后无奈地说道："花檬，你都不知道人家什么底细，就这么贸然行动，你不怕最终你也和其他树精一样，失了灵

力连聚形的力气都没有，到时怎么回花国？"

"我只是觉得区区一个人类应该奈何不了我。"

"区区一个人类，可以毁了整片树林、整座山，甚至有可能哪天发现了花国世界，花妖们被他们抓来当研究标本。"

"有……这么可怕吗？"我看着一脸认真和担忧的草摩觐，语气渐渐不确定起来。

"笨蛋。"他又无奈地叹息了一声。

"呜呜……"

书包突然微微动了一下。

"呀，小树精。"刚刚由于太过震撼，差点儿都忘记了被我带回来的那只虚脱昏过去的小树精。

草摩觐只是静静地坐着，看着我从书包的隔层里轻轻托起小树精，它还是很虚弱，不过睡了一会儿，勉强能睁开眼睛。

"给我看看。"草摩觐平摊开手朝我伸过来。

我犹豫了一下，还是将虚弱的小树精小心地放到了他的掌心。

瞬间，他的掌中凝起一股强大的灵压，竟能看到一圈蓝色的光晕。我惊讶地看着他手中的小树精奇迹般地慢慢恢复了鲜明的实体，破损的翅膀也随即复原了……不一会儿，它已能扑扇着翅膀站立起来。

草摩觐将灵压慢慢撤去，小树精在他掌中转了个圈，似乎还不明白究竟发生了什么。

"嗨！你好。"

"花妖大人？"小树精背对着草摩觐看向我，昏迷前的记忆慢慢浮现，它激动地朝我扑过来。

我双手合拢托着它，它的眼泪鼻涕流满了我的手心，我本来想嫌弃地指责它，可是见它可怜得像见到救命稻草一样，又有些于心不忍："别哭，别哭，我有好多事要问你。"

"嗯。"它吸吸鼻涕点点头，"我也有好多话要跟花妖大人说，希望您能替我们树精做主，呜呜呜……"一提起伤心事，它又是一把辛酸泪。

草摩觊默默地抽了一张纸巾递给我。

我正想拿来擦手，却被小树精直接拽过去擤鼻涕了，唉。

见状，草摩觊有些忍俊不禁，见我拼命努嘴，才又给我重新递了一张纸巾过来。

"花妖大人，再这样下去，学校周围所有的树木都会生机枯竭而死的。"

第八章

真相

08 · CHAPTER

"究竟发生了什么事？"

小树精在我的手掌里盘腿坐下，开始细细道起缘由："我本来就是云山的一只小树精，因为那边的磁场原因，很多妖精会在一定时候飞过来提升修炼，那里是我们最重要的家。后来有一天，有个人类突然买下了那里，我们很惶恐，不知道他们会怎么破坏云山，可是妖精不愿伤害人类，却又想不出办法去阻止，那几天一直惶惶不安……

"还好，他们只是在那里建了一座学校，虽然多少有些破坏了自然体系，可是比起那些重工业区，建设学校算是对那座山最大的尊重。"

"嗯，嗯，那个买地的人还算有些良心。"我附和着点头。

"那是我父亲。"草摩觋不急不缓地说道。

"啊？"

"咦？"

我是惊讶，而小树精则是惊恐，它刚才一心只关注我，没想到旁边还坐了一个人，于是不由自主地往旁边躲……

"别怕，别怕，他是自己人。"我赶紧安慰小树精。

"嗯，自己人。"草摩觋取笑着强调。

我忍不住白了他一眼，他只是含笑回看我，害得我一时囧得想找一块豆腐撞过去。明明很简单的一句话，在他意味深长的眼神里，总觉得有些暧昧的意味。

小树精还是谨慎地盯着他看了好一会儿："他是人类。"

我能感觉得出小树精已经对人类本能地产生了抗拒心理。

"他其实也不完全是，他其实是……"我不知道该怎么跟它解释。

"我是花巫代理。"草摩觋伸出手，友好地说道。

我疑惑地看了他一眼，他什么时候成花巫代理了？

草摩觋连忙用眼神示意我不准明说。

"花巫代理？好奇怪，我从来没有听说过。"小树精已经持警戒怀疑状。

"因为花国的花巫暂时失踪了，啊，不对……是花巫大人来人间历练，所以暂时让这个人类暂代这个职位，他灵力很高强，你伤得这么严重，都是他帮你治好的。"我解释道。

"是吗？他是人类怎么会有法术？"

"他是变异的，对，变异的。"我嘿嘿地傻笑。花巫大人的事情还是暂时不要宣扬出去，免得八大长老知道后，火气上来对付草摩觋……虽然这家伙怎么样跟我也没什么关系，可是……可是，我毕竟叫了这么几个月的哥哥……我努力给心底的异样找借口。

草摩觋脸色变得青白相间，想反驳却又没有好的说辞，一副想掐死我的表情。

我朝他扮个鬼脸。

"谢谢你的救命之恩。"小树精终于放下戒心，站起来诚恳地向草摩觋深深鞠了个躬。

"不用。"草摩觋淡然地道，"你继续说。"

"嗯。学校建成后，一大群人类的孩子住进来，虽然有些不太爱护花草树

木，可是在老师们的严格管理下，我们也算安然地和平共处着。云山在经历一场大建后，慢慢恢复了平静，想得到进一步提升的妖精们又陆陆续续地过来修炼。可是不知道从哪天开始，身边的妖精一个一个消失，我们都以为它们是修炼有成，去了花国或者树国，从来没想到会是遭了毒手……"小树精握着小小的拳头，神情愤怒而悲伤，"坏人利用一块晶石一样的东西一点儿点地吸收灵力，这令所有的妖精猝不及防。在云山的妖精们，修炼的时候越来越集中不了灵气，起先以为是季节更替，导致山中磁场有变，有些本是外地飞来的妖精想暂时飞回去，却被强大的结界挡住，怎么也冲破不了……"

"结界？"我忍不住皱了皱眉头。

"是！据有些见识的年长树精说，应该是花国著名的百里结界。"小树精看了我一眼说道。

"百里结界？"我惊呼起来，这可不是一般人能做到的。

"怎么了？"草摩觐难得有兴趣地问道。

"所谓百里结界，其实不止百里，只要施术的人想将哪个区域划为自己的属地，法术效果就能衍生到这个区域范围，当然这与施术之人的灵力强弱也有很大关系。这个结界是花巫大人独创的，花国目前只有花使等级的人才能学习。"我解释道。

"嗯，所以我们都想不明白花国的花使为什么要做这种事情？"小树精愤愤地说。

草摩觐开口问道："你确定是花使不是花巫？"

"嗯。"小树精肯定地点点头，"花巫大人绝不会做这种事。而且那天我无意中看到了那个花使，她和一个男生站在一起，用粉色的晶石在收集自然灵力。"

"因为灵力被剥夺，你们才渐渐都无法凝聚成形？"我摸摸它的头，有些心疼。

"是的，云山的妖精们越来越虚弱，渐渐地，这变成了自然形态，逃也逃不出去……"它低低地叹了口气，"要不是我吃了那颗药，现在估计也已经被吸收走了。"

"药？"草摩觋疑惑地看着它。

"嗯。曾经有个白头发的怪人经过那里，我睡得迷迷糊糊的刚好砸到了他头上，后来他一时兴起送了颗小药丸给我，跟我说不想死的时候可以吃，想死也可以吃。"小树精诚实地交代。

"那你也敢吃？"我戳戳它，猜想它八成是遇到了花戟那个怪胎。

"我的意识越来越模糊，掉到树下的时候，正巧药丸滚了出来，于是想着不管怎么样都要试一试。"

"估计这药还在试用阶段，还好这次是有用的。"我叹了口气，小树精总算是福大命大。

"我虽然暂时保持住了精灵形态，可是灵力越来越弱，渐渐也支撑不住，倒在了树下，还好花妖大人来了，才救了我一条小命。"小树精说完，又想扑过来一把鼻涕一把眼泪地表示它的感动。

我赶紧伸出两根手指将它提到半空，这小树精什么都好，就是太会哭了。

它吸吸鼻子，睁着大大的眼睛泪汪汪地看着我："花妖大人，您一定要将那两个坏人抓起来。"

"嗯。"我点点头，眉头却越锁越紧，暂时一点儿头绪都没有，不知道该如何揪出这两个元凶。

"我可以将威胁妖精们的罪魁祸首抓出来。"这时，草摩觋在一旁淡定地插嘴。

"真的？"我和小树精齐刷刷地转头看向他。

他挑挑眉，在我们期待的目光下，轻轻点了一下头以安我们的心。

"不过，你们得听我的安排，我们先要引出这两人，人赃并获。"

"好，要怎么做？你说！"

他的神情渐渐变得很认真："目前有一点儿我比较在意，他们收集这么多灵力究竟想要做什么？他们保密得很好，我始终无法探究。"

"先抓了他们再拷问好了。"我对伤害妖精的人无法以善良之心对待，气愤地说道。

草摩觋瞥了我一眼，有些好笑地问："他们其中一个是花使，你打得过吗？"

犹如一盆冷水当头浇下，我尴尬地轻咳一声："我对付人类。"

"花妖大人，我帮你。"小树精赶紧和我站在一起。

草摩觋只是别有深意地看了我一眼，倒也没说什么。

我自己觉得有些不好意思，赶紧讨好地说："你是花巫代理，法术高强，对付区区一个小花使肯定不在话下啦。"

"小心马屁拍到马腿上。"草摩觋不领情地瞪了我一眼，估计这家伙还在记恨我说他是变异的话。

"嘿嘿……"现在还得仰仗他，我赶紧赔着笑转移话题，"那哥哥你说，我们接下去应该做什么？"

"这件事有一定的危险性，小树精，愿不愿意全在你。"草摩觋看着小树精，正色道。

"我愿意，不管做什么都可以。"小树精一副视死如归的模样。

"一定要小树精吗？我不可以吗？"我有些不忍心。

"不可以。"草摩觋直接否决了，开始叙述接下去要做的事情，"目前来看他们应该只在学校附近吸收灵力，而且应该是每隔一段时间就需要吸收一次，学校的自然灵力一直下降，他们应该也在头疼。"

"也就是说，他们很可能要去寻找下一个灵力场？"

"嗯，是的。"草摩觋点头，"只是从他们的表现来看，一直只在学校附

近活动，好像不太愿意扩大范围，我在怀疑，他们也不想把事情闹大。"

"你想让小树精做什么？"

"小树精，你负责去引尹翌枫上后山，不过有可能那个花使也会出现，所以你要格外小心，不要半途就被吸了灵力。"

"嗯，交给我吧。"小树精很有信心地保证。

"引尹翌枫上山，我不是更合适吗，我只要约他在后山见面就可以了啊？干吗让小树精冒这个险。"我有些怀疑地看着草摩觋。这个时候，他应该不会还小心眼吧。

"你是以花妖还是以他同学的身份出现？"草摩觋一副嫌弃我智商的模样，"他要的是灵力，你约他在后山见面，想和他聊山中空气还是树类品种？如何让他自己暴露出目的？"

我被质问得哑口无言，只能委屈地咬着嘴唇，就算我说错了，有必要这么凶吗？

"花妖大人，不用担心，我一定会顺利完成任务。"单纯的小树精以为我是因为担心它的安危，飞到我眼前劝慰道。

"嗯，一定要小心哦。"我赶紧收敛情绪。

"小树精，到时候你将他引到我告诉你的位置，然后只要待在一丈范围的任何一棵树上，他们便没办法伤害到你，我会在那里设置'护'结界。"

"嗯，明白。"小树精变得愈发崇拜起来，跟个待命的小侍卫一般。

"那我呢？"我指指自己。

"等小树精将尹翌枫引出尹家大宅，你就利用隐形术混进去，调查下尹家内部到底藏了什么秘密，能做到吗？"草摩觋看着我，忍不住又担忧地提醒道，"我要在后山接应小树精，到时候没办法抽身去帮你。"

"包在我身上，我一定圆满完成任务。"我坚定地回望着他。

"嗯。"他轻应了一声。

计划定在两天后的周六执行。

那天在我出发前，草摩觋还是不放心地交代我，如果发现有任何危险性的人或物，都不许一个人面对，先回来等他处理。我随便应了几声。堂堂花妖居然被一个半妖看扁了，成何体统！不过当面我可不敢呛声，生怕他改变主意不让我独自深入虎穴。

小树精率先出发，我拿出好几颗花栽给我的药丸给它防身，它一脸感动，差点儿又要鼻涕眼泪横流，被我直接拍了出去。

接下来，我们三人按约定的任务各自出发执行。

我拿着草摩觋给我的尹家大宅地址前往目的地———一处高档的排屋区。这里位于市区的西南角，与学校在一条水平线上，车程约一刻钟，比草摩府独门独栋建在郊区的山腰方便许多。

尹翌枫一早便出发去了学校。虽说他今天非常有可能会去学校吸收灵力，不过让这个可能变成确定，草摩觋一定在其中出了不少力，据说是教导主任亲自打电话让尹翌枫去一趟学校。

我躲在马路对面的另一处院落远远地观察了许久。

尹宅周围并没有什么奇怪的结界，看上去跟普通人家没什么区别，我蹲在这边这么久，就看到一个老头出来坐上车开走了。

我结了印，隐去身形，打算潜进去看看。

尹宅是那种跟欧美电视剧里一样的联体排屋构造，两户一幢，一户三层带阁楼，设有独立花园，后院还有单独的车库，园内景观幽雅精致，主人打理得很好。

我边走边观察着，这里的花木妖精看上去很活跃，灵力充沛，却也没多大异样。我不敢贸然开口去询问，万一它们是叛徒就完了。

我往主楼走去，一楼是大厅、厨房、餐厅，还有杂物房，角落设置了一个

卫生间。

我沿着盘旋的橡木楼梯飞上去，二楼是工作室、休闲室、健身房等一些休闲场所，继续往上，三楼是起居室、书房……

奇怪，这么大的屋子，除了刚才在厨房清理的帮佣外，居然没人在……这家人难道跟草摩府的人一样，喜欢清静？

而我找了半天也没见到任何异样的事物，是不是冤枉了尹翌枫？

我心底越来越疑惑，慢慢地走向阁楼层。

"这是……"我一下子被眼前的景象惊呆了。

整个阁楼顶层居然改造成了一个空中花园，屋顶与墙面都是中空玻璃所制，温暖的阳光丝丝缕缕地照射进来，美得如同幻境……

这里的花木开得甚是茂盛和讨喜，妖精们正围成一圈跳着草裙舞。

靠玻璃幕墙的右侧放着一张藤椅，此刻上面躺着一个人，身上盖着一张薄薄的毯子。

我小心地一步一步往她那边走过去，紧张得能听到自己心脏"扑通"跳动的声音，居然忘记了自己此刻还是隐身状态，普通的凡人根本不可能看得见我。

"小枫吗？"藤椅轻轻摇晃了一下，那人居然开口说话了，是个温和的女声。

我吓得差点儿心脏都跳出来了，站在那里一动都不敢动。

那人似乎也察觉到了异样，缓缓地从藤椅上坐起，回头朝这边看过来……

一双墨绿色的眼眸精准地定在了我所在的位置。

脑海里有什么东西似乎要破茧而出，我却只能呆呆地看着她，忘了要逃，也忘了该说些什么。

她却突然移开了视线，似乎刚才那一瞬间看着我只是错觉，又重新躺了回去。

我愣在那里好一会儿，最后决定要弄个明白，于是壮着胆子往藤椅继续靠近。她依然安详地半躺着，光线落在她的脸上，一头黑色直发随意地散开，那张脸虽然不是绝色，却很耐看。

我突然一点儿也不想打破此刻的宁静，她身上仿佛有一股魔力，让人安心，让人诚服。

"唉，你还要看多久？"反倒是她，被这么长时间的凝视看得不自在，率先开口道。

"咦？你看得见我？"我撤了隐形术，惊奇地问她。就算是小花精也看不到隐身状态的我呀。

"你不是来找我的吗？"她慢慢睁开眼睛看向我。

"为什么要找你？"我奇怪地反问。

"你不是从花国来的？"

"是啊，你难道是花使？"可是，我竟感觉不到她身上的任何灵力，可是又觉得她不像人类。对了，我终于想起来哪里奇怪了，她的眼睛，她的那双墨绿色眸子跟草摩觌的眼睛好像！

她勾唇笑了笑："没想到长老会派一个小花妖过来。"

"你究竟是谁？"我更加疑惑了。

"你来人间做什么？"她不答反问。

我惊讶地瞪大眼睛，指着她："你，你……你是花巫大人？"

她笑而不语，淡定地看着我。

"你怎么在这里？"我依旧难以置信，"而且为什么我完全感觉不到你的灵压？"

"你叫什么名字？"她又无视了我的问题。

"花檬。"我还是老实地回答了。

"花檬，我们先坐下，再慢慢聊。"她指指不远处茶几旁的小石凳，然后

站起来，拉着我一起过去。

"花巫大人，您为什么不回花国？还……抛弃您的儿子？"我的声音不由自主地低下去。

她从容淡然的脸色瞬间流露出一丝诧异，然而很快又掩饰过去："你见过我儿子？"

"我现在住在草摩家。"

"是吗？"她轻轻地应了一声，语气有些意味深长。

我看着她，觉得她的眼里满是哀伤，一时不知道该怎么开口，气氛一下沉寂了下去。

好一会儿后，她苦笑了一下，伸手拿起茶壶倒了两杯茶，一杯递给我："小觑还好吗？"

"据说小时候身体很弱，现在好多了，能吃能跳，就是性格不太好。"我喝了口茶，据实相告。

她温和地看着我，取笑道："他欺负你了？"

"怎么可能！我可是堂堂花妖。"我立即反驳道。

"草摩府其他人都还好吧？"她还是忍不住心底的关切。

"你们在同一个城市，为什么不自己去看看？"我觉得非常奇怪。

"花檬，你还小，很多事情你还不会懂。"她慢慢地品着茶，思绪飘远，却是我无法到达的领域。

"那您既然舍得放下他们，为什么不回花国？长老爷爷他们很担心您啊。"

她苦笑着摇摇头："我既然已经无任何灵压，如何还能回花国？"

"花巫大人，究竟发生了什么事？您的灵压呢？怎么一下子全部没有了，是不是被坏人陷害夺走了？"我才想起正事，马上解释道，"最近学校附近的妖精们被一个粉色晶体吸光了灵压，已经连聚形都很困难。"

"什么？"她似乎吃了一惊，"在云山吗？"

"嗯。我也是为此事而来。"

"你是为了妖精的事情而来，不是因为我？"

"也不是啦。"我本来最主要的任务是来人间找花巫大人，可是找了那么久都没找到，这次居然误打误撞找到了，有句话怎么说来着，"有心栽花花不开，无心插柳柳成荫"。

"我的事以后再说，你先跟我讲讲云山发生了什么事？"

"那天我去学校的时候，发现那边的花木都无精打采，看不到一只妖精……"

我原原本本地把事情的经过说了一遍，时间一点儿一点儿过去了……

花巫大人腾地站起来："你说，你们怀疑是小枫做的？不可能！"

"我们没有实质的证据，所以今天想让他自投罗网。"我有些忧心地试探着问道，"花巫大人，为什么您这么关心尹翌枫？"

她轻轻叹息了一声："他也是我儿子。"

在赶去云山的路上，我还是无法从震惊中回过神。

尹翌枫居然也是花巫大人的儿子？那他不就是草摩觊的弟弟吗？可是看草摩觊的样子，根本不知道有这个弟弟存在吧？

花巫大人嫁给草摩伯伯后，莫非又嫁了姓尹的叔叔？那么草摩觊跟尹翌枫就是同母异父的兄弟？那草摩觊有花巫大人这么强大的灵力，尹翌枫是不是也不会弱？他们两兄弟现在不会开始自相残杀了吧？

无数问号在我的脑海里徘徊不去，要不是花巫大人命令我先赶去学校，她坐车随后就到，我真想拉着她，好好问问心中的问题。

云山。

这座原本生机勃勃吸引无数妖精的修炼圣地，此刻仿佛临近冬季，沉默地

158

酣睡着。

　　我寻找了半天，终于看到了小树精跟草摩觋的身影。

　　草摩觋被蒙面女孩牵制住了，尹翌枫拿着粉色晶体试图吸收小树精。

　　我飞奔下去，本想抢夺那块粉色晶体，及时察觉到异样的蒙面女孩却一个灵压掌挥过来，我急急侧身躲避，身体失去平衡，往旁边的树上直直撞去——

　　草摩觋一个瞬步挡在我身后，却由于我的冲击，他的背撞上树干，充当了人肉垫。

　　身后传来一声沉痛的闷哼，只是我依然被他紧紧地抱在怀里。

　　"没事吧？"他反而先关切地问了此刻我很想问的话。

　　"嗯。"我站稳脚步，侧转身看着他，"你呢？有没有怎么样？"

　　他摇摇头，然后看向蒙面女生。

　　"堂堂花国的花使，为什么要帮着人类残害同胞？"我严厉地质问道。

　　"呵，呵呵，呵呵呵……"旁侧的尹翌枫突然冷哼着大笑起来。

　　"你笑什么？"我怒视着他，一向温柔谦和的他此刻表情变得阴冷扭曲，这才是他的真面目吧？

　　"小花檬，什么叫残害？你懂吗？你什么都不知道，居然敢在这里冠冕堂皇地说些大道理。"

　　"我只知道你以残害生灵为代价去保护她，她一样不会开心。"

　　"你说什么？"他警惕地瞪着我。

　　"她已经知道了，所以我劝你现在就收手吧！"

　　"你去过我家？"尹翌枫的脸色顿时从阴冷变得愤怒，"你跟她胡说八道了些什么？"

　　"我只是实话实说。"

　　蒙面女生看到这种情景似乎气不过，再次发动攻击，仿佛是铁了心要将我打倒，一不小心也将自己的空门暴露了出来。草摩觋以迅雷不及掩耳之势将我

护到身后，直接提气挡开她的攻击，还用结界封印点住了她右手、右脚的穴位，让她直直地扑倒在地。

小树精愤愤地将她脸上的黑布撤掉了。

"白佳微？"我惊呼一声，没想到居然会是她。

可是第一次碰面的时候我并没有感觉到她有异常的灵压，这是怎么回事？

她还想站起来，然而挣扎了半天始终无法动弹："阿枫，吸收花妖的灵力，快！"她单手结印，趁我跟草摩觊一时不察，直接将我们困在了百里结界里。

小树精在保护结界里急得上蹿下跳，却又无计可施。

尹翌枫看了我一眼，最后还是举起了粉色晶体。

"尹翌枫，花巫大人已经知道一切，现在正在赶来的路上，你还是想想怎么跟她解释吧，不要再一错再错。这些是她最珍爱的精灵，却是她最爱的人一直在破坏。你知道她有多心痛吗？"我气得大吼道，我的小命不值钱，但草摩觊可是他的哥哥。

"你说什么？你找到花巫……"草摩觊震惊地侧头看着我，眼神可怕而恐怖。

"嗯。"

"阿枫，别听她的，你是为了花巫大人的身体着想，你没有错。"白佳微看着陷入挣扎的尹翌枫继续喊道。

"对，我是为了她，她会理解的。"尹翌枫自言自语，那张俊美阴冷的脸上，神情再次变得坚定起来，"花檬，你别怪我！"

粉色晶体越来越亮，无色结界内有蓝色的光晕从我的身体内渗出，我想控制，却发现身体越来越虚弱……

草摩觊抱住我，将他的灵力渡给我。

"不要。"我推开他的身体，他是人类，如果没有了一直封印在他体内的

灵力，到时候生命也会有危险。我只是一只小花妖，大不了重新修炼。

他却异常坚定地抱住我，一只手握着我的手，淡淡地笑着："不求同年同月生……"最后留了半句没说，但我心知肚明。

"呸，呸，我们会长命百岁的。"我泪眼蒙眬地白了他一眼，又愤怒地瞪向尹翌枫："你居然连你哥哥都要伤害，还说是为了你母亲！"

草摩觋的身子瞬间紧绷，他疑惑地瞥了我一眼，我轻轻捏了捏他手，让他少安毋躁。

"如果不是他，我母亲会这样吗？如果不是他的出生，如果不是草摩瑞时，她的身子至于一天比一天差，有时候甚至卧床半个月都起不来吗？"尹翌枫突然爆发出来，怨恨地看着我身边的草摩觋。

"你说什么？"草摩觋皱眉，语气也失了淡定。

"我说什么，你回去问问你那个亲爱的父亲。"尹翌枫似乎对蒙在鼓里一直过着大少爷般生活的草摩觋既嫉妒又怨恨。

"你把话说清楚，这跟我父亲又有什么关系？你是说他伤害了他自己的妻子？"草摩觋一点儿也不相信，如果父亲不爱母亲，怎么会等了她那么多年？

"够了，小枫，住手！"花巫大人上气不接下气地赶来了，她的额头和脸颊都冒出一层薄薄的汗。

"妈，您怎么来了？"尹翌枫慌了神，赶紧收起粉色晶体，跑过去扶住她，"您的身子刚刚好转些，不能劳累。"

花巫大人一把拍掉粉色晶体，捡了一块石头直接砸了下去——

"妈！"尹翌枫愣住了。

"花巫大人不要！"白佳微惊呼着阻止道。

"把结界撤了。"她看了一眼白佳微，"小微，我教你百里结界，不是为了让你帮小枫做坏事。"

白佳微咬着唇角，不敢直视她，却听话地将结界撤掉了。

"花巫大人，您终于赶到了。"我呼了一口气，差点儿以为跟草摩觋真的要做云山双蝶了。

草摩觋一手抱着我，没有任何行动，眼神直直地看着花巫大人——那个与他有着同样的墨绿色双眸的女子。

他们就这么隔着一米远的距离静静地站着互相凝望。

"妈？"尹翌枫终于受不了了，低低地开口推了推花巫。

花巫严厉地瞪了他一眼："去把小微扶起来。"

他点点头，越过我们身边时，忍不住又看了一眼草摩觋。

我拉着草摩觋往花巫大人身边走去，感觉他的手微微挣扎，却不太强硬。我有些好笑，这家伙是在闹别扭吗？

"花巫大人。"我们站到了她身边。

她抬头看着已经比自己高了快一个头的儿子，一时不知该说些什么，最后叹息了一声："小觋，好久不见。"

"的确。"草摩觋冷哼着嘲讽道。说他不怨恨是假的，不管什么原因，当时他只是个不懂事的孩子，却被花巫大人抛下了。

"我们先找个地方坐下来慢慢聊吧。"花巫大人一时不知该如何应对，别开了视线提议道，我还看到她偷偷抹了一下眼泪。

她也许无数次想过与儿子碰面的场景，但绝不会如眼前这般。

考虑到花巫大人的身体，我利用法术带着她一起飞了下去。草摩觋、尹翌枫、白佳微随后陆续赶到了。

草摩觋已经帮白佳微解了穴，她受了些轻伤，倒也没什么大碍。

"去文体办公室吧，今天那边没人，门应该开着。"草摩觋说完，率先往前走去。

文体办公室。

我扶着花巫大人找了一张办公椅坐下，尹翌枫背靠着办公桌站着，白佳微拉了一张椅子在不远处坐下。

草摩觊却临窗而立背对着我们，不知道是不想面对，还是不敢面对他的母亲。

"花檬，对不起，是我没管教好儿子。"花巫大人率先开口，拉着我诚恳地说道，"他会这么做，都是因为我，如果花国长老要惩罚就惩罚我吧。"

"妈，是我自作主张，跟您有什么关系！"尹翌枫急忙辩解道。

"是我，我身为花使，都是我提议的，我才是罪魁祸首。"白佳微不忍看尹翌枫难过，想把责任独自揽过去。

"现在是在开批斗大会吗？"草摩觊冷笑着讽刺道。

"花巫大人，您到底发生什么事了，身子怎么会这么虚？是因为您把灵力都给了草摩觊吗？"我不想他们继续互掐，赶紧转移话题，揭开真相才最重要。

花巫大人看了一眼正巧回头的草摩觊，一时不知该从何说起。

"妈，我来说。"尹翌枫不忍母亲为难，抢着说道。

花巫大人点点头。

尹翌枫双臂环胸，目光幽远而悲伤，缓缓叙述起来……

花巫大人来到人间后，结识了圣摩集团的总裁草摩瑞时，两人相爱结婚，为此，花巫大人放弃回花国，他们很快有了爱的结晶——那便是草摩觊。他们都很开心，憧憬着新生命的降临，然而没有想到，草摩瑞时却早就另有打算，在花巫大人生产那天，趁她最虚弱的时候，用他朋友研制的粉色晶体封印了她的全部灵力，转进了新生儿体内，此举差点儿害她跟新生儿一同丧命，花巫大人的身体从此变得很虚弱，而草摩觊也好不到哪里去。

我忍不住看向窗边的草摩觊，此刻他背对着我，我无法看到他的表情，可是他的身影如此落寞。原来他小时候身子虚居然是这么造成的。

"草摩叔叔……他为什么要这么做？"虽然他看上去很凶很冷酷，可是我觉得他应该不像是这种会伤害妻儿的人。

"他怕失去我。"花巫大人开口了，语气淡然而忧伤。

"什么？"我实在无法理解。

"他怕我会回花国，就算我如何保证他都不安心，最终以自认为稳妥的方式将我的灵力全部封印，可是他的本意并不想伤害我跟小觊。"

"妈，他把您害得这么惨，您还帮他说话。"尹翌枫不满地说道。

"小枫，他也是你父亲，你不准怨恨他。"

我难以置信地看看花巫大人，又看了看尹翌枫。什么？他……跟草摩觊是亲兄弟！

草摩觊也震惊地转身望过来："父亲知道吗？"

花巫大人摇了摇头："我离开的时候，根本不知道自己又怀孕了，他更不可能知道。"

"因为又多了个儿子，所以我这个儿子是死是活，根本不重要了吧。"草摩觊自嘲地说。

"小觊，不是……"花巫大人心痛地看着他，千言万语堵在喉咙里却无法说出来。

"妈妈将你从小到大的毕业照一直保留在身边，后来还让我转到你班上，就是为了知道你的情况，让我回家跟她详细讲。你根本不知道她经历了什么，她受了多少折磨，如果不是好心碰到了尹家老太爷，她和我现在都不知道怎么样了！草摩大少爷，听到这些，你满意了吗？"

"你为什么一定要离开我？离开我父亲？"草摩觊收敛了目光，低低地问道。

"父亲那时候的举动太疯狂，如果不是母亲离开，估计现在云山已经消失了。"尹翌枫大声说出了真相。

当时的草摩瑞时根本听不进任何人的劝说，一意孤行，只要存在任何花巫大人会离开的可能，他都不计后果地去破坏。

花巫大人越来越无力，最后唯一想到的就是离开。

她舍不得刚满周岁的儿子，可是如果带着他一起走，草摩瑞时估计会疯掉，而她连自己的未来都看不到，不敢让儿子跟着她一起冒险。

她兜兜转转，在花精们的帮助下，暂时在一处废弃的工厂安顿下来。可是她没了法力，成了一个普通人，需要食物充饥，身上没一分钱，只能在尽量不让草摩瑞时找到的情况下到处打零工，其间被无良的老板骗过，帮着白做工，也被好色的老头调戏过……

她的身子越来越虚弱，已经无法再出去打工，花国又回不去，几乎陷入了绝境。

直到有一天，废弃的工厂里突然多了个全身被绑着套了麻袋的老人，她回去的时候正觉得奇怪，花精们告诉她，刚才来了两个流里流气的男人，手臂和肩膀还纹了恐怖的文身，将老头扔下就嘀嘀咕咕地走了，说拿到赎金就远走高飞，让这个老头自生自灭，反正这里荒凉废弃，根本没有人会来。

花巫大人帮老头松绑，还煮了泡面给他吃，后来才知道，原来这老头是尹氏赫赫有名的董事长。

尹老说自己年轻的时候太风流，所以老了遭报应了，连个子嗣都没有，婆的老婆给他带了一顶绿油油的大帽子，骗了一笔不菲的赡养金就卷起包袱移民了，如果花巫大人没地方去，又不嫌弃他这个老头，可以跟他一起回尹家。

花巫大人本来不太愿意，可是身体越来越虚弱，最后在尹老热烈的邀请下，便想暂时在尹家养养身子。

尹老请了家庭医生回来给她检查，居然发现她有孕在身。

花巫大人一时五味杂陈，不知该喜还是该忧。

家庭医生劝她说，因为她的身子过度虚弱，怀孕后一直也没好好注意保

养，这个孩子给她的负担很重，如果为自己的身子考虑，还是暂时打掉这个孩子比较好。

那时候，花巫大人才发现自己无比坚定地希望这个孩子出生，她拒绝了医生的要求。

尹老也很开明，说既然她决定留下孩子，那就是他的小孙子，他一定尽自己所能保她们母子平安。

只是医生不知道，花巫大人生第一个孩子时身子的虚亏还没养好，本不宜这个时候再怀孕，而且在外折腾的这些日子，根本没好好吃饭休息，导致身子越来越虚弱，好几次差点儿流产了，但她都坚强地挺住，直到后来不得不一直躺在床上不敢动，虽然最后孩子顺利出生了，可是她的身体也垮了……

在尹翌枫有记忆以来，母亲都是苍白着脸坐在轮椅上看着他跑跑跳跳，大半的时间都是在房间睡觉，每天吃的药比饭还多，就算如此，她的全身还是会像针扎一般疼痛。

草摩觌静静地听着，忍不住红了眼眶，他突然转身往门口走去，似乎又觉得该解释一下，于是在推开门时淡声道："我去厕所。"

花巫大人只是安然地笑笑。

"你们收集灵力，是为了让花巫大人重新由外聚灵，补她身子的虚？"我终于想明白一些事情，看着尹翌枫问道。

"是。"他点头承认。

"花巫大人因为灵力被封印，身子越来越差，再怎么调养始终都不见好转，尹爷爷也找了好多有名的医生来家里看过，都只是开了些补气的药，根本没什么起色。"白佳微看了一眼尹翌枫，帮着解释。

"我看过一些医书上所著，以形补形，以气补气，那花巫大人失了的灵力，是不是同样可以用其他灵力来补偿呢？我自己用了灵力直接输进花巫大人体内，可是差点儿害她再也醒不过来。"她有些后怕地说，"后来我发觉，花

巫大人在灵气强大的空间内，身体会变得放松，脸色也逐渐红润和好转。"

"灵气之力只能以自然形态缓慢吸收，而不能强行灌入。于是我跟阿枫说了我的发现。他费尽心机找来了能吸收灵力的粉色晶体，每次将灵力收集后，将它藏在花巫大人的枕头下面，而后我们逐渐发现花巫大人能跟平常人一样活动，精神也好了许多。"

"可是，你身为花使，怎么可以提出这样的方法？"我还是无法苟同她的做法。

她嗤笑了一下，冷冷地道："我是花巫大人一手培养起来的，花国那些花精跟我没有任何关系。"

"小微，你跟小枫这次做的事情，我无法原谅。"花巫大人沉声教训道，"你当初在我的花园里成精，我看你资质不错，所以便多提点了一下，并不是让你报答我。你们如果真心为我好，就不该做这样的事情，伤害我最爱的花木和附着的妖精们。"

"妈，我只是想让你恢复健康。"尹翌枫忧心忡忡地看着她，"而且，这些树精花精只是一时失去灵力，聚不了形，又不会死，等它们重新修炼到一定时间，又可以恢复起来。"

"树没了妖精，经不住风雨跟虫害的摧残，它们会很容易枯萎……树已死，以树为本源的妖精们又如何逃脱死亡的命运？"我看着一脸不知悔改的尹翌枫，悲痛地说道。

"小枫，小微，你们如果继续做这种事情，我一定不会轻易饶恕，听到没？"花巫大人看着他们，严厉地警告道。

"知道了，妈。"

"是，花巫大人。"

两个人羞愧地低下了头。

原来白佳微真的是尹翌枫的青梅竹马，他们一起长大，白佳微渐渐从花精

变成花妖，又提升到花使的等级，为了报答花巫大人，也为了留在她喜欢的尹翌枫身边，她拒绝了花巫大人去花国的提议，留在人间。为了防止花国使者察觉到她灵压的存在，每次她都会封闭自己的灵压穴，等需要她以花使身份出面的时候，才会解开。

当然点住这个穴位，要承受的疼痛是常人无法想象的。

我有些敬佩她的勇气与胆识，不管她的愚忠是对是错，能这么知恩图报的人，心地肯定不会太坏。

"花巫大人，您想不想再回花国？我回去跟长老爷爷商量下怎么让被封印的灵力重新恢复，或者叫怪医花戟帮您治疗，说不定您的身体就能恢复得跟以前一样了。"

"不用了，谢谢你，花檬。我在人间住了这么多年，已经习惯了普通人的生活，这边有我太多的牵挂，我没办法再回去。"

"你说的怪医花戟……"尹翌枫却不死心，看着我追问道，"能治好我母亲的病？"

"我不确定，可是他真的很厉害，只要是他想救的人，目前为止都没有失败过。"

"你能不能请他过来？"

我有些为难："他这个人很怪啊，有时候送上门的都不愿意救，我不知道他愿不愿意来人间。不过我可以尽量试试。"

"花戟。"花巫大人低低地重复着，"久违的名字啊。"

"花巫大人，你认识那个秃头怪医？"

"秃头？他又在乱实验药了。"花巫轻笑了一声，似乎想到了以前的往事。

"嗯，上次是白头现在是秃头，所以那个人很奇怪。我差点儿忘了，那时候你们被称为南医北巫，您应该很了解他吧？"

"既然这样，他应该会愿意来人间医治花巫大人。"白佳微看向我，急切地说道，"你快去花国把那个花戟找来。"

"不用了。"花巫大人却摇了摇头，"我现在这样已经很好，你们不用再为我做任何事情。"

我沉默地看着她，知道她担心的是什么。如果我回去，长老爷爷肯定会知道我找到了花巫，如果将花戟请来人间，到时候花巫大人不想回花国也不行。

"草摩府里有我从花戟那边带来的药，我到时给您都拿过来试试。"我想起那些千奇百怪的药丸，应该多少能帮助花巫大人。

"谢谢你，花檬。"

"不用不用。"我赶紧摆摆手。

"小觊估计暂时不会回来了，小枫，小微，我们先回去吧。"花巫大人看向我，"花檬，小觊就拜托你了。"

我不知该如何安慰她，草摩觊居然没再出现，不会躲起来哭去了吧？虽然我们两个人嘴上老互相挤对，可是我现在真的很担心他。

只是我们刚走到门口，门却被推开了。

我们都愣在那里，一时竟忘了反应。

我好奇地看过去——

草摩瑞时！

他怎么来了这里？

然而，当看到站在他身后的草摩觊时，我瞬间便明白发生了什么事情。

"花纱，你究竟还要躲多久？"草摩瑞时紧紧地盯着花巫大人，生怕她又瞬间消失。

花巫大人不由自主地向后退了好几步。

我们几个小辈很自觉地退到一边。

"我要走了。"花巫大人低着头，想直接越过他往门外走。

草摩瑞时一把抓住了她的胳膊："花纱，不要闹了。闹了这么多年还不够吗？"

"你以为我只是在闹别扭？"花巫大人委屈地吼道。

草摩瑞时居然不管我们这些人的存在，从后面一把抱住了花巫大人。

我难以置信地瞪大眼睛，却被草摩觋用手遮住了眼睛。

我抗议无效，而尹翌枫虽然一脸不爽，还是跟白佳微识相地转过了身。

"我不会再放你走。"草摩瑞时霸道地低诉，"你知道我找了你多久吗？你居然忍心抛下我这么久，生气也要有个限度。"

"放开我。"花巫大人还在挣扎。

"花纱……"我听到他低低的无奈的叹息声，"你拐走了我一个儿子，还想让我放开你？花纱，我绝对不会让18年前的错误再发生一次。"

第九章

圆满的结局 09 · CHAPTER

　　从学校出来后，花巫大人便被草摩瑞时塞进车里带走了。

　　临开车前，草摩瑞时想起还有两个灯泡儿子，看了一眼草摩觊又看了一眼尹翌枫，压抑着激动说道："我跟你们妈妈有好多话要聊，你们先回草摩府。"

　　尹翌枫虽然平时表现得不在乎，微笑背后其实一直渴望着父爱与温情吧，他微微点了点头。

　　看着车子远去，气氛突然变得很诡异，尹翌枫跟草摩觊两人一下变得要多别扭有多别扭，害我差点儿想脚底抹油先溜了。

　　"我先回尹家，爷爷到时候不知道情况会担心。"尹翌枫找了一个借口带着白佳微离开了。

　　"嗯。"草摩觊淡淡地应了一句，也没做挽留。

　　"喂，突然找到母亲，又发现多了一个亲弟弟，有没有很触动？现在心里是什么感觉呀？"我站在他旁边一起目送尹翌枫他们离开，不忘八卦地探究。

　　草摩觊收回目光白了我一眼，一副"你好烦"的嫌弃表情。

　　不过，看到他微翘的唇角，我知道他只是收敛着情绪，明明开心不已。

　　"走吧。"他说完率先往前走。

　　我背着手，心情很好地跟在他身后。

夏风微凉，天空好蓝，白云浮动，如同我们此刻的好心情。

"母亲呢？"

回到草摩北院，只看到草摩瑞时坐在客厅里喝闷酒。我跟草摩觋打探了一圈没看到花巫大人的踪影，她刚才不是跟草摩瑞时一起回来的吗？

草摩瑞时靠坐在沙发里，眼皮也没抬，只是一口灌下了酒杯中的酒。

"你不是说不会放她离开，那她人呢？"草摩觋开始急了，好不容易才找到母亲，他无法承受再次失去她。

"她说暂时不会搬回来，尹家老头对她有救命之恩，她怕一下离开会伤了老头子的心……而且，她还没完全原谅我……"草摩瑞时说这些的时候，神情异常落寞，"她回尹宅了。"

草摩觋看了他父亲好一会儿，最后什么都没说转身回房了。

我想劝慰一下草摩叔叔，又觉得自己是晚辈，不好开口，踌躇了好一会儿，也追着草摩觋去了。

"喂，等等我。"我快步跑过去一把拉住他，他不得不停下脚步，低头看着气喘吁吁的我，"你就这么走了？你父亲这么伤心，你也不去安慰下。"

他伸出手帮我拍拍背顺顺气："花檬，这是他们大人的事情，我们不好插手。"

"可他们是你的父亲和母亲。"我纠正他，"你也不希望你父母一直不住在一起吧。"

"这是我父亲该想办法去追回他的妻子，又不是我要追回妻子，各人造孽各人担。"说完他还意味深长地瞥了我一眼。

"你到底是不是他们亲生的？"我气得跺脚。

他微微勾笑，弹了一下我的额头："你这么热心干吗？莫非有所图？"

"我有所图？我图什么呀！"把好心当成驴肝肺，我愤愤地瞪着他。

"图个'贤惠的媳妇'名号什么的。"他调笑地说，墨绿色的眸子仿佛带着穿透人心的魔力。

我的脸不由得发烫，这家伙似乎越来越喜欢捉弄我了……

"不理你了。"我不想被他看到自己的窘样，恨恨地说了一句便越过他，匆匆往自己的房间跑去。

一连好几日，我都看到草摩瑞时抑郁地进进出出，也是，好不容易找到了夫人和小儿子，还得任由他们继续流落在外，碍着堂堂圣摩集团总裁的身份又拉不下脸去尹家打扰。

花巫大人不愿搬过来，尹翌枫坚持母亲不搬，他也不搬，说尹爷爷对他们有恩，从小到大将他当亲孙子一样疼爱，他不能忘恩负义，任草摩瑞时以前在生意场上有再牛的交际手腕，也找不到好理由说服他们。

毕竟说起来，尹老对草摩瑞时真的有恩，照顾了他的夫人和儿子这么多年。而且当年虽然他是出于对花巫大人的爱才做了一些错事，可是伤害已经造成，他除了后悔自己的执拗对花巫大人造成的伤害，如今只有尽自己最大的努力去弥补，去重新赢得花巫大人的心。

我偷偷找尹翌枫说话，想让他劝劝花巫大人，尹翌枫却一副看好戏的口吻，凉凉地说："十几年没父亲一样过得很好，干吗要多两个人来跟我抢母亲。"

我不由得替草摩瑞时在心里忧伤地叹了口气，这两个儿子到底是不是亲生的啊？一个比一个冷漠。

"花巫大人……"我蹲在花巫大人的躺椅旁，欲言又止。

"嗯？"她将翻了一半的书搁下，抬起视线看向我。

"那个……嗯，我……"

"怎么啦？一早就跑过来，一副有话要说又不敢说的样子。"

"我不知道这些话由我来说合不合适，可是草摩叔叔真的好可怜哦，还有草摩觌……"虽然草摩觌表面一副事不关己的态度，可是我知道他很想母亲能在身边一起生活。

"他哪里可怜了。"花巫大人反驳道，不过已经完全听不出她在生气。

"草摩叔叔等了你18年，而且就算身边有许多莺莺燕燕，他都看也不看，比如那个卖校服的老板娘，一直垂涎着草摩叔叔，可是草摩叔叔还是一心一意等着花巫大人，连一点儿小心思都没动，这样的男人在人间很少有的哦。"我拼命说着草摩叔叔的好话。

"卖校服的老板娘？"花巫大人的唇角怪异地勾起，轻轻反问道。

咦？花巫大人是不是搞错重点了？我要强调的是草摩叔叔的忠贞，不是有贼心的老板娘啊。

隔天一早，我看到草摩叔叔脸色铁青地坐在餐桌上吃早饭，草摩觐拿了几个肉包子拉着我赶紧出了门。

"乖，吃包子。"看到我一头雾水，草摩觐拍拍我的头安抚道。

我一脸疑惑地咬了一口，还是忍不住问道："为什么不让我去餐厅？"

草摩觐皮笑肉不笑地瞪着我："昨天你跟我母亲说什么了？"

我努力思索了好半天："当然是说草摩叔叔的好话呀，草摩叔叔忠心耿耿等了她18年，让她快点儿原谅草摩叔叔。"

"是吗？"草摩觐一脸不信，"没其他的？"

我"嗷呜"又咬了一大口包子，有些不确定地说："我提了绣锦屋的老板娘……"

"花檬，你三十六计用错一计了。"草摩觐沉默了半天，像抚摸小狗似的又拍了拍我的头。

我咬着包子，茫然地看着他："什么是三十六计？"

"离间计不是这样用的，除非你不想我父母和好。"

"我当然希望花巫大人跟草摩叔叔破镜重圆，恩爱两全。"我顾不得嚼包子，急急地反驳道。

草摩觐墨绿色的瞳眸突然变得异常明亮，唇角轻勾道："花檬，苦肉计有没有听过？"

我似懂非懂地点点头。

"如果我父亲突然出点儿意外，比如车祸什么的，你觉得我母亲会是什么反应？"

"你肯定不是你父亲亲生的。"我满脸黑线，愈发同情草摩叔叔了。

他不置可否地挑挑眉。

然而，出乎我的意料，草摩觊只是提了一下这个建议，草摩叔叔居然非常完美地立即执行了。不过所谓的车祸就是他的脚不小心被玻璃片滑了一道小口子，然后让草摩觊的学长，看上去完全没什么"医德"的顾医生缠了好几圈绷带，还夸张地打了石膏，头上也用绷带缠了好几圈。

我和草摩觊站在一旁看着他们一步步完成杰作。

草摩叔叔一副怡然自得的样子，完全没因为当着我这个晚辈"做假"有任何心虚跟汗颜。

"小觊……"

"你安心等着，别到时候自己穿帮了。"草摩觊根本没等他父亲说什么，已经拉着我出了门。

我忽然间深刻体会到什么叫"有其父必有其子"。

我蹲在医院大门口无聊地跟小草精猜拳。

而草摩觊刚刚以媲美奥斯卡影帝的演技打了一个电话给花巫大人，完全把他这个年纪面对突然发生无法面对的事情时那种慌张无措的情绪表现得淋漓尽致。

此刻他坐在医院外面的长廊椅上，怔怔地望着我发呆。

"花妖大人，他是您的男朋友？"小草精估计察觉到了异样，偷偷问道。

我耳朵一热，赶紧摇头："别乱说话。"

"可是他为什么一直盯着我们看？"

"他看上你了。"我没好气地说。

"咦？"小草精立刻做恐惧状。

草摩觊的嘴角抽搐了一下，不过还没等他说话，远处就传来一阵"嗒嗒"

的脚步声，紧接着三个身影出现在我们的视线里。

"小觋！"

花巫大人在尹翌枫跟白佳微的搀扶下朝我们这快步小跑过来。

"妈！"草摩觋站起来迎上前，有些别扭地叫了一声。

"你爸爸怎么样了？"花巫大人看上去是真的很着急。

尹翌枫的脸色也不好看。

我心中突然升起一股罪恶感，而且开始担心万一他们知道这是骗局，会不会把我们大卸八块。呜呜呜，到时候我能不能跟花巫大人老实交代我是被胁迫的啊……

草摩觋给我使了一个眼色，其实我现在就是一副欲言又止、欲哭无泪的表情，完全不用演，在不知情的花巫大人他们看来，差不多就是悲伤欲绝的感觉。

"你们还是自己去看看吧。"草摩觋微微一皱眉头，抿着嘴角，沉重感不言而喻。

见状，花巫大人的脸色愈发惨白，等到病房看见快被包成"木乃伊"的草摩叔叔，花巫大人忍了许久的泪终于忍不住滑落了下来。

"花纱，别哭。"草摩叔叔本来想坐起来安抚她，突然想到自己是个病患，赶紧又躺了回去。

"你别动。"花巫大人心疼地摸摸他绑着绷带的手。

我有些哑然，刚出去的时候，还没包成这副粽子模样，他们也搞得太夸张了。

尹翌枫跟白佳微站在一旁，神色也很复杂。

"怎么会这么不小心，还有哪里不舒服？小觋，医生怎么说？"花巫大人急切地问道。

"咳，估计要在床上修养大半个月。"草摩觋脸不红气不喘，淡定地说道。

　　"只是些皮外伤，死不了。"草摩叔叔出言安慰，神色却努力装出很痛苦的样子。

　　"妈，估计这些天得辛苦您照顾了，张妈跟陆伯正巧都有事，只有看护在又不放心。"草摩觋适时地开口。

　　"妈身体不好，我跟佳微倒是可以……"尹翌枫很心疼母亲，然而父亲伤得这么重，自然也不放心，自告奋勇想帮忙，只是被草摩觋拿眼一瞪，似乎明白了什么，又讪讪地道，"我忘记我们要期末考试，得准备复习，妈，还是得辛苦您了。"

　　"没事，没事，你们学业重要，你爸爸我来照顾就好，我现在身体已经康复得差不多了。"

　　"那我们先出去，我看爸……估计要多休息，这么多人在不好。"尹翌枫说出"爸"字的时候，忍不住顿了一下，毕竟这么多年第一次叫出口，多少有些不自在。

　　"嗯，那你们先回去，明天再过来看你们爸爸。"花巫大人点点头。

　　尹翌枫朝草摩觋别有深意地看了一眼，率先往外走，白佳微还处在状况外，不过还是紧紧地跟了上去。

　　"喂，草摩……"我想说是不是尹翌枫发现了什么，怎么表情这么奇怪，眼神从刚才的担忧心疼突然变得淡定深邃起来。

　　草摩觋瞪了我一眼，又别有深意地瞥向床边的花巫大人跟草摩叔叔，我一下了然了，赶紧捂嘴噤声。

　　门外，尹翌枫双臂环胸靠墙倚着，似乎是在等我们。

　　"回去再说。"草摩觋走到他旁边时淡淡地说道。

　　"喂，草摩觋，你们在玩什么？"出了医院大门，尹翌枫终于还是忍不住了。

　　"花檬，你解释一下。"草摩觋很无耻地将我推了出去。

我看着尹翌枫板着的脸，清清喉咙说："这个……叫三十六计。"

"花檬，是苦肉计。"

"哦，对，苦肉计。"我乖乖地纠正，"其实主要是为了让花巫大人跟草摩叔叔早点儿和好。他们都分别了这么多年，草摩叔叔犯了错，受的惩罚也够了。"

"这只是谎言，母亲要是知道了，指不定弄巧成拙。"尹翌枫凉凉地说道。

"哎呀，这是善意的谎言，只是为了制造他们早点儿在一起的契机而已嘛。尹翌枫，拜托拜托，一定要守口如瓶，你肯定也希望父母早点儿复合嘛。"

"不希望。"他直接泼凉水。

"呃……"我一时语塞。

"不过，如果你明天跟我约会，我倒可以考虑考虑。"他说话的时候，转而望向草摩觋。

一旁的白佳微突然脸色惨白，非常难看，却又不敢说话。

草摩觋的脸色也沉了下来，一把拉过我揽进怀里，吐出两个字："做梦。"然后搂着我直接走人。

"喂，等一下等一下。"我想回头找些话推脱或者解释，草摩觋直接箍着我的头不让动，还凶狠地瞪了我一眼。

"万一尹翌枫跑去揭穿真相怎么办？"我委屈地说。

"他不会！"他凶凶地恐吓道，"你也不准跟他再有交集！"

"他是你弟弟。"我指出这一点儿，所以怎么可能不会再有交集。

草摩觋一下吃了瘪，半天说不出话来，只能用那双亮如星辰的墨绿色眸子狠狠地瞪着我。

每天放学，我们都会去医院看望一下草摩叔叔，毕竟演戏得演全套。

一般那个时候，花巫大人不是在给草摩叔叔读公司的文件内容，便是切了水果的喂他。尹翌枫一副"晚娘脸"，觉得被蒙在鼓里为父亲做牛做马的母亲太可怜，可是也知道其实母亲深爱父亲，所以这个善意的谎言，他无法出口揭穿。

"咦，尹翌枫你也在？"这天，我推门进去的时候，看到他倚窗而立，一直盯着花巫大人喂草摩叔叔吃苹果。

"花檬，你们来了。"花巫大人立即笑着招呼。

"嗯，我们放学就过来了。"我开心地走过去，草摩觌跟在我身后。

"作业做完了？"草摩叔叔眉头微皱，估计非常嫌弃我们这群小灯泡破坏他跟花巫大人的二人世界。

"做完了，学校每天最后一节课都特意留给我们做作业。"我老实交代道。

"下次得开校董大会，现在的学业太轻松了。"草摩叔叔不满地嘀咕。

"爸，乱用私权，随意增加学生的学业负担，我们可以去教育局告你。"草摩觌凉凉地驳斥。

草摩叔叔脸色一青："花纱，你生的好儿子。"

"嗯，我生的儿子自然很好。"花巫大人直接扭曲了他的意思。

我偷笑着，难得看草摩叔叔一脸憋屈又不敢驳斥的模样，看起来好可爱。

"小枫，你什么时候有空去趟公安局，把姓改过来。"草摩叔叔直接转移话题。

"太麻烦，而且尹翌枫这名字很好。"尹翌枫完全不给面子。

草摩叔叔差点儿从床上跳下来："你是我的儿子，自然要跟我姓！"

"我是我妈的儿子。"意思是他老妈都没要求他改名字，他干吗要听刚相认的父亲的话。

草摩叔叔表情阴森森地瞪向花巫大人。

"儿子喜欢这样就不要麻烦了嘛。"花巫大人呵呵一笑。

草摩叔叔的额上青筋直跳。

我猜也只有花巫大人和他的两个儿子才敢给他这么多气受，还无法狠心斥责。

"花纱……"他无奈地叫道。

"等小枫18岁成人礼那天，我们一起陪他去公安局一趟，这样可以吗？"花巫大人毕竟狠不下心。

本来草摩叔叔还是有些不同意，想着还得等一年，可是花巫大人既然这么说，他再不满意也只能默默认可了。

大半月很快便过去了，虽然苦肉计略有成效，花巫大人偶尔会来草摩府走动，吃饭跟聊天，可是依旧没有搬过来，而且也不肯接受草摩叔叔再次的求婚。

"草摩，现在怎么办？"我满眼期待地看着他。

他伸出手指弹了一下我的额头，淡淡地说了句："真是皇帝不急太监急。"

"瞎说，皇帝也很急。"我马上纠正道，草摩叔叔每天苦恼的脸色已经是很好的证明。

"扑哧，花檬，你可以再白痴点儿。"草摩觊轻笑出声。

我撇撇嘴。

"三十六计中，还有连环计。"他目光深远，自信地笑着说道。

"啊？"

"过几天是我父亲的生日。"

然后呢？我还是不懂。

"草摩府已经好久没热闹过了。"

"所以……"

"在生日宴上顺便让他们把婚订了。"

"啊……"

圣摩集团总裁的生日宴自然贵客云集，所有人都明显经过了一番精心打扮，舞会会场就是草摩府那个大客厅。

晚上六七点，宾客陆续到了。

男人们基本都穿着黑色西装或者燕尾服，女人则穿着各式礼服，显得耀眼而妖媚。然而真正美好的男女，不管穿什么服装都能散发出独特的光芒，比如草摩一家。

草摩瑞时一直在寻找花巫大人的身影，然而他的步伐总是被那些倾慕而来的女士打扰，或者被那些有意讨好的男人阻拦住了。

尹翌枫拿着果汁靠在窗前，这人有时候比草摩觋还讨厌，完全一副看戏的模样。

"花巫大人呢？"我将草摩觋拉到一边，他刚刚被一群女士围着脸色已经很臭，我怕他一时冲动搞砸了这次计划。

"白佳微去请尹老，什么时候到？"他喝了口果汁问道。

"应该就快到了。"我算了下时间，估计没有堵车或者其他原因，应该快到路口了。

"嗯。"他勾唇一笑，"你去告诉我父亲，我母亲在隔壁餐厅。"

"花巫大人在餐厅干吗？"我一脸不解。

"你快去告诉他。"他挑挑眉催促，"等会儿就有好戏上演。"

等我好不容易挤到草摩叔叔身边，附耳轻声告诉他花巫大人的位置后，他笑着拍拍我的头表示感谢，便急急越过人群往餐厅走去。

我满脸疑惑地回到草摩觋身边，等着他解答。

"这样不妥吧？"尹翌枫突然走过来。

草摩觋只是晃着手中的酒杯，淡笑不语。

"怎么啦？"我看看尹翌枫，又看看草摩觋，这两人到底在卖什么关子。

"万一他们有什么不合适的举止……"他指指客厅正前方墙上新增的投影

幕。

我突然想起来，前几天草摩觐似乎让人在餐厅四角安装了全方位摄影机，他故意让花巫大人跟草摩叔叔私下在餐厅聚会，不会是想……

我震惊地看着他："你，你要大家都当见证人！还特地让白佳微将尹老请来！"

到时尹老在大家的祝福中，肯定欣慰地答应嫁女儿，最后两家顺利联谊，花巫大人再没有任何借口跟理由推拒，因为尹老肯定希望她幸福，对这段婚姻乐见其成。

哇，这是个多么美好的夜晚！

"接下去的事情你看着办，到时发展到少儿不宜，记得关遥控。"草摩觐从裤袋里掏出一个遥控器塞给尹翌枫，"我可爱的弟弟，至少你也要出份力。"

尹翌枫还没反应过来，草摩觐已经拉着我往门外走。

"我们去哪里？"

他凑到我耳边低语："带你去看星星。"

"那个凉亭吗？"我一下聪明起来。

"嗯。"

"可是要爬那么多台阶，我能不能飞上去？"

"不准。"他直接驳回了我的请求。

"那我还是回会场好了。"至少里面有很多好吃的。

"嗯……如果我爸妈发现是我们做的好事……"

"我们去看星星。"

我迅速往山上跑。想到被花巫大人愤怒怨恨的目光盯着，我忍不住缩了缩脖子。虽然草摩觐才是主谋，可是我也已经变成同谋了，花巫大人肯定不会觉得我无辜的。

走到半山腰的时候，我突然想到了什么："草摩，那时候的蜂鸟是不是你

故意引来的？"

他只是意味深长地看了我一眼，目光柔和。

"哼，小心眼。"

他笑而不语。

四周突然安静下来，我们并肩走着，气氛暧昧。我全身不自主地紧绷起来，不自觉地伸出手去抚摸灌木。

"小心扎手。"草摩觌伸手将我的手抓住握在掌中，没有再松开。

我的心跳漏了一拍，手微微挣扎了一下，他却握得更紧了……

"到了。"他出声提醒道。

"嗯？"

我这才发现不知不觉我们竟然已经站在了凉亭中，刚才我的注意力都在相握的手上，完全被他牵着走，居然没发现已经爬到了山顶。

山上夜风微凉，空气湿润而清新，没有月亮的夜晚，星辰完全做了主角，一闪一闪仿如天使的眼睛。低头俯瞰，山脚的灯光仿若是人间的精灵。

"花檬。"

"嗯？"

草摩觌突然这么认真地叫我，我一时有些无措。

"喜欢这里吗？"

"喜欢。"我诚实地回答。

"那就留下来，一直。"

我的心情震惊而无措。

我无法承诺。

第十章

代理花巫 10 ● CHAPTER

"嗒嗒嗒……"

雨珠在翠竹的叶尖凝聚，又一滴滴落下来。

清晨的一场春雨令空气变得湿润而清新。

草摩北院。

我坐在窗前撑着脑袋，望着窗外已经只剩树叶的樱花树发呆。

生日宴会已经过去了好些天，草摩叔叔顺利抱得美人归，所以对草摩觌和我让他们在大庭广众之下上演亲吻大戏，只是严厉地训了一顿，让我们保证下次不再犯，也就不了了之。花巫大人脸皮薄，每次见到我们，还是忍不住脸红。其实我根本什么都没看到，呜。

自从搬回草摩府后，花巫大人大部分时间都待在草摩府北面那个小屋，酢浆草依旧郁郁葱葱，最近草摩叔叔还在院子里布置了小石桌跟几张石凳，让花巫大人可以坐在那儿晒晒太阳、喝喝茶，白丝跟黑少跟在主人身边，变得异常温顺。

因为花巫大人已经被搬到了草摩府，尹翌枫为了不让尹老孤独，现在基本是在尹府和草摩府两边跑，周末午后有空便会和草摩觌、白佳微以及我一起陪花巫大人喝喝下午茶，聊聊天。而基本上草摩觌跟尹翌枫在一起时拌嘴的时刻

186

多过和睦相处。花巫大人只是慢悠悠地喝着茶，宠溺地笑着看我们胡闹……

这样的日子其实很好！

我实在不忍心将这样的画面破坏。

可是，如果我不回花国复命，时间一久，长老爷爷指不定会派其他人来寻找，我也不可能再留在人间，花巫大人违背花国国法，说不定还得接受严厉的惩罚，她现在这样的身子根本承受不住。

我如果回去跟长老爷爷说，花巫大人不在人间，根本找不到任何气息，那么我这次花使等级考试就算彻底失败了……

"唉。"

我无力地叹了口气。明明以为很简单的任务，为什么结果会是这样！我的花使头衔，我的花花童萌高级学院……

"花妖大人，您没事吧？"樱七不知何时又趴在窗玻璃上，看到我长吁短叹，便担忧地问道。

"我要回花国了，樱七。"虽然不舍，但我最终还是决定先回花国。

"那，那……还回来吗？"樱七急忙问着。

"不知道。"我叹了口气，"回去花国后，再回人间得长老爷爷同意呀。"

"那我们以后不就见不到了？"樱七的两只大眼睛又变得泪汪汪的。

"你可以努力修炼成花妖，我们在花国再见。"不能哭，我努力撑着笑，离别本来就是世间常有的事情。

"嗯。"樱七用力点点头，"我去跟其他花精说，让它们也过来告别。"

"不要了，樱七，太伤感的画面，我怕我真的会哭，等我离开后你再跟它们讲，说我在花国等它们。"

"呜呜呜……花妖大人，我舍不得您。"樱七从推开的窗户扑进我怀里。

我被它弄得眼角也湿润起来。

泪眼模糊间，我瞥到对面走廊站着一个熟悉的身影。

草摩觌！

他看到了吗？

晚餐后，草摩叔叔送花巫大人跟尹翌枫回尹宅，我打算回房，暂时还不知道该怎么跟他们告别——其实是不想，所以一直找各种借口拖着。

"花檬。"草摩觌出声叫住我。

我站在楼梯口，不敢回头，怕被他看到我满脸的忧伤。

"我们谈谈。"

"我……我有点儿困了，明天再谈吧。"

"花檬。"他无奈地再次开口，"很多事情不是逃避就能解决的。我问过小花精，它说你要回花国。"

我不由自主地全身一僵。

"为什么？"他已经走到我身后，我能感觉到他强烈的存在感。

我紧握着拳，脸上努力挂上笑容后转过身："因为我来人间本就是为了找花巫大人，现在找到了，当然得回去。"

"我母亲为了父亲留在人间，你……不能吗？"他其实是想说我为了他，留下不行吗？

我抿了抿嘴唇，克制住哽咽，强笑着回道："如果我不回去，花巫大人留在人间会很危险。"

他一时语塞，怔怔地凝视着我，许久才问道："就没有其他办法吗？"

我故作轻松地说："也许回去只是跟长老爷爷复个命，指不定就有新的任务将我派回人间了。"

"花檬，不要再咬着唇，都咬破了……"他不舍地叹了口气，将我揽进怀里。

我把头埋在他胸前，像可怜的小狗一般呜咽着，忍了好久的泪水"啪嗒啪

嗒"不断地往下掉落。

他难得地有些慌，想稍微推开我，抬起我的头。我死命埋进他怀里，不肯在这个时候让他看到我的狼狈。

"花檬，不要哭……拜托……"我第一次感觉到他的束手无策。

我哭了好久，泪水将他白色的衬衫浸湿了一大片，还完全不顾淑女形象地将眼泪鼻涕往他身上擦，他一下一下轻轻地拍着我。

"我们还会再见的吧？一定还会再见的。"我闷闷地说。

"嗯，一定。"

我跟草摩府的人匆匆告别，不忍心抹去这么长时间相处的美好回忆，虽然再次撒了谎，不过这次有草摩觐跟花巫大人一起帮我圆谎。

草摩觐坚持送我去云山，本来我可以利用时空转门直接回去，可是为了有更多的相处时间，我们能多拖一秒是一秒。

"花檬！"

草摩觐突然唤住正要踏入已经开启的时空转门的我，我疑惑地转过身，却被他一把拉进怀里，我还来不及反应，他就低头用温润的唇轻触了一下我的唇角。

我的脸瞬间发烫，脑海里嗡嗡地响，一片空白。

"一定还会再见，相信我。"

"嗯。"我傻傻地点头。

最后怎么告别的我已经完全记不清，只是一直感觉唇上酥酥麻麻的……

"哎哟，小丫头没被卖在人间当化肥呀？"花戟不知道从哪个林子里冒出来，看到失魂落魄地走在路上的我，忍不住打趣道。

我完全不理会他，如同一个木偶般从他面前越过。

他估计没想到我会是这样的反应，愣了一会儿，然后又追了上来："小丫

头？嗨！"他伸手在我的眼前晃了晃。

我瞟了他一眼，继续无精打采地往前走着。待会儿还得跟长老爷爷汇报，可是我最不擅长的就是说谎，万一露了馅，我受罚没事，还要连累花巫大人……

"小丫头，你被人甩了？"

"秃头花戟，你好烦，你不是一向不管我们这些人的闲事吗？继续保持你神秘莫测的形象好不好？"我居然很有胆气地朝大名鼎鼎的南医花戟吼了一声。

他深思了一会儿，我以为他要发怒，然而却见他摸摸脸，自言自语道："原来我的形象是神秘高深的世外之人。嗯，嗯，感觉还不错。"

我难以置信地瞪了他一眼，加快了脚步。

"小丫头，你真的不跟我讲讲你现在烦恼的事？指不定我有办法帮你哦。"他没再追上来，只是在身后喊道。

我又向前走了几步……

"比如花巫在人间结婚生子的事情要不要告诉长老呢？好纠结对不对……"

我瞬间僵在那里，惊恐地快速回头朝他看去。

花戟站在原地，头上戴着他的那顶渔夫帽，笑容灿烂而讨厌。

"你怎么知道的？"

"我是神秘而高深的世外仙人。"他将我刚才的话加油添醋地回给我。

我气得跺了跺脚，还是不甘不愿地朝他走了过去。

接下来他对我讲述了花巫大人的爱情故事，为了人类宁愿不回花国，作为这么多年的老友，他一直替她隐瞒到现在，也为了不让花国长老们知道她的行踪，他近年都没再找过她，所以才不知道花巫大人后来发生的事情。

我简单说了一下自己在人间知道的事情，当然省略了尹翌枫为了花巫大人

伤害小妖精的事，还简化了花巫大人离开草摩瑞时那几年受的苦，我觉得已经过去的事，如果再挑起事端反而违反了初衷，只要现在他们过得很好就好。

花戟最后交代，让我暂时先不要提任何事，他想办法跟长老他们商量，毕竟花巫的事情总要有个结局。

不然这次是我，下次不知道又会派谁去人间继续寻找。

"可是我回来了，不去找长老爷爷复命好像不太好。"我满脸忧郁地说。

"今天回去洗洗睡觉，明天我跟你一起去。"

"真的？"我正不知道该怎么解释，如果有花戟出马，我就只要待在旁边就可以了。

"真的。小丫头，再次警告你，我已经不是秃头了，不准再瞎叫。"

"咦？已经长出头发了？"我好奇地想要去摘他的帽子，被他一掌拍掉了手。

我讪讪地撇撇嘴："稀罕。"

"回你的窝去，不送。"他一副嫌弃的表情。

我气不过，临走时回头朝他大喊了声："秃头花戟，拜拜！"然后还不忘吐吐舌头做个鬼脸。

他故意扬起手，做了一个要揍我的动作。

我哈哈大笑着跑远了。

第二天，花园内，花智长老依旧在认真地修剪和打理着他的花木。

不同以往雀跃的心情，我跟在花戟身后，慢慢地走过去。

花智长老没回身就知道是我们："花戟，花檬，你们来了？"

"不愧是花智长老，身后跟长了眼睛似的。"花戟哈哈笑着道。

"长老爷爷好。"我乖乖地站在一边问好。

"人间之行可顺利？"花智长老边浇着水，边侧头笑着看我一眼，害得我

想了一晚上的措辞瞬间全被打散了，觉得对着这样慈爱的爷爷说谎，实在太有罪恶感了。

"顺……顺利。"

"那任务完成了？"

我马上看了一眼花戟，不知道该怎么回答。

花智长老也不催我，耐心等着，浇完一处又去浇另一处。

"我今天来，也是为了花巫的事情。"花戟替我开口了。

"哦？"花智长老的疑问句带着肯定的语气。

莫非是我心里有鬼的原因？

"希望长老们另选一位花巫吧。"

我呆呆地看向花戟，又担心地看了一眼花智长老。

"那就是小花檬的任务失败了？"

花智长老依旧慈爱地笑着，我的心却凉了一大截。

"嗯。"我认错似的点了点头。

"让我考虑考虑。"花智长老看了看花戟，挥挥手道，"你们先回去吧。"

花戟二话不说，提着我的衣领，道个别就直接走人了。

"喂，你说让我等你来，就这么跟长老爷爷交代的啊？"等远离了花智长老的视线，我开始不安分地挣扎，试图脱离魔掌。

"我觉得花智的反应有些奇怪。"花戟嫌弃地放我的衣领，拍拍手说。

"有什么奇怪的？"

"他什么都没问你，我提出另选花巫，他居然也同意考虑……奇怪，太奇怪了……"花戟摸着下巴做思考状。

我学他一手叉腰，一手摸着下巴："也是，长老爷爷居然这么没好奇心，都不问我在人间做了什么。"

"你刚才心里想什么？"

"我什么都不敢想啊，就怕长老爷爷读心。"

"既来之则安之，我们先静观其变。"花戟一锤定音，然后拍拍屁股走人了。

我心里总觉得不安，可是花戟说得对，花智长老以不变应万变，我要是自己跑去跟他说我编好的故事，估计就是自动暴露。

提心吊胆地跑过来，又灰心丧气地跑回去，我深感无力地叹了口气。

花国的日子无聊而平静。

我越来越想念在草摩府的生活，想张妈，想陆伯，想草摩爷爷和草摩奶奶……还有草摩觌……不知道他现在在做什么？有没有像我想他一样想我？

"长老爷爷。"我甜甜地叫道，跟在花智长老身边讨好地又递毛巾又递水。

我实在没有办法一直安心待在家里什么也不做，而且现在正好是假期，我已经殷勤地烦着花智长老好些天了。

花智长老无奈地瞪我一眼："小花檬，你什么时候变成苍蝇了？"

"长老爷爷，拜托拜托，让我再去人间历练下嘛，学校在放假，我在花国也没什么事做。"

"怎么没事？可以去帮你隔壁的花伯伯打理花圃，也可以帮花奶奶做点心，这些也是历练。"

"长老爷爷，这个，这个，还是人间历练比较实际有用嘛。"

"我考虑考虑。"又是这么一句话。

我气鼓鼓地看着他："那您真的要考虑，不能随便应付。"

花智长老的回答是转身把水瓢塞给我："帮我把这里的花全部浇完再回去。"

"哦。"我只好乖乖地做苦力去了。

　　隔日清晨，我还在睡梦中就被敲门声惊醒了，正奇怪谁大清早来吵我睡觉，看清楚眼前的人之后，我不由得睡意全无。

　　"长老爷爷，您怎么会来？"我难以置信地揉揉眼睛，以为自己还在做梦。

　　"一个晚上烦我，一个白天吵我，你们是想折腾散我这把老骨头吧。"花智长老嘀嘀咕咕的，看上去居然比我还有怨气。

　　"什么？"我满脸疑问。

　　花智长老长长地叹口气，像做了一个重大决定："花檬，现在有个任务要你去执行。"

　　"啊？是去人间吗？"我的眼睛一下亮了。

　　花智长老又叹口气："我同其他几位长老经过长时间的讨论后，终于达成共识，决定在没有合适的人选之前，先由花巫代理暂代花巫一职。你的任务就是去人间保护这个花巫代理。"

　　"花巫代理？他在人间？"我一脸奇怪，一个花使不在花国，居然也在人间逗留？

　　"去不去？"长老爷爷不答反问。

　　"去，去，当然去。"难得的机会可以去人间，别说做保镖，就算做保姆，我也要去，至少可以抽空去草摩府。

　　"今天午后，你收拾收拾就出发，花巫代理在云山等你。你去了就看到他了。"

　　"哦，谢谢长老爷爷。"我激动地鞠躬致谢。

　　花智长老捂嘴打了个哈欠，摆摆手，决定回去再睡个回笼觉。

　　我哪里还能等呢，精神抖擞地快速收拾好行李，比起第一次花使等级考试去人间更加兴奋和急迫。

我背着包袱直接奔向人间出口，路过"花医别馆"时，顺便去把这个好消息告诉了花戟。

"秃头怪医，在不在？"

"你再叫我秃头，小心我把你也变成秃头。"花戟从桌子底下钻了出来。

"你在那里干吗？"

花戟白了我一眼："你今天过来干吗？"

"哦，花戟，长老爷爷终于同意我去人间了，让我去保护新的花巫代理。"我开心地跟他说，在花国，他已经成为我唯一能说秘密的朋友了。

"哦。"他爱理不理地回道。

"就这样？"我以为他会很好奇，不是他提出要重新选花巫，现在长老爷爷们同意选了一个花巫代理人，他怎么一点儿兴奋和新奇感都没有？

"祝你好运，别成了人间化肥。"

"臭花戟，没人性。"我撇撇嘴。

见他一直在忙着研磨药粉，我识趣地不再打扰，挥手告别道："花戟，再见了。"

"等等。"花戟突然出声叫住已经走到门口的我，我刚转身，他就扔了一大袋子药品给我，"拿着，以备不时之需。"

"嘿嘿……谢谢。"我就知道他嘴硬心软。

他不耐烦地挥挥手："走吧，走吧，再不去，我就快被烦得精神崩溃了。"

我疑惑地看了他一眼，怎么跟花智长老说一样奇怪的话呢。

云山。

这里终年弥漫着轻雾，自上次尹翌枫事件过去已经好长一段时间，它已经慢慢开始恢复了生气。

本来花智长老说要我午后再来，可是我等不及，所以此刻时间还早。

我打算找个最容易看到来人的位置等待代理花巫，目光正在四下搜索，突然——

"花檬。"一个熟悉的清冷嗓音自身后响起。

我一怔，心不受控制地"咚咚"跳动起来，可是我不敢回头，怕只是自己的幻听。

"花檬。"声音已经越来越近了。

我深吸一口气，让自己努力保持镇定，缓缓回过头去——

只见一个日思夜想的修长身影站在那里，墨绿色的眸子带笑看着我。

"草摩觇……"我没志气地居然溢出一丝哭腔，明明很开心的。

草摩觇温柔地应着，笑容如此刻的骄阳，炫目耀人。他一步一步慢慢走过来，一直到快贴近我的鼻翼才站定。他就这么站着，似乎在等着我投怀送抱。

我"噗嗤"笑了出来，一把抱住了他。就说是个讨厌鬼！可是我抱得好紧，把头埋在他胸前，拼命传达自己的思念。

他低头在我耳边低低地愉悦地说道："花檬，你在劫色。"

"不喜欢吗？"

"喜欢，很喜欢。"

他紧紧地环抱住我，很紧很紧，仿佛要把我嵌进身体里一般。

阳光很好，夏风微醺，爱情，刚刚开始！

"你是花巫代理！"

我从不信到怀疑到认命，不过短短一天的时间。

差点儿把花戟跟花智长老逼疯的人就是眼前这个小人得志，坐在书房里拿着书，让我剥荔枝喂给他吃的草摩大少爷。

虽然对于他如何让花戟帮忙，让长老爷爷们同意他成为花巫代理我不得

而知，因为他保密得非常好，我怎么诱骗都没用，反而自己不断"割地又赔款"。最后我也放弃了，管他怎么做到的，反正现在他是花巫代理，我是他的保姆……

呜呜呜……真的不应该说大话，什么叫"别说做保镖就算做保姆也愿意"，我现在后悔了可不可以？

我又乖乖地剥了一颗鲜美多汁的荔枝递到他嘴边，他一把含住，顺便将我手上的汁水都吸走了。

我的脸一热，本能地抽回手来："色狼。"

他只是挑挑眉，依旧一本正经地认真看着他的书。

我愤愤地剥了一颗荔枝，准备自己吃掉。他突然侧头贴上我的唇，吻了个结结实实，将我嘴边还没来得及吃的荔枝又劫走了。

我又气又怒又羞恼。

"我是花巫代理。"他凉凉地提醒道。

所以作为保镖的我，是不能揍自己的主子的。

"哼！"我气得站起来，打算去找张妈看韩剧，才不要继续在这里被"羞辱"。

他急忙扔下书，站起来一把抱住我："生气了？"

"才没有。"哼，就是不想理你。

"那我剥给你吃，你乖乖留在这里陪我。"他轻声诱惑道。

这还差不多！

我装出一副不情不愿的样子坐回原位，开始享受女王待遇。

他乖乖剥着荔枝，我痴痴地看着他俊美的脸，长得好看真好，就算剥个荔枝都令人觉得爽心悦目。

我赶紧摇摇头，不让自己太花痴，轻咳一声找了个话题："草摩觊，我一直很好奇黑少、白丝守着的那间小屋里面到底藏了什么呀？为什么叔叔一直这

么神秘地保护着，不让任何人进去？"

　　他剥了一颗荔枝递到我嘴边才说道："那里只是我母亲以前的私人空间，里面留有我母亲所有的回忆，后来母亲离开后，我父亲睹物思人，不想任何人破坏他们两人共同的记忆，所以才不让我们进去。而且黑少、白丝是母亲留下的弑神，自然对任何它们觉得是坏人的人抗拒跟敌对。"

　　"我哪里像坏人了？"我不满地抗议。

　　"偷窥我洗澡，夜闯我的卧室……"他一本正经地数落着。

　　我连忙将他手上剥了一半的荔枝夺过来堵住他的嘴，不让他说那些我做过的傻事。

　　他含笑看着我，将荔枝拿了下来。

　　我捂住脸不让他看到自己此刻羞红的脸。他伸手轻轻拿下我的手合在自己的掌心，头慢慢地靠过来……我本能地闭上了眼睛，能感觉到他呼出的气息吹拂在我的唇间，然后温润的唇缓缓印下……

　　结尽同心缔尽缘，此生虽短意缠绵，一生一爱人。

　　我在最美的年华遇上他，爱上他，而他也回报以同等的爱。

　　我已经幸运地找到了属于我的爱情，你们呢？

番外

草摩瑞时与花纱的爱情 • SPACIAL

他究竟是个什么样的男人？

花纱隐在茂密的香樟树叶里，找了个极佳的观察点，侧躺在上面。

玻璃幕墙内，男人正全神贯注地办公。

自从与他相遇以来，她无时无刻不在思考这个问题。

冷漠，绝情，霸道，视工作为生命……

她因为受自身新研究出的法术反噬误入人间的云山，正巧被不知什么原因出现在那里的他遇见，而这个男人却打算视而不见。

她无法动弹，集中心智用法术强行让他带她离开。

云山是花国与人间的路口，这里的磁场活动惊人，吸引了不少妖精来此修炼，如果不先离开这里，被心怀阴谋的不法分子碰上，她现在这般模样，丧失性命是小，若吸收她花巫的灵力，到时候搞侵略破坏那就糟了。

"咳咳……"

她让他把自己放在附近一个偏僻公园的长椅上才解除了法术。

"你究竟是什么人？"男人震惊而愤怒地瞪着她。

"咳咳……你走吧，最好把刚才的事情忘掉。"她已经没有多余的力气再施遗忘术，暂时就这样吧。

眼睛越来越难睁开，她慢慢地朝椅子倒去……

蒙眬中，似乎有只手托住了她的头，避免了她撞到椅子上。

再次醒来，已经是在房间的床上，她茫然了好一会儿才想起自己似乎被人救了。

这是人类的居所。

她尽力撑坐着靠在床上，四处观望着，房间的装饰简约而富有阳刚气息，灰黑色基调的装潢冷硬而毫无温度，让她立刻想起那个男人。

说曹操曹操到。

那个男人正巧推门进来，手里拿着一碗黑乎乎的东西。

"醒了。"低沉冷硬的声音配着那张像谁欠了他几百万元的冰山脸庞，这男人真是一点儿也不可爱。

"你为什么要救我？"花纱戒备地盯着他。

"只是愿赌服输，这个世间真的有超自然存在。"他将那只碗递给她，"喝了。"

她一脸嫌弃，碗里的东西散发出来的怪味道令她忍不住捂住鼻子，说什么也不肯接过碗。

他也不强求，将碗放在一旁的床头柜就转身出去了，关上门前，才淡淡地说了句："如果你想快点儿恢复，我劝你还是喝下去比较好。"

花纱瞪着被关上的门很久，这个男人到底是怎么回事？

直到许久以后，她才无意中知道，那天他和他的大学学弟，一个致力于超自然研究的科学家打赌，他学弟认为这个世间肯定有人类还未发觉的事物存在，不是看不见就代表它不存在。他却一向不信这些，于是他学弟让他前往云山，最近那边磁场的活动非常剧烈，指不定真能遇上平时看不到的物种。

他不是那么无聊的人，只是那天正好工作提早顺利完成，回家反正也是翻看一些商业杂志，他想起了这个赌约，竟鬼使神差般开车独自前往那里。

"也许真的是冥冥之中自有定数。"他后来抱着花纱，微微勾唇打趣道。

结束回忆，花纱看着办公室内再忙也能井井有条地处理着一切的男人，仿佛只要他在，下面的员工就像有了轴心，有序安心地转动。

他一手拿着话筒，一边翻着秘书刚拿进来的文件，认真地看了几眼，在上面龙飞凤舞地签好字递还给秘书。秘书点点头退出去，配合得默契十足。

最近她常常会躺在这棵树上看他。

她的伤已经恢复了大半，可是她突然不想那么快回到花国。一开始只是好奇，这个男人到底是怎么样的人，所以趁他不注意，她偷偷跟着他来到了他的公司。

他应该是这个公司的高层，因为好像所有人见他都怕怕的，眼里流露出崇拜而尊敬的光芒，还有女孩望着他的背影时偷偷流露出爱慕期盼的神色。

只是这个人跟木头似的，完全感受不到这些。

花纱叹口气摇摇头，谁要是爱上他，结果肯定很惨。

春日的阳光暖和且舒适，她打了个哈欠，有些困了，嘱咐了一声在旁边玩的小树精，有事叫醒她，然后就沉沉睡去……

草摩瑞时推开幕墙上的窗户，手里拿着咖啡杯缓缓喝了一口，树上那个慵懒睡熟的女子跟只小猫似的蜷缩着，脸上漾着甜甜的满足的笑，白皙的脸庞微透出一抹红晕，气色似乎已经慢慢恢复了。

他嘴角微勾，那天无意中看到她跟着他，本想看看她到底在玩什么把戏，没想到这女人没心没肺地在树上睡着了。那个下午，他一直静静地站在窗前看着她熟睡的脸。他从来不知道，居然还有东西令他的关注度超过了他引以为豪的工作。

日子一天一天过去。

她没有离开，他也没要她离开。

她对什么事物都很好奇，特别对人间的食物。他不管买什么回家，她都能吃得心满意足。于是渐渐地，他开始爱上回家，爱上看她吃东西的模样，爱上那个笑意盈盈地缠着他讲人间故事的奇怪女子，甚至他开始故意忽略她怪异的来历。

他想，有个人陪着生活的日子似乎也不错，没有他想象的那么糟糕。

对于他来说，朋友都是工作利益的来往，而女人只是为了繁衍后代所需的工具。那些靠近他亲近他的人，无不是冲着他草摩家后面拥有的巨大利益而来。

只有大学时的学弟，那个一心致力于怪力科学研究的家伙对他是谁根本毫不在意，只希望有人能认同自己的理论。

他想，不知道是他可悲，还是那家伙可悲，最后竟是毫无认同感的两个人成了莫逆之交。

春日的天气虽然不像夏天变化无常，不过午后飘起阵雨却是常有的事。

草摩瑞时不停地打字的手突然停住，他今天有些心浮气躁。很快就有一场阵雨降临，虽然知道她有别于人类，不过他就是不愿她被雨水淋到，可是此刻如果他推窗出去叫她进来……不知道她会是什么反应，会生气吗？然后再也不来他身边？

雨水一滴一滴，越来越多，越下越大……

他终于还是沉不住气，腾地站起身朝窗前快步迈去——

"进来，花纱！"他推开窗，朝树上喊道。

本来坐着的花纱正无聊地跟小树精玩接雨滴的比赛，被突如其来的声音一吓，一个打滑，差点儿摔下树去。

草摩瑞时脸色一青，整颗心提到了嗓子眼："小心！"

花纱摇晃了一下，极力稳住身体，尴尬地哈哈笑着问道："你怎么知道我在这里？"

"先过来。"草摩瑞时沉声命令。

花纱整了整衣服，乖乖跃到对面的窗台上，草摩瑞时顺势将她拦腰抱进了室内。

花纱不自在地扭了扭，想从他身上跳下。

草摩瑞时瞥了她一眼，倒很干脆地放她下地。

他冷硬的脸上多了一抹不易察觉的潮红，刚刚那么近的距离，能闻到她身上淡淡的茉莉香，那是最近她带回家放在窗台的小盆栽，已经盛开出零星的花苞，只有凑近才能闻到那股清新的香气，她的身上居然会沾有那花的香气，不同于高科技提取的精油香水，那是一种自然清新的味道。

花纱有些不好意思地低着头，自己偷窥的行径现在被发现了，她不知道该怎么解释。

"下雨了，怎么不知道找个地方躲一躲？"他看着她，几缕发丝被雨水打湿贴在脸上，他忍不住伸手帮她勾向耳后，修长的食指不经意穿过了她细柔的黑发。

花纱愣在那里，一时更加不知所措起来。

草摩瑞时目光灼热地看着她，抬手轻轻勾起她的下巴，他不想抗拒此刻的心意，慢慢倾身朝她靠近……

花纱不由自主地屏住呼吸，最后干脆将眼睛紧闭起来。

草摩瑞时忍不住微微扬起一抹笑意，他第一次感觉到心跳剧烈得好似要冲破胸腔，像个情窦初开的毛头小子，如此冲动地想去一亲芳泽。

花纱，你究竟施了什么魔法，让我心甘情愿沉沦情网，迷途不知返……

他依旧很忙，忙着开会，忙着拓展新业务。

只是花纱的位置从树上挪到了他的办公室内。

他没有太多的时间陪着她，花纱倒自得其乐，也不烦他，自己坐在他安排的位置上新奇地玩着电脑，偶尔会一时兴起，一个人到处逛逛这家规模庞大的圣摩集团。草摩瑞时那时就会露出不情愿的表情。他希望她一直在他视线可及的范围内。

"肚子饿不饿？据说有家新开的西餐厅不错。"

"你忙完了吗？现在可以去了吗？"花纱立即露出馋嘴的表情。

草摩瑞时疼爱地摸摸她的头发，知道自己其实不是一个合格的男朋友，现阶段公司正在积极拓宽海外市场，他忙得焦头烂额，根本无暇顾及她，可是他不放心让她一个人在家或者出去逛，他怕她随时会从自己身边离开，于是只好霸道地将她留在他视线所及范围内。他从来不曾发现，他竟然会因为一个女子那么没有自信和安全感。

"嗯，走吧。"他宠溺地笑着点头。

餐厅位于半山腰。

他提前预订了极佳的可以观赏夜景的位置。

花纱好奇地贴着窗玻璃望向远方："那里是不是圣摩集团，我们刚刚出发的地方？"

"嗯。"

"那我们住的公寓呢？"

"那里。"他跟着她一起看。

"原来晚上的城市这么漂亮，仿佛天空的星辰坠入人间一般。可惜花国没有这么美的夜景。"

"所以留下来，不要回去了？"他盯着她，带着命令的口气征询道。

花纱被那般灼热得像要吃了她似的期待表情弄得涨红了脸，别扭地轻轻"嗯"了一声。

草摩瑞时抓着她的手，不由自主握得更紧了……

他抽出几天空闲，在一个风和日丽的早晨，开车带她回草摩老宅见父母。

草摩老太爷跟老夫人是突然被一道闪电劈中，魂飘到了九霄云外，差点儿

回不来。

这个从小自律自爱自强的小子，成年后更加热衷于工作，唯一接触的朋友就是那个神经兮兮的科学怪小子。

他们一度以为瑞时小子有断袖之癖，为草摩家有可能绝后而忧心不已，生怕到时在黄泉路上，被草摩家的列祖列宗吐口水淹死在半路。

这样想着，老头和老太太真心替自己掬一把辛酸泪。

可是现在又是什么情况？

草摩瑞时带着一个丸子头、包子脸、瘦瘦小小的姑娘来到他们面前，宣布要结婚了。

"有了？"草摩老夫人眼睛发光，八卦地看看儿子，又看看旁边的小姑娘。

花纱因为坐在那里双手不知道要放在哪里，就顺手拿着茶杯喝茶，听到老夫人意有所指的话，差点儿喷了出来。

"咳咳咳……"她呛得脸色绯红。

草摩瑞时立马心疼地拍着她的后背，瞪了一眼一向不正经的父母说："别吓着她。"

草摩老太爷欣慰地笑着，嘴上却忍不住逗弄起一向稳重冷峻的儿子："老婆子，快，我给你顺顺背，你儿子这是要完美诠释什么叫有了媳妇忘了娘。"

"不会的，不会。"花纱赶紧为他正名，"他虽然性子冷淡别扭，可是心很柔软，很善良，他一定会保护自己的家人……"

三个人同时带笑看着她。

花纱这才发现自己太过心急，居然干了这么蠢的事情。

草摩瑞时的好，根本不需要她来辩解，作为他的父母，肯定更清楚自己儿子那颗美好的心。

一个月后，他们举行了婚礼，在花纱的要求下，婚礼很简单，只请了最亲的亲戚和朋友。

他们本打算去海外赏樱度蜜月，却由于草摩瑞时工作上突然出现的问题而被迫取消。

花纱觉得机票已订，海外的旅馆也已经预付了定金，推掉怪可惜的，所以怂恿她的公公婆婆去旅行。

草摩老太爷跟草摩老夫人最终被说得心动了，在预订的时间登机出发，没想到这一次的旅行，居然让两老萌生了周游世界的念头。

夜已经很深，花纱躺在床上百无聊赖地看着偶像剧，草摩瑞时还在书房工作，最近他的眉头总是紧皱着，可是她只能看着，提醒他按时吃饭，其他什么也分担不了，也帮不上任何忙。

她突然觉得自己好没用。

花国的魔法不允许左右人间世界，否则会受到神最严厉的处罚，终身禁锢于反噬的术法中，甚至魂飞魄散。

一片粉色花瓣随着夜风飘落进来。

她侧头朝窗外看去，满目的樱花随风摇曳，星星点点地飘落在月色中，美不胜收。

因为愧疚新婚蜜月都爽约的草摩瑞时，隔天就叫人种上了满院的樱花树，弥补暂时未能成行的蜜月赏樱之行。

花纱又惊喜又震撼，她并没有因为蜜月之行取消而生气，只是有点儿遗憾不能跟草摩瑞时一起做一件很有意义的事情。可是草摩瑞时怕忽略了她，怕她难过，竟送了她满院的樱花。

她甜甜地笑了起来。

一只樱花花精抱着小酒壶骨碌碌地从树枝上滚到了窗台上。

花纱玩心四起，悄悄地走过去……

"还不睡，怎么跑到窗边去了？"草摩瑞时将外套挂到衣架上，朝她走过来。

"嘘。"花纱比了个噤声的手势，把手指点在嘴巴上。

"怎么了？"草摩瑞时走过去从身后环抱住她。

"窗台上有只小花精喝醉了，睡得正香，还吹着泡泡。"花纱指指上边说。

草摩瑞时的脸色却突然阴沉了下来："它们也知道你是谁吗？"

"嗯，这种等级的小花精，已经能感应到了。"

"如果它们有人去通报了花国那边，你会怎么样？"他的语气越发低沉。

花纱愣了愣，她倒没想这么多，既然已经嫁做人妻，她便没有想过再回花国。

"八大长老估计会想方设法让我回去吧。"她轻轻地说着，忍不住叹了口气。

"有什么办法让它们感知不到你？"

花纱想了好久，决定用一种禁术暂时封闭自身的灵气，不过这种法术还没有完全成熟，估计只能瞒住在人间的花精，到时长老们要是真想寻找她，肯定还是能找到。

她没有打算瞒草摩瑞时，只是认真地捧着他那张带着不满的脸，真诚地告诉他，她已经是他的妻子，这辈子绝不会背弃他离开他。

草摩瑞时的脸色才稍稍缓和起来，勾起她的下巴，深深地吻了下去，夜还很长……

"我有个朋友非常想见你，已经推了他好几次，这次似乎……如果你不想见，我绝对不会让他见到你。"隔了几天，草摩瑞时欲言又止，难得左右为难

地对妻子说。

花纱正在浇花，闻言忍不住好奇地回头看他："不会就是你说的那个怪胎科学家朋友吧？"

"是。"他诚实地回答。

"好啊，我也想见见你的朋友。"

"真的？不要勉强。"他担心地看着她。

"放心啦。"她揉揉他皱在一起的浓眉。

还是半山腰那家西餐厅。

因为花纱喜欢这边清幽的环境，还有这家主厨自制的冰激凌甜点，所以草摩瑞时将地点约定在这里。

他没想到来的不只是吴渊，还有与他大学同班的周韵。

"嗨，不介意我来凑个热闹吧。"周韵身着一袭白色绣蓝花的现代旗袍，率先笑着打招呼。

草摩瑞时瞥了眼带着厚重眼镜的好友，吴渊尴尬地挠头笑笑，跟着周韵在对面坐下。

"她说有事情找你谈，也很好奇你娶的老婆会是怎么样的人，所以就一起来了。"

花纱看着坐在对面的两人，男生像是偶像剧中那些书呆子的装扮，不修边幅的衣着、难看的大框眼镜以及跟鸟窝有得一拼的头发。

女生却完全是另一种类型，精致的妆容、剪裁合身的漂亮衣着，气质出众。

女生同样在审视她，只是那种眼神令她很不舒服。

"他们是一对吗？"花纱凑近草摩瑞时耳边问道。

"草摩夫人说话喜欢偷偷摸摸的吗？"女生似笑非笑地看着她，虽然是玩笑的话却总觉得有些刺耳。

"新婚燕尔，喜欢说悄悄话很正常。"吴渊虽然对男女关系不太敏感，但这点儿眼力见儿还是有的，赶紧打哈哈道。

点的餐饮陆续上桌。

"草摩，我有一批设计样稿想要找人合作制作成衣，你有没有兴趣？虽然只是得了区区的金顶奖，但多少有点儿知名度。"周韵自信地看着草摩瑞时说道。

"阿韵，你太谦虚了吧，什么区区金顶奖，那可是海外最顶尖的设计大奖。"吴渊接口道。

"没想到只专注研究怪异科学的你，居然也知道一些服装上面的事。"周韵嘴边的笑意更甚。

"有空你来我公司一趟，我让海外市场部跟你联系。"见草摩瑞时没有推拒，周韵开始讲她的计划，还随时冒出一些专业术语，即使英语口语没问题的人也没法加入，何况是连26个字母都不懂的花纱。

再愚钝，花纱也感觉得出来，她针对的人是自己。

花纱暗自笑了笑，也不去阻断他们三人的讨论，正好趁他们热烈地聊天的时候，将肚皮填饱了。

"啊，瞧我，光顾着说自己的事，拉着瑞时他们讨论未来发展的计划，花纱，你一定很无聊吧，就看你一直在闷头吃，连最后的冰激凌甜点都快吃完了，真是对不起呀。"末了，周韵又有意无意地将大家的注意力拉了回来。

"没事，这间餐厅的食物正好合我胃口。"花纱客气地笑着说。

"是吗？可是女孩子还是不要吃太多，尤其结婚后一定要保持好身材，不然很容易让自己的老公看着生厌，指不定就会沦为下堂妇，所以我们女人为抓住自己丈夫的心，更要保证最完美的自己。"她说完，目光忍不住偷偷瞥向草摩瑞时。

"阿韵……"吴渊不太苟同地提醒她。

草摩瑞时没理会她有失分寸的话语，只淡淡地看了她一眼，拿起自己面前还没动过的冰激凌甜点问花纱："还要吃吗？"

"嗯，嗯。"花纱懒得理不相干人的话，开心地跟讨食的小狗般，可爱地猛点头。

"不过只能吃一半，吃太多冷的东西对肚子不太好。"草摩瑞时体贴地嘱咐。

"哦……"她有些失望，挖了一口递到他的嘴巴，既然自己只能吃一半，那另一半也不能浪费。

草摩瑞时很自然地一口吞了下去。

周韵的脸色瞬间变得非常难看，沉不住气地迅速站起来。

"我想起来还有事情要处理，先走了，你们慢慢吃。"

"慢走呀。"花纱笑着道别。

"要不要我送你？"吴渊忙喊道。

"不用，我自己打车回去就好。"周韵说完已经推门出去，背影异常孤傲萧索。

"没想到我老公的桃花运很旺呀。"花纱凑近草摩瑞时，取笑道。

"你不是专门治花的小女巫吗？"草摩瑞时凉凉地调戏回去。

"喂，喂，虽然一个灯泡已经走了，麻烦顾及下你们面前的另一个灯泡可以吗？"吴渊愤愤地抗议。

花纱不好意思地戳了戳草摩瑞时的肩膀。

"没事，他只对超自然的事物感兴趣，所以不用顾忌。"

吴渊一副"误交损友"的表情，开始捶胸顿足。

花纱看着，在一旁哈哈大笑。

午餐在欢乐的气氛中结束了。

"你先去车上，我有些话要跟吴渊讲。"临分别时，草摩瑞时似乎跟吴渊

有话要说。

花纱点点头，不疑有他，率先坐上了副驾驶等着。

"怎么了？我可是遵守了约定，只是近观了一会儿，没有问她奇怪的问题，也没有将她当样本研究。"

"你敢！"草摩瑞时恶狠狠地瞪了吴渊一眼。

"嘿嘿，我说笑的。"吴渊立即举手投降。

"记得这是我们之间的秘密，不准跟任何人提起。以后她只是普通人，我的妻子，听到没有？"

"是，是，唉，见色忘友说的就是兄弟你啊。"吴渊摇头叹息，一副无可奈何的样子。

草摩瑞时捶了他一拳："你遇到了就知道很多事情身不由己。我走了。"

吴渊看着他远去的背影，轻轻地叹息着说道："还真是身不由己啊。"

最近几天，花纱一直觉得全身懒洋洋的，又特别嗜睡，对美食也变得兴致缺乏。

莫非上次法术反噬的后遗症还在？

草摩瑞时却在此时要出国一段日子。

"跟我一起去吧？"

两人和衣躺在床上，草摩瑞时搂抱着她诱哄道。

花纱心里一直纠结，她也很想陪在他身边，可是自己的身体似乎透出某种信号，她必须趁他不在的这几天去花国找怪医花戟一趟。

"我在家里等你吧。你出去是工作，我到时候一个人会很无聊的。"

"可是我会担心你，会想你。"

花纱翻过身搂着他："有陆伯他们照顾着，没事啦，我又不是小孩子。我也会很想很想你的。"

"那就跟我一起去。"草摩瑞时继续诱哄，"我到时候忙完工作，带你去他们那边著名的景点游玩，上次蜜月都没有成行。"他有一下没一下地玩着她垂落的发丝。

花纱被说得心动起来，脑海中拼命做着思想斗争，突然眼前一黑，起了一股反胃，她赶紧掩住了嘴。

"怎么了？"草摩瑞时察觉到异样，想起身仔细看看。

"没事，没事，估计是晚餐吃太多了。"花纱趴在他胸前，不让他看到她此刻惨白的脸色。

"笨蛋。"他心疼地一下一下拍着她的背。

房间内沉默了好一会儿，花纱觉得那股恶心感渐渐散去，才悠悠地开口："老公，这次你自己去吧。我要在家好好学英语。"她找了个蹩脚的借口，她是花巫，想要熟悉哪种语言，只需一个法术，可是她想不到更好的理由。

"有你老公在，你就算不会说也没事。"

"可是上次吃饭，看你跟周小姐、吴先生愉快地聊天，我什么话也插不上，有点儿郁闷。"她故意可怜兮兮地提起那天的事情。

"我以为你不想听，对不起，没有顾及到你的感受。"他愧疚地道。

花纱本意并非如此，抬头凑近他："不是你的错呀，是我自己没用嘛，所以我要努力像周小姐一样，好好学习人类的生存之道，老公，你就让我在家好好研读一下你书房的书籍，所谓书中自有黄金屋呀。"

"那你带着书跟我一起去，到时你也可以在那边看。"

"不要，在你身边我会集中不了精神。"她抱怨地戳他的胸口。

草摩瑞时"扑哧"笑了出来，将她的头转向他，结结实实地落下一个吻，然后看着她变得红彤彤的脸，眼神迷离地问道："是这样吗？"他用低哑的声音在她耳边倾吐着灼热的情感。

花纱努力拉回思绪，羞恼地瞪着他……

　　最终，在草摩瑞时极不情愿的目光中，花纱如愿留了下来。

　　她当晚就留了一张字条，说要去草摩瑞时办公楼那边的公寓拿东西，去几天就回来，又不放心地将自己的两只弑神黑少和白丝以灵体状态守在房门口，怕到时候草摩瑞时提早回来，也好提前做准备。

　　她感觉自己的灵力一直在降低，本来可以在人间任何地方都能开启时空旋门回花国，可是她尝试了好几次都失败了。

　　没有办法，她只能前往磁场极强的云山，那是人间与花国最近的路口。

　　"花医别馆"，一块旧得老掉漆的诡异挂牌斜挂在古木上，没有一点儿神圣的气息。

　　"花戟，花戟。"

　　花纱直接推门进去，在大厅内转悠了大半天也没见有人出来。

　　"这家伙不会被乌龟当饲料吃了吧。"花纱惋惜地喃喃自语。

　　"啊呸！狗嘴里吐不出象牙。老巫婆，什么风把你吹来了，你不是成了这次人口失踪案的主角吗？"一个白发苍苍、脸色红润的男子从后门走了出来。

　　花纱愣住了，指着他"你"了半天后，很不给面子地狂笑出声，笑得眼角都沾满了泪，似乎因为太过剧烈的情绪变化，她忍不住弯腰咳嗽干呕起来。

　　"报应啊。"花戟白了她两眼。

　　花纱一直干呕，最后虚脱得眼前一黑倒了下去。

　　再次醒来，她已经被安置在医馆北院的客房床上。

　　花戟拿着药碗走过来递给她："把这个喝了。"

　　花纱虽然还有些无力，却乖乖的撑坐起靠在床头，将碗接过来，屏住呼吸一口气将药灌了下去。这家伙的药虽然很厉害，可是苦得根本无法下咽，她严重怀疑他是故意报复病患，才将苦味提炼到了极致。

　　将碗还给他后，花纱看到他皱着眉头一脸深思的沉重表情，心忍不住凉了一截："怎么啦？很严重吗？上次由于被禁术反噬受伤严重，可是我以为已经慢慢调养回来了。"

花戟将碗放在桌子上，自己在床沿坐下，搭着她的脉凝神了好一会儿，然后沉默地看着她。

"喂，你那是什么便秘表情。"

"说，那男人是谁？"他揉揉眉心，没好气地问道。

"什……什么男人？"花纱一阵心虚，吞吞吐吐，眼神也闪躲着瞥向旁边。

"你怀孕了。"

"什么？"花纱震惊地看着他，"我不是因为法术反噬的原因？是因为……因为……"

"对，你怀孕了。"花戟抬抬手，"才一个半月，你最近嗜睡厌食，都是因为怀孕的前期症状。"

花纱本能地摸向肚子，那里面居然有了她和草摩瑞时的宝宝，感觉好神奇啊。

"别露出花痴的笑，老实交代，那男人是谁？"

"花戟，请你帮我保守秘密，并且不要跟任何人提起我来找过你的事，可以吗？"她看着多年的老友，恳切地请求道。

花戟瞪了她好一会儿，才没好气地叹了口气："他是人类？"

"嗯。"她没想要隐瞒。

"你打算瞒住八大长老？难道你一辈子都不回花国了？"

"他待我很好。"花纱认真地说道。

"自己的人生，没有人能代你做主，既然你已经决定，我自然尊重你。"

"谢谢。"她想起身，却被花戟又按了回去。

"你暂时先在这里调养一段时间。前期法术反噬的影响还没完全消除，又跟人类有了孩子，你的灵体受损严重，灵气太弱，会直接导致胎儿不稳。"

"那……孩子……"

"有我在，一定保你母子平安。不过你得安心在这里调养几天，因为孕期刚开始比较不稳定。"

花纱有些纠结，可是最终为了孩子，她决定留下来，只要在草摩瑞时回国前一天回去应该就没有关系。

拜花戟这个怪胎所赐，医馆内平时就很少有人来，因此她在这里躺了那么多天，也没有被人发现。

算了下日子，差不多该回去了，她能感觉到自己的身体不像刚开始那般虚弱。站在医馆大厅里，她将空药碗递还给花戟："花戟，我得回去了，人间也好，花国也好，我都不方便在这里待太久。"

花戟白了她一眼："差不多是该滚回去了。我这里的几帖药记得回去后每日早餐后煎服，大概喝个把月，基本就没什么大问题了。"

"嗯，谢谢了。"她伸手接过药，往门口走去。

"自己小心点儿。"花戟嘴硬心软，起身跟了过去。也许这辈子都不一定能再见到了，临近门口，他掩饰着浓浓的担心，挤对道："如果在人间待不下去了，欢迎随时回来我这边，我永远不缺实验小白鼠。还有，那八个老头不敢在我这里放肆。"

花纱眼圈一热，却强忍住回呛道："乌鸦嘴……花戟，说真的，你这造型好丑，以后别拿自己当实验品了。"

花戟听了愤愤地挥手："再见。"

"再见。"她笑着说，没有回头，只是抬起一只手朝后面挥了挥。

"再见……我亲爱的老友，一定要幸福。"花戟几不可闻地低喃，祝福道。

"你去哪里了？"

花纱高高兴兴地回到家，却看到草摩瑞时一副阴沉得像山雨爆发的神情，坐在房间的床上。

"呵呵呵……我留了字条，去公司那边的公寓……"然而解释的话在他愤怒而穿透一切的注视下，渐渐低了下去。

"我刚从那边回来。"他沉沉地冷声道，"那边根本没有你去过的迹象。"

"我……"花纱觉得骗人是自己不对，所以走过去想安抚他，"你不是说要一个星期吗，怎么提早了两天？"她试图岔开话题。

"是不是我没提早回来，你就会当什么也没发生过，继续欺骗我隐瞒我？而我像傻瓜一样发疯地找了你两天，却连报警都没有办法，因为我的老婆是异类！"他冷声嘲讽道，顾不得会不会伤害她还有自己。

花纱从没见过这么阴冷恐怖的他，一时愣在原地，完全不知所措。

草摩瑞时站起身，恶狠狠地瞪着她，一步一步朝她走过来……

花纱以为他要打她出气，忍不住闭紧眼，等着拳头落下。如果他打她一顿能解气，她会偷偷用灵气护身任他打的。

等了好久也没有动静，她微微睁开一只眼，却见草摩瑞时看着她，无力地长叹口气，然后大手一伸将她搂进怀里，很紧很紧，紧得让她感觉快要窒息了。

她不舒服地推着他，她现在得护着肚子里的孩子。

草摩瑞时又不满了，像故意似的，她越挣扎，他就抱得越紧。

"快松开啦，会压疼他的。"花纱拼命地捶打他的背。

草摩瑞时疑惑地慢慢放开手，近距离地盯着她："压疼谁？"

花纱害羞地指指自己的肚子，然后把头重新埋在他胸前："不要生气好不好，看在我们宝宝的面子上。我又不是故意要骗你的，只是前段时间一直不舒服，以为是禁术反噬的原因，所以想去花国找花戟拿点儿药，没想到体力不支

晕倒了，所以在那边耽搁了几天。"

草摩瑞时难得地愣住了。

花纱好玩地戳戳他的脸颊："喂，你给个反应好不好？喜欢还是不喜欢。"

"喜欢。"他本能地脱口而出，"我们有孩子了？花纱，我们有孩子了。"他像个孩子般兴奋地确认着。

花纱舒了口气，笑着点头向他表示肯定。

"你不舒服怎么不跟我说。而且不一定需要花国的医生，我可以带你去找吴渊，他一定有办法。"他虽然抱怨，动作却变得小心翼翼。

"你担心我回花国不回来了吗？"

"嗯。"他轻轻地抱着她，靠在她肩上，其实这姿势很不舒服，可是此刻他就想这么靠着，"花纱，以后不要再回去了，好吗？在工作上，在生活上，任何事情我都处理得有条不紊，凡事都在自己的掌握中。除了你，如果你回花国，我无法像你一样来去自如，去你们的国度找你，我只能眼睁睁地看着，就算心痛得要死，也只能看着，那份无力感就像刀一下下地割着我。"

"对不起，对不起。"花纱心疼地抱紧他，"我以后不会了。"

两人相偎着靠在床上，花纱突然觉得遗落了什么。

黑少、白丝！

这两个家伙居然没有及时通知她，害得草摩瑞时冲她发了这么一通脾气，而且奇怪的是刚才进来就一直没感觉到它们的灵场。它们作为弑神，不可能不听从主人的命令擅自离开。难道是因为她怀孕后灵力下降的原因？

"想什么呢？"草摩瑞时有一下没一下地轻轻拍着她。

"咳。"花纱想着问他是不是不太合适。

"嗯？"他看了她一眼，冷声问。

"那个，你进房间的时候，有没有看到……"她努力想着措辞。

"狗吗？"他直接替她说出来了。

"咦？你看到了！你怎么能看到？"

"我为什么不能看到，是一黑一白两只大狼犬吗？"

"呵呵……是吧。"她的弑神居然被叫成了大狼犬，她不知道该哭还是该笑，"它们去哪儿了？"

"被吴渊拖走了。"他淡淡地回答。

"什么？"花纱一下子跳起来，"拖去哪里了？"

草摩瑞时又重新将她拉回怀里，气不过地说道："骗你的，我把它们拴在北院的小屋看门。因为到处找不到你，我只能去找吴渊，他一来房间，拿着仪器就有了反应，后来用了磁场转换，那两只趴伏在门口的大狼犬就实体化了。"

"它们没攻击你们？"花纱有些好奇，她的弑神一向以凶狠闻名，怎么可能会乖乖听话。

"也许我身上有你的气息，它们很亲近我。"草摩瑞时淡淡地勾出一抹笑，亲吻了一下她的头发。

"两只见色忘义的不忠犬。"花纱愤愤地道，怪不得都忘记提醒她回来的时间。

"小花纱，成语不是这么乱用的。"草摩瑞时笑着安抚她，"好了，先睡一会儿，明天带你去找它们。"

"嗯。"她的确是有些困了。

草摩家有后了！

全府上下开心不已，连远在大洋彼岸的老太爷老夫人都说要取消行程回来陪儿媳妇。

花纱像被公主一样保护着，却一点儿也开心不起来。

"草摩瑞时，你要是再对我实施禁足，我就爬窗口给你看。"花纱忍无可忍地警告。

后来他还是不放心，找他的怪胎朋友吴渊帮她诊了一次脉，吴渊别有深意地看了眼草摩瑞时，笑着道，胎儿很健康，就是花纱的身体比较虚，需要静养。

于是从那天起，花纱就被严格限定了活动范围。

"乖，为了宝宝就委屈一下啦。"草摩瑞时最近常把这句话挂在嘴边哄花纱。

花纱只是嘴上抱怨，其实比谁都在意跟心疼肚子里的孩子，那是她的孩子呀。

日子一天一天过得很快，花纱的肚子越来越像胀大的气球，体重也直线上升。

最近老看见吴渊来草摩北院，跟她笑着打个招呼就直接跟草摩瑞时躲进了书房，也不知道在搞什么鬼。

花纱躺在床上，一边吃着葡萄，一边翻着育儿书。

预产期近在眼前，可是草摩瑞时似乎并不打算让她去医院生产，每次产检也是让草摩家的家庭医师顾先生的女助理到家里来做的，她没有多问，觉得他肯定能做最好的安排。

晚上，草摩瑞时工作完，顺便拿了一份消夜进来，因为花纱怀孕5个月起就食量惊人，有时候半夜还会饿醒。

"醒了吗？要不要吃点儿东西。"他将餐盘放在床头柜上，跟着在一侧躺下，倾身亲了亲她有些水肿的脸颊。

"嗯，你忙完了？"花纱迷迷糊糊的，又想起来吃东西，又困得不想动。

"嗯。宝宝今天乖不乖，有没有踢你？"他俯身贴靠在她的肚子上，温柔地凝视着睡眼蒙眬的妻子。

"还好。下午的时候有些调皮乱动，害得我以为他要出来了。"

草摩瑞时轻轻抚了抚她的肚子，柔声对着肚子内的宝宝教育道："宝宝要是让妈妈太辛苦，出来后，爸爸一定打你一顿屁股。"

肚子内的胎儿像是感应到了一般，"砰"地踢了一脚表示抗议。

草摩瑞时慈爱地点点肚子："花纱，这小子以后一定会令我很头疼啊。"

"呵呵呵，那也是跟你学的。"花纱笑着呢喃，忍不住打了个哈欠，"我好困。"

"睡吧，我去洗个澡就睡了。"

"嗯。"

……

"痛！痛，阿时，阿时……"花纱在睡梦中被一阵一阵刺痛疼醒，额头布满了汗滴。

草摩瑞时从卫生间出来时，怎么也没想到会看到令他心脏差点儿停止跳动的一幕。

薄被底下被鲜红的液体浸湿了一层。

"花纱，别怕，我马上打电话去叫医生。"草摩瑞时赶过去握住她的手，他想去打电话，又不放心地折回来握着她手。

"阿时，宝宝……宝宝……"

"我在，我马上打电话，宝宝肯定能顺利出生。"

一刻钟后，家庭医生顾先生和他的助理小姐一起到达了。

助理小姐在房间内陪着花纱，教她怎么运气用力，顾医生由于是男人，不方便进入，便和草摩瑞时退到房间外等待，以防不时之需。

花纱痛得发出一声接一声的惨叫。

草摩瑞时靠着门，握着拳头，神色肃穆，就算工作上遇上再难的问题，他也从没有这么害怕和紧张过。

"喂，怎么样了？"没多久，吴渊也匆匆赶来了。

"还在里面，不知道现在是什么情况。"草摩瑞时看着他，开始犹豫，"你确定那个方法没有危险？"

"理论上肯定没问题。"吴渊实话实说，毕竟超自然的物种他研究了这么多年以来却是第一次碰到，还是好友的妻子。

"现在决定怎么做还来得及。"吴渊看着他征询意见。

"你们在说什么？"顾医生有些困惑。

门突然从里面打开，女助理喘着气报告情况："已经开了九指，目前状况良好，放心。"说完又退了回去。

吴渊提醒道："决定要快，等孩子出来就来不及了，现在是最好的时机。"

"把晶体给我。"草摩瑞时眼神幽暗，似乎下定了决心。

"决定了？"吴渊从包里掏出一个拇指大小的玻璃容器，里面悬浮着一块粉色结晶体，两边似乎有透明的线连着。

"嗯。"

他希望跟花纱的未来不再有任何不稳定的因素。

顾医生依旧云里雾里，看着草摩瑞时突然推门闯了进去。

"喂，那场面你最好别看……"他好心地提醒。

草摩瑞时却仿佛没听见他的话，将门重新合上了。

女助理看见他进来有些吃惊："已经开到第十指了，马上头就要出来了。"她还是尽职地解释道。

"麻烦你先出去下可以吗？"不是问句，还带着命令的语气。

"呃？可是夫人她……"

"有我在，有问题我会立马叫你们。"

"哦……那好吧。"女助理看看产妇没什么大问题，而产妇的丈夫又这么坚决，也不想自讨没趣。

"草摩瑞时，都是你的错。痛死我了，啊！"花纱像终于找到出气筒，尖叫着骂道。

"宝宝马上就出来了，辛苦你了，老婆。"草摩瑞时倾身在她额头亲了亲，又心疼地吻了吻她的唇。

花纱觉得自己快虚脱了，全身力气都用上了，整个人就像要裂开一般。

草摩瑞时退到旁边，将玻璃容器打开，粉色晶体缓缓地从里面浮出来，房间里瞬间充斥着粉色的光晕。

花纱半睁着眼睛，疑惑地望向草摩瑞时。

草摩瑞时看了她一眼，紧紧握了握拳，最后还是伸手握住了粉色晶体，然后一捏，晶体瞬间碎成粉末，飘散，浮在花纱的身体上面。

"阿时？"花纱正想问这些是什么，突然这些粉末像有了生命般一震，然后飞速旋转，如螺旋线般直直地刺进了花纱的肚子。

"啊！"花纱浑身痉挛了一下，一股灼痛感自肚子处蔓延向全身，她惨烈地尖叫了一声。

"花纱，怎么了？花纱，花纱！"

她似乎痛晕了几秒，草摩瑞时慌张的声音不停地响起。

她很想回应他，问他究竟刚才对她做了什么，可是她没有力气，全身的经络被打断，一下失去了所有灵力的感觉。

"哇哇哇……"宝宝的哭声紧跟着响彻整个房间。

孩子顺利地生出来了。

她微微勾起嘴角想笑，却再也提不起任何力气，沉沉地睡了过去……

清晨，阳光很好，孩子很乖，甜甜地睡着。

花纱坐在床沿，看着保温箱里的儿子发呆，草摩瑞时轻轻推门进来，花纱

其实知道，却不想回头去理他。

　　一个月了，他们冷战了快一个月，草摩瑞时知道自己这次的做法伤了她的心，所以一直想尽办法道歉跟弥补，可是花纱这次似乎铁了心不想理他。

　　"宝宝还在睡吗？"

　　他从隔天起就被赶去书房睡，一直在等着花纱消气，以为心软的她最多也就气几天，没想到会这么久，而且毫无破冰的意思。

　　他走近她，在她身边坐下，偷偷地瞥她一眼，见她没什么反应，又得寸进尺地往前挪了挪，一只手往她肩上搭去："还在生气吗？别气了好不好？都气了这么多天，伤了身体，我会心疼的。"

　　"是吗？"花纱没有情绪地淡淡地说道，视线却没移动一下，一直看着宝宝。

　　"你知道我爱你，不能失去你。我这么做也是希望我们一家三口能平安地永远在一起。"

　　"可是为什么要做得这么绝对，不惜损害我和宝宝的健康来达到你的目的？"花纱气得忍不住捶他，藏在眼里的泪水一滴一滴地落下。

　　草摩瑞时在她生产最羸弱的时候，用吴渊研究的晶体封印技术，将她的灵力全部封印进孩子的体内。然而由于灵力太强，新生儿根本承受不住，所以近一个月来，一直放在保温箱中观察。顾医生让女助理时刻注意着，一天三趟来回跑，也够辛苦的了。

　　"是我不好，因为不想错过这个唯一的机会，所以将吴渊理论上的研究成果试用了，我没想到会害得你这么虚弱，害得儿子一出生就受苦，我宁愿这些都由我来承受。"草摩瑞时紧紧地抱着她，他只是不想失去她，不想事情脱离他的掌控，那个令他无法触及的世界一直是他恐惧的来源。如果她离去，他将再也无法找到她。

　　"不要哭，乖，月子里的女人是不能哭的，我让你咬让你打。"草摩瑞时拼命想要擦干她的泪，她却越哭越凶。

草摩瑞时紧抱着她，无力地叹息，他发誓这辈子都不会让她哭的，可是没想到伤她最深的会是自己。

"哇哇哇——"宝宝似乎感应到了妈妈的伤心，突然也大哭起来。

花纱努力擦掉自己的泪水，去安抚保温箱里的宝宝，他最近都有些低烧，喝的是她用吸奶器吸出来的奶水。看着宝宝，她实在没有办法再像以前那样全心全意地看着草摩瑞时，她自己怎么样都无所谓，可宝宝是无辜的。

草摩瑞时静静地看着她小心翼翼地喂孩子喝奶，本来想多陪他们一会儿，可是公司最近在并购一家新公司，实在无暇抽出太多的时间。

"花纱，我去公司了，有什么事打电话给我，陆伯那边我也交代好了，你可以随时吩咐他。"

花纱没有回答，轻轻拍着宝宝，宝宝又慢慢地睡着了。

时光荏苒。

草摩觋快一周岁了，他终于脱离了保温箱，只是身体很弱，特别是气候变迁、四季更替的时候，都会发烧，短则三五天，长则个把月。

花纱看在眼里，疼在心里。可是既然决定原谅草摩瑞时，想要跟他继续走下去，她只能默默承受这一切。

草摩瑞时又去找了国外权威的儿科医生，却也只是配了些增强体质的药，草摩觋的身体依旧没有太多起色。

"花纱，我们给小觋办个周岁宴，可以热闹热闹，中国人的说法叫冲冲喜，好不好？"草摩瑞时一边抱着儿子哄着，一边对着正在泡奶粉的花纱说道。

"可是人太多，会不会到时反而让小觋不舒服。"花纱用手背试着水温，担忧地回道。

"不会，就几个熟悉的朋友，而且爸爸妈妈似乎也正想回来给他们的孙子

过生日。"

"那好吧。"她将奶瓶递给他，自己坐到椅子上。

她最近老觉得乏力，不想动，似乎还有些低烧，自从那次以后，她其实跟儿子差不多，动不动也会闹个小感冒，不过毕竟是成年人，打针吃药后，过几天也就恢复了。

"不舒服吗？怎么最近老这么没精神，要不要找顾医生来家里看下？"草摩瑞时一边拿着奶瓶喂儿子，一边忍不住关心地问道。

"不用，估计是这几天没睡好。"花纱打了一个哈欠，"我想睡一会儿，儿子就拜托你了。"

"懒猫。"草摩瑞时宠溺地轻斥了一声，点了点头。

午后的樱花林，草摩觊在轻纱遮住的摇篮里自个儿玩得起劲，偶尔吃吃自己的小粉拳，朝天蹬蹬腿。

花纱坐在旁边，拿着一本书看着。

全府开始在筹备周岁宴，可是因为她最近身体欠佳，草摩瑞时不准她再劳累，她就跟小猪似的吃吃睡睡，最累的也不过是带着小觊在府中逛逛。

"喂，老巫婆。"一个熟悉的声音自樱花树林里传来，又好似在空中流转。

花纱一惊，立即站了起来："花戟，是你吗？"

"除了我还有谁？"花戟没好气地将一半身躯从一棵樱木中探出来。

"我以为你被屈打成招，已经将我出卖了。"

"笑话，我花戟是那样的人吗？"

"好像是。"花纱取笑道，"你怎么来了？"

"来看看我的老朋友有没有被折磨得不成人样，我好回收当标本。"

"呸，乌鸦嘴。"

"那个是你的儿子？"花戟指指篮中一直吸着手指，望着天空的好奇宝宝。

"嗯。可爱吧。"

花戟哼了一声，盯着小孩子看了好一会儿，眉头不自觉地皱了起来："他身体里的是什么？"

花纱不知道要怎么解释，只能无言地看着他。

"你把自己的灵力全部封印给了你儿子？你不想活了！"花戟震惊地看着她问道。

"我现在不是活得好好的？"花纱顾左右而言他。

"好个鬼，身子七成虚，加上生完孩子后似乎心结淤积，要调养回以前的状态，估计不太可能。"

"你来不就是给我送灵药的吗？"花纱朝他摊开手，笑着讨要。相识这么久，她知道这家伙对藏奇药一向情有独钟。

"走开走开，我是正好有事情来人间，顺便拐过来看看老朋友而已。"

"你一定要这么一副妖怪的姿势跟我聊天吗？"花纱没好气地看着他。

"等会儿回去方便，省得还要开时空门。"花戟解释道，"我这次出门太急，身上还真没带什么药材，你有空来我医馆一趟。"

"我已经没办法回花国了。"花纱苦笑着说道。

"虽然你的灵力所剩无几，不过比起人类，作为原本就是花国子民的你受磁场影响，还是能通过那个地方回到花国。"

花纱愣了一下："哪里？"

花戟嫌弃地白了她一眼："亏我跟你并称为南医北巫，真是有辱我的智商。"

花纱想反驳，突然脑海中灵光一闪，领悟过来："云山！"

"嗯。知道就好，我先走了，卡着实在太难受，下次聊。"花戟说完将上

半身又隐了回去。

花纱若有所思地坐了下来，不经意抬头，看到对面不远的楼梯口，草摩瑞时不知道在那里站了多久，肩膀处飘落了几片粉色的花瓣。

"你……"花纱一惊，不知道刚才的一幕他有没有看到，还有她和花戟的对话，他又听到了多少？

"看书看得发呆，这个作者要哭了。"草摩瑞时笑着朝她走过来，似乎什么也没察觉到。

花纱一时也不知道说什么，只是笑了笑。

"回房了？"他将她散落的发丝轻轻勾回耳后，温柔地询问道。

"嗯，好。"花纱点头，"儿子你抱。"

"是，夫人。"他宠溺地笑着说道。

天公作美，接连下了好几天雨，却在小觊周岁宴这天放晴了，晚上更出来了一轮久未露面的满月。

花纱抱着小觊与草摩瑞时周旋在宾客中，很多都是参加过他们婚礼的人，可是花纱对于不熟悉的人一向脸盲，只能一个劲儿地点头微笑，听着草摩瑞时跟他们聊一会儿。

草摩老太爷跟老夫人一早就将准备好的长命锁、金手镯、玉佩、玉手镯一股脑地给了花纱，让她挑喜欢的给小觊带上，晚上他们要招待那帮老朋友，据说自从他们去环游世界后，已经好久没机会在一起玩，所以决定用麻将替小孙子多挣点儿周岁红包。

花纱很怀疑婆婆那样的牌品不要将今天的份子红包都还回去才好。草摩老太爷笑得前仰后合，草摩老夫人则一副要一雪前耻的豪迈气势。

小觊今天估计从早玩到晚有些累，所以8点不到就睡着了，花纱笑着告别宾客，跟草摩瑞时打了声招呼，就带着儿子回房去。她一向不喜欢这样嘈杂的

环境，宁愿跟花花草草待在一起。

迷迷糊糊地打了一会儿盹，觉得口很渴，她起来倒水的时候，发现热水壶是空的，陆伯估计今天忙着招呼宾客，忘记给换上了，她也不想再麻烦他，看了看熟睡的小觊，打算先去厨房拿热水瓶，指不定儿子半夜还得喝奶粉。

从厨房拿上水壶出来，快走到楼梯口的时候，发现草摩瑞时站在对面的走廊书房门口，她正要叫他，刚才隐在暗处的周韵向他靠近了一些，在月光下，郎才女貌的他们相对而立，周韵今天穿了一袭剪裁合身的白色镶蓝边的旗袍，衬得整个人更加如仙如画。

不知道为什么，她突然就沉默了，不是不相信自己的丈夫，她也不明白自己究竟是怎么了，就那么偷偷地藏在了一株樱花树背后，想看看他们究竟在干吗。

"我约好了国土局的王局长，明天共进晚餐，你有空吧？"周韵的声音传了过来。

"嗯。"草摩瑞时点点头。

"可是为什么？那块土地我不觉得有什么开发价值，离城市太偏了。"

"圣摩集团想发展哪里，不需要任何理由。"草摩瑞时自信而傲慢地说，他的那种气质一向令人无比信服，甘愿跟随。

"呵呵呵……都差点儿忘记了认识你这么多年，你在事业版图上一向就这么任性。"周韵带点儿撒娇的口吻说道。

"这次谢谢你，到时候有什么需要我出钱的，我一定倾囊相助。"

"我们之间除了金钱往来，还是同学朋友，这点儿小忙，不需要这样斤斤计较。"周韵气他的不解风情，似乎有点儿薄怒。

草摩瑞时看着她，淡然一笑。他不是不知道她的心意，只是他的心被一个叫花纱的女子占满了，再也容不下其他人。而爱情从来不是时间和空间能阻隔的，不是先来后到的理论题，她一开始既然跟很多女生一样没有走进他的心，

那么以后肯定也不会。

"你至少告诉我要将那里开发成什么？我可以率先投资或者计划。"周韵不想这么尴尬，于是转了话题。

"工业开发区，将圣摩的电子以及电池厂设在那里。"

"高污染企业啊。也好，设在那边偏离城市，王局长应该不会难做，毕竟有助于市里的财政税收。"

"嗯，我要回主厅，主人离开那么久会失礼。你回去小心点儿。"草摩瑞时嘱咐了一句，便转身朝大厅走去。

周韵笑着点了点头，眼波流光溢彩。

花纱等他们都走了后，才长长地呼了口气，刚才自己居然紧张得放慢了呼吸。她笑着摇摇头，太没出息了，要是被草摩瑞时知道，估计又要惹来一顿取笑。

不过，想到周韵说的高污染企业，她又想找个机会劝说下草摩瑞时，赚钱自然重要，可是保护环境，爱护那些花草树木也很重要，它们都是有生命的呀。

她不曾想到，自己没来得及跟他好好谈环保理念，却无意中在他的书房桌子上看到了那份写着《云山开发计划书》的文件。那是草摩瑞时一早急着出门，忘记放好，或者忘记带走的东西。花纱坐在椅子上，一页一页翻着看完了，将双唇咬出了一条血痕，却根本没感觉到疼。

因为她的心更疼。

为什么？

为什么他要做得那样绝对，为了杜绝她离开的任何一点儿可能，不惜伤害其他生灵，破坏那本该单纯的环境！

她花纱，究竟何德何能，让他不惜那么做！

他一直说不喜欢没有把握的事情，她心疼他因为她那么缺乏安全感，原来一切的一切，只是因为缺少对她的信任而已。如果信任她，何须做那么多伤害她的事，那么怕她回到花国？

如果他相信她也同他一样爱她，又何必惧怕她回花国再也不回来？

这次是云山，下次如果还有其他可能回花国的途径，他是不是还得不管造下多少杀孽都要拼尽一切去破坏？

花纱呆呆地坐在那里，心一阵一阵的疼。

"小觋在哭，陆伯怎么哄也没有用，看上去也快跟着哭了，你怎么在这里呀？"草摩瑞时说着推门进来了。

花纱这才回过神，她居然就这么僵坐了一个下午。

"怎么啦？不舒服吗？"草摩瑞时放下公文包，走过来关心地问道，却在看到她手里的计划书时，脸色立即暗了下去。

"能不能不动云山？"花纱直截了当地说。

"这是公司的决定。"他试图推脱过去。

"你是老总，应该有决定权吧。"

"花纱，很多事情不是我一个人说了算的。"他烦躁地扯了扯领带，不想纠结这个话题，"走吧，我们去小觋那边。"

"那天你听到了是不是？因为我是不是？"

"花纱，不要逼我。我只是做了商人该做的事情。"

"你一定要开发云山？"

"是。"

"如果我离开你，是不是就能阻止你去做那么多荒唐事？"

"不准，我不准！花纱，这辈子我们都要纠缠在一起，你知道吗？不准你说离开的话，听到没有！"他像是真的怕她会突然消失一般，一把将她拉进怀里，紧紧地抱着，像要嵌进身体里一样。

"瑞时……为什么？你不能相信我一些，我说过不会离开你，我已经嫁给

你，已经生了小觋，我怎么可能会抛弃你们回花国，所以……能不能放过云山？那里的精灵是无辜的呀……"她轻轻叹息着，眼泪忍不住流了下来。

"股东会议已经通过了，花纱，太迟了。"草摩瑞时拍着她的背，希望能让她冷静下来。

花纱只是沉默地将头埋在他怀里，内心悲痛而无奈，却不知道还能说什么。

草摩瑞时看着怀里不再抗拒的花纱，以为她默认了，可是隔天却发现花纱不见了！

刚开始，他以为她只是气气他，暂时躲起来了，他像发了疯似的到处寻找，可是随着时间的推移，始终一点儿消息都没有，他越来越丧失信心，她会不会已经回花国去了？

可是他不相信花纱会这么绝情，能舍弃他，更忍心抛下刚满周岁的儿子。

他不相信！

她怎能用这种方式抗议，与他不告而别？她怎么忍心如此残忍地对待他？

半年，一年，两年……

他一直找不到她。

从最初被扔下的愤怒，渐渐地只剩悲伤、思念与懊悔。

他想告诉她，他不会再做任何她不喜欢的事情，不会去破坏云山，不会阻止她回花国，他可以忍受她暂时的离开，可是不要这辈子都不能再相见！

他以为用尽各种手段破坏花纱回花国的途径，就会永远拥有她，将她纳入自己的羽翼之下……

花纱说他不信任她，他只是爱得失去了自我，才会没有了自信。

还好万幸的是，时隔多年，他们终于又重逢了。

"我爱你。"

草摩瑞时从身后环抱住站在落地玻璃窗前的花纱，与她一起望着夜空的新月，不忘耳语情话。最近他常常这样抱着她，似乎想将18年的思念与爱恋全部告诉她般，每天都会低喃那三个字。

花纱似乎听再多都会不自在地脸红。

"花纱，别再轻易放弃我，你曾说过，我不信任你，其实和你吵架后的第二天我就改变主意了，只是你却头也不回地抛夫弃子……"

花纱不依地拧了他的手背一下，"什么叫抛夫弃子？"

他笑着任她报复，最后低低地仿如叹息般说道："花纱，从今以后永远留在我身边，嗯？"

花纱微微侧头与他四目相视，郑重地点了点头。

这一次，他们一定会牵手到白头。

（完）

疯狂游乐场 以茶会情

编辑拜读完七日晴的最新力作《七情记》，对里面各种风格的美男子念念不忘，所以迫不及待要跟大家分享，所以才有了下文，请跟编辑一起愉快地玩耍吧！

请按照你的第一直觉挑选一种编辑列举出来的名茶，看一看谁会成为你的跨时空恋人！

A. 火青茶 ////////////////// B. 祁门红茶 ////////////////// C. 云雾茶

D. 普洱茶 ////////////////// E. 蒙顶茶 ////////////////// F. 碧螺春

G. 龙凤团茶 🍃🍃🍃🍃🍃🍃🍃🍃🍃🍃

测试结果：

选择A的小伙伴，你的跨时空恋人是温润随和的才子汪士慎哦！作为恋人的他虽然不太会制造惊喜浪漫，但绝对温柔专一。只要认定你，不管你提出的要求合理或是不合理，他都会一一满足你！

火青茶是汉族传统名茶，中国十大名茶之一，属于珠茶，起源于明朝。

选择B的小伙伴，你的跨时空恋人是倔强而坚强的死士王著哦！他或许身份不够出色，背景不够强大，却有一颗爱你到老的心。无论碧落黄泉，他誓死追随。

祁门红茶是我国传统功夫红茶中的著名品种，被誉为"祁门香"。

选择C的小伙伴，你的跨时空恋人是忠厚正直的蔡襄哦！他可能比较迟钝，不太懂女孩子的心思，但是倘若他明了了自己的心，必定深情不负。

云雾茶因产于南岳的高山云雾之中而得名，古称岳山茶。从唐代起成为向皇帝朝贡的"贡品"。

选择D的小伙伴，你的跨时空恋人是深情霸道的帝王符坚哦！可能他什么都不说，甚至一些做法会让你觉得过激，但是请不要怀疑他爱你的心。他甚至可以颠覆整个天下，只为你一笑，

普洱茶又名滇青茶，属于黑茶类，因原运销集散地在普洱县，故名普洱茶。

选择E的小伙伴，你的跨时空恋人是心怀天下的王安石哦！他有满身的抱负，或许会因为自己的理想而忽视你，却会为你挡下所有的伤害！

蒙顶茶是汉族传统绿茶，产于四川省雅安市名山区蒙顶山，有"仙茶"之誉。

选择F的小伙伴，你的跨时空恋人是野心勃勃的赵匡胤哦！他目标明确，能力出众，他知道自己最想要的是什么。在这个过程或许会先离开你，然而时过境迁，终有一天他会明白你到底有多重要。

碧螺春是中国传统名茶，中国十大名茶之一，唐朝就被列为贡品。

选择G的小伙伴，你的跨时空恋人是痴心不悔的蔡京哦！一见倾心不能忘，哪怕是在错的时间遇上了对的人，他都会义无反顾。若你不能留在他身边，纵然是刀山火海，他也会去找你！

龙凤团茶是北宋的贡茶，皇家御用，后被散茶替代。

编辑几乎是一口气读完了七日晴的《七情记》，到现在还沉寂在书中那一个个缠绵悱恻、荡气回肠的故事里。
这里有比《华胥引》更动人的爱情，有比《花千骨》更深的宿命纠葛！
还等什么？快快直奔书店，把七日晴的新书抱回家吧！
七次不同寻常的穿越，七段缠绵悱恻的情缘！

继《**寻找前世之旅**》后，第二部广受好评的浪漫时空小说经典！

她在他的人生里步步惊心，他在沧桑历史里执着等待。
一杯"七情茶"，奏响一曲酣畅淋漓、穿梭时空的浪漫欢歌。

寻觅等待千年，不若此世相逢，相望一瞬间。
七日晴 出道创作第七本纪念之作——《七情记》！

内容简介：

平凡的女高中生陆佳宜，因为不小心打破祖传的天青茶碗，引出了陆家祖灵——茶圣陆羽。风度翩然的茶仙竟然就此缠上她，使得平静的生活一去不复返……
无奈之下，陆佳宜随身携带三足金蟾的茶宠，开启了一段段寻找七情古茶的时空旅程。温润如玉的才子书生，霸气不羁的未来权相，貌美善战的王将……她寻找着茶圣祖灵需要的古茶，也搜寻着这些倾才绝艳之子的爱憎善恶等情感。但明明立誓低调当一个过客完成任务的她，还是不小心吸引了某个"危险"人物的关注……
一杯七情古茶，饮尽人间的悲欢和爱恨；七段时空异旅，看遍盛世的繁华与衰灭。
到最后，是谁成为了谁的过客，是谁颠覆了谁的人生？

Bilibili 聊天室

又是一年好时节，烟花三月下扬州！哈哈——我这次可是给各位读者带来了许多的福利！

来，仔细看看你们有没有上榜吧！另外，还有西小洛捎带着她的好友奈奈闪亮出场！

那么，千古难题来了！假如西小洛和奈奈同时掉进了油锅里，你们该怎么办呢？是炸了吃吗？反正我是饿了，准备先下手为强！

 ① **新书知多少** 《假若时光不曾老去》里的那些事

@编辑

准备好了吗？有请小洛闪亮登场！

@merry_西小洛

呃……大家好！

@【西瓜】顾念

小洛！这次的男主角、女主角有没有残疾励志故事？

@merry_西小洛

有吧……毕竟"脑残"也是一种残啊！男主角司城初登场，给我们女王大人顾也凉的就是这种印象。

@【西瓜】陌白浅

我的问题，西小洛在写完这本书后，内心的感触是什么？

@merry_西小洛

你等待的那个人只要是对的，等多久都没关系，因为，这就是一个关于等待的故事啊！

@【西瓜】顾念

是发生在校园里还是校园外的故事？来点职场上的也不错哦，像小洛第一本转型作品《后来我们还剩下什么》那样，就很好看啊！

@merry_西小洛

是发生在大学里的故事啦！其实，大学就是一个小小的职场啊。虽然不是"后来"那种真正的职场，但是比之前满满都是少女心的《有你的年少时光》那种特纯粹的小暧昧的校园故事要凶猛很多哦！

@樱络XXXXX的小心情

呃，凶猛……那，小洛，这本小说里男二号是不是"暖男"啊？可以多透露一点信息吗？

@merry_西小洛

绝对的"暖男"，像《你是我回忆里的风景》里的男二号许泽安那样的"暖男"。哦，对了，女主角顾也凉的初吻就是给了男二号宫杰！男二号啊！不是男主角！

@尾巴上长了泡

小洛大人，是悲剧还是喜剧啊？

@merry_西小洛

都是喜剧，但是后面上市的《彼时年少，守望晴天》结局比较悲伤。

②作者私人房 你所不知道的秘密

@编辑

嗯，第二个环节。等待已久了吧，各位？

@merry_西小洛

隐约感觉很不安……

@编辑

嗯，第二个环节。等待已久了吧，各位？

@merry_西小洛

隐约感觉很不安……

@【西瓜】顾念

小洛有没有男朋友？小洛在魅丽优品最喜欢的人是谁？

@merry_西小洛

看我欲哭无泪的样子！男朋友……结婚了，新娘却不是我，come on，跟着我一起唱起来！一起摇摆，一起摇摆！哟，哟！我当然最喜欢我自己了……

@【西瓜】杏然

小洛的真名叫什么？

@Merry_西小洛

叫天天不应，也叫地地不灵！

@樱络XXXXX的小心情

小洛乖，该吃药了！

@Dream

小洛乖，该打针了！

@红红火火恍恍惚惚的我

小洛乖，该去医院了！

③ **油锅互动槽** 小洛和奈奈都掉进油锅，怎么办啊

@编辑

这种难题，跟问你妈妈和女朋友同时掉进水里先救谁是一样的吧？

@【西瓜】简霖

掉进油锅里，我选择关火。

@尾巴上长了泡

把奈奈和小洛炸成"金黄脆"，周六早上，只要九块九！

@Merry_西小洛

你是安小晓变的吧？这么爱吃……奈奈，我无比善良地帮你！

@奈奈_NANA

油炸"金黄脆"的那个，放学后在校门口等我！

@跟我一起去浪吧

等等，我去问问我朋友们喜欢孜然还是胡椒粉……

@Merry_西小洛

已经不想跟你们这群人类说话啦！

@奈奈_NANA

已经不想跟你们这群人类说话啦！

@【西瓜】木讷

你们太过分了，怎么可以油炸奈奈姐和小洛姐呢？应该捞起来清蒸，清蒸的吃了健康，不长胖！

@奈奈_NANA

我想离开这个了无生趣的世界，心好累……

@Meryy_西小洛

别走！别走！请带上我！

@【西瓜】木讷

编辑，留住洛姐！

@编辑

已经被你清蒸了……

OVER——全剧终

看新书，赢礼物！晒出你们手上《假若时光不曾老去》的封面以及你们成长里有趣的故事，可以@Merry_西小洛，赢得小洛亲自拍摄的唯美明信片，赢取各种各样的惊喜大礼包哦！

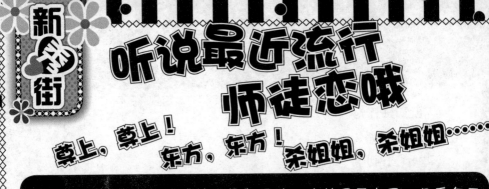

听说最近流行师徒恋哦

草上、草上！东方、东方！杀姐姐、杀姐姐……

哎呀，这个暑假都被《花千骨》里的一众美男霸占了，几乎每天都在替女主角小骨发愁到底该选哪一个……

深情温暖的东方可谓满足了所有妹子对男朋友的幻想，总是在第一时间冲出来为小骨排忧解难，必要时刻还充当"人肉挡箭牌"！

而"霸气侧漏"的六界第一美人杀阡陌，倾尽一切愿意为花千骨挑战各界的决心和霸气，以及由此散发出来的魔君气场，实在让人无法不折服和感动啊！

可惜的是，我们都太过多虑，也是白操心了，因为自始至终小骨爱的人，一直都是冰山美男师父白子画啊！

师父师父，不要吃醋，我永远只做你一个人的小石头。

在这个故事里，有太多温暖且绝决、仁慈却固执、美好而绝望的爱情。可是哪怕爱的记忆再悲伤，故事里的人仍会坚持，不肯放手，不肯遗忘，直至痊愈或者病入膏肓。

总而言之，言而总之，《花千骨》这个电视剧，真的堪称"师徒恋"的巅峰之作，煽情到死，搞得人"不要不要"的！

大家是不是觉得这样勾死人的师徒恋，再来一打都不够呢？就算不能来一打，至少先来一两个弥补一下意犹未尽的心情吧！

于是乎，我们体贴可爱的唐家小主经过几十个日夜的奋笔疾书，终于写出了一段欢快又暖心的师徒恋新篇章——《上仙请留步》

先来看看主角介绍，有没有一款吸引到你！

男主 龙非羽

剑眉星目的美少年，白晰的皮肤，蓝色的道袍，雪白的长发，风姿绰约，亮瞎大家的眼。前世是天庭的龙太子，因为陷入情感纠纷，被贬下界历劫，因此结识了爱到处闯祸的"灵音"神女，并被她牢牢地定义为所有物！

男配 戚少翔

大眼帅哥，一身玄色的长袍，明明年纪很轻，却要故作老成。魔族的王子，因为不小心吃掉了苏苏的一块灵识，想尽办法希望找到灵丹能帮助苏苏起死回生，搞笑二人组之一。

男三 温子然

白衣乌发，宛如天神降临，笑容如同春风，颇受百姓的欢迎。前世是龙非羽的师兄，表面温润如玉，却暗中策划了一切，陷害苏苏后，还想让她永远灰飞烟灭。

女主 苏苏

前世是神女，长相乖巧，笑的时候眼睛眯成一条缝，好奇心害死猫说的就是她。被贬下界后成为一朵太岁，也就是肉灵芝，成为天下妖魔疯抢的对象，做了龙非羽的"根本"后，被他赏赐了一个华丽的外号"肉肉"。

女二 百草仙子

清丽脱俗，表面是心地善良的仙子，实则暗藏私心。爱慕龙非羽，识百草，医术高明。

编辑我好人做到底，顺便剧透一下，感兴趣的快看过来吧

这是一个欢喜冤家狭路相逢，偏偏最后看对眼的欢快搞笑故事。
苏苏是一朵肉灵芝，也就是传说中的太岁，据说吃了可以增加修为，因此成为了天下妖魔疯抢的对象。
她一直小心翼翼地活着，然而某天还是被狐妖发现了。为了师父和师姐妹的安全，她只得孤身离开道观。
逃命的途中，她遇到了上仙龙非羽，于是想尽办法跟着他，忍辱负重地开始了自己被逼为奴的悲惨日子……
龙非羽最初认为，自己只是单纯想要保护苏苏不被妖魔吃掉，好增加他斩妖除魔的难度，不料最后却对她动了真心。
只是，随着百草仙子和温子然的出现，一段有关苏苏和龙非羽前世的渊源也随之揭开……

哎呀呀，又是一段纠结的师徒恋，还好这个结局算是美好的。
想知道苏苏和上仙大人如何冲破一切阻碍修得圆满，就一定要记得关注唐家小主近期新书

《上仙请留步》哦！

末了，编辑再奉送一张偶然间百度看到的图"古华采访录"，有没有觉得很可爱呢？看完之后，编辑也好想拐个可爱的师父回家呢！

新来街

【飓风袭来】——

今天，你抢书了吗？

——《亲爱的，不再亲爱》火热上市啦！

正是中午时分，编辑部上空萦绕着一股肉香味，其浓郁程度可绕室三日，绵延不绝。

忽然，一道火红的影子飞速跑过，五秒钟后，半空中传来令人惊骇的笑声。

【八卦妹】：（笑容满脸）喂喂喂……大喇叭，今天你抢书了吗？

【大喇叭】：（白眼一翻）啥？我只听说过抢饭抢菜，没听过谁抢书的。你是不是出门忘记吃药了？

【八卦妹】：节日大酬宾，各大售书网站、书店超低折扣，你竟然不知道？看，我手中这本，可是**陌安凉**最新出的小说**《亲爱的，不再亲爱》**！封面设计很漂亮吧？

【淡定哥】：（闻言凑了过来）哎呀，这个作者我眼熟啊，她之前还出过其他的书，故事编得不错，接地气又扣人心弦。

【大喇叭】：你跟谁都眼熟，天上的牛都在飞啊！

【淡定哥】：说谁吹牛呢！我随时能讲出它的主要内容，你信不信？听好了，这本《亲爱的，不再亲爱》，主要叙述了四个少女和三个少年的青春成长经历，有爱情的泥沼、友情的危机、亲情的无常，还讲述了安小笛、苏云锦……咦？还有谁来着，反正就是讴歌青春、高扬梦想，对吧？

【大喇叭】：（敲了淡定哥额头一个栗暴）叫你装！看本姑娘的弹指神功，弹崩你的脑仁儿。

【淡定哥】：嘿嘿……一般般啦。你不戳穿我的话，我们还是好朋友。

（两人正闹着，发现八卦妹安静得很诡异，大喇叭顿时伸手突袭过去。）

【八卦妹】：哎哎哎，别闹，我正看到精彩章节！再闹，我把你从窗口丢出去！

【淡定哥】：（好奇）什么精彩章节？

【八卦妹】：苏云锦和安小笛数年痴缠，终于被横空出世的保康祺破坏了！说起来，保康祺的大胆追求好精彩、好搞笑，安小笛完全无力招架嘛！要是有这么一个男生追我，那该多好，嘻嘻……

【大喇叭】：是好，好得不得了——你晚上做噩梦，白天做白日梦，八卦妹，你够了吧！

【八卦妹】：（怒气冲冲）怎么说话的！本姑娘能扛桶装水，能徒手捉流氓，能撒娇卖萌，能诗情画意，出得厅堂下得厨房，有男生追不是很正常吗？

【淡定哥】：那现在有人追吗？男生呢？人呢？人呢？（故意东张西望）

【八卦妹】：（尴尬，狡辩）那个，那个……掐指一算，时机未到。

【淡定哥】：（幸灾乐祸）想知道原因吗？过来，我告诉你吧，因为你丑！

（淡定哥大叫完，跟兔子一样逃出门去。八卦妹过了半天才反应过来，一把扔掉书，抄起门边的扫帚追了出去）

【八卦妹】：（气急败坏）站住！你有本事别跑！

【大喇叭】：（笑得上气不接下气）说好的等男生追呢！八卦妹，学学书里的安小笛啊，你怎么倒追淡定哥去了？今天最后期限，快来抢书啊！哈哈哈……

（远处传来一声惨叫）

魅丽优品
十月大秘阅
开 始 啦！

黄金之秋乃是丰收之季，魅丽优品也迎来了新一轮的新书季大爆发。编辑精心组成了"魅之阅书"仪仗队，敬请关注哦

A. 妖孽大盘点：
喵哆哆《守护神之愿》

洛原汐： 来自玄月湖中的守护神，外形野性神秘，拥有一头黑色长发，琥珀色的眼眸纯净清澈，手臂上有一块金色的鳞片，就像是美丽而玄妙的手镯。

[内容简介]

搞什么嘛？

野餐却倒霉地遇上了有人溺水，费尽力气救了人，还被骂多管闲事！真是气死我溪慕瑶了！

等等……隔壁家搬来的美少年洛原汐，为什么看起来那么眼熟？而新来的帅哥班主任墨然，也莫名其妙地成为了我的家教……

天啊！一切都乱套了！

他们处心积虑要寻找的宝物，到底是什么？清澈美丽的玄月湖底，到底又隐藏着什么秘密？

魅优十年·幻想志，喵哆哆带你体验不一样的少女奇幻历险！

B · 最毁三观之方阵：
草莓多《不完全恋爱关系》

慕御尧——1米85的身高，天然呆属性美少年，想法很单纯，似乎对一切都不感兴趣。不过，是一个超级运动天才加规矩白痴，每次上场总是把人撞飞，于是犯规被罚下场。口头禅是："就算被罚下场，也要轰轰烈烈地把敌人干掉。"外人看来，他就是上了球场才会启动的疯狂战机。但是，他还有一个不为人知的身份，就是超红的少女漫画作家！因为看中女主角的编剧能力，便邀约她合作。

[内容简介]

"喂，你要不要和我在一起……"

有人告白？哈哈哈，我颜千语果然是无敌青春美少女……

"和我在一起……创作漫画？"

咯咯，这位长相俱佳，但是挂有一双"不答应我就杀死你"死鱼眼的面瘫王，说话能不能不大喘气？

为了不被"杀掉"，颜千语被迫签下"漫画合作契约"。

只是，这个死鱼眼面瘫王慕御尧居然是当红少女漫画家？

开什么国际玩笑，一定是设定出错了！

当幻想少女遇到毁三观的漫画家大人，还有沦为素材的校园绅士美少年，以及怪力属性美少年……颜千语觉得被怪人包围的人生简直太疯狂了……

C · 颠覆世界观的暗黑队：
莎乐美《嗨，王子蜜语星》

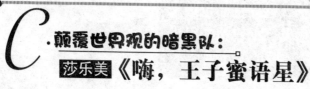

翎千飏：外形精致完美，气势强大，拥有如墨般的黑色短发和幽黑的眼眸。明面上是世界著名的超级财团"千叶"的继承人，另一重身份却是忍者家族第二继承人。

艾明雅：温柔的男配角，外表帅气，然而内心无比黑暗。以"温柔体贴好哥哥"的身份自居，实际上是保护忍者家族最高继承者的人。美其名曰磨练艾王子的忍术，却暗中每天给艾王子下绊子。

[内容简介]

整整八十八年都没有出过什么名人的三流学院"砂冠学院"，最近爆出了大新闻，这一届的新生中居然一口气出了三个大帅哥——

华丽优雅、被誉为少女们梦中情人的王子殿下艾雅臣，

背景显赫、帅气的学生会长原涉也……

就连世界著名超级财团"千叶"的继承人翎千飏居然也转学到了这里！

顿时，整个学院的女生们沸腾了！

传闻中的王子殿下们，居然聚集在这个名不见经传的小学院，他们到底是为什么而来呢？

GO!!! >く

D·勇敢逆袭的美女团：
莎乐美《进击少女希梨酱》

希梨： 大家眼中的"360度无死角零缺陷美女"，无论出现在哪里，永远是万人瞩目的人物，是高级优雅的代名词。外表光鲜亮丽，实则自理能力为零，除了关注奢侈品和享受男生的爱，没有其他特长，如草履虫一般的简单生物。然而突然有一天家里破产，变成了穷光蛋，而喜欢的男生竟然向学校最丑女生告白！

[内容简介]
我是希梨，大家都叫我"女神殿下"，尽管被"发配"到普通学校，可是生活依旧如鱼得水。
直到像小飞侠一样闯进教室的金发美少年克里斯出现……
他居然无视如此优秀的我，向其他女孩告白？有没有搞错！
外国人的审美都这么奇怪吗？
既然这样，那就让我这个真正的美少女来拯救你的审美观吧！
可是，这个浑蛋不光将我的生活搅得一团糟，还将我的心也搅成一团乱麻……
当企业破产的噩耗传来，当被喜欢的人拒绝，当学校的劝退通知书下达，当骄傲的女孩失去所有可以炫耀的资本，一切已经糟糕透了！
既然情况不会更糟，那我还有什么好怕的呢？
少女也有长大的一天，进击吧，希梨酱！

这种表白方式最适合 羞涩不敢表达的你哦

我爱你! 我喜欢你! 我想你!

托安晴的福，编辑也有幸学到了一招新的表白方式，最适合我们这种羞涩不敢开口表达的人了!

她是**《住在影子里的女孩》**，她不完美，甚至带着自卑。

她无法开口说话，错过了自己有好感的男生，却赢得了他的心，得到他大过全宇宙的爱。

他说，她是他的小朋友，捧在手心怕摔了，含在嘴里怕化了。

她觉得，有他在的地方就是避风港，哪怕狂风巨浪。

当爱无法开口，我该怎么告诉你……

编辑：早年看小虎队的《爱》时，就想学里面的手语，可惜太长了……这本书的女主角因为某些刺激而失语，不能说话，跟人交流都是靠手语，下面我就教大家一些手语吧!

1. 以下是标准中国手语的"我爱你"，电视上出现的基本都是这种。

我：右手伸出食指，指一下自己

爱：一手轻轻抚摩另一手拇指指背，表示一种"怜爱"的感情

你：右手伸出食指，指一下对方

2. "我喜欢你"，懂这个的人会少一些哦，告白的好机会来了！（偷笑）

我：右手伸出食指，指一下自己（参照上图）

喜欢：一手拇、食指微曲，指尖抵于颌下，头微微点动一下

你：右手伸出食指，指一下对方（参照上图）

3. "我想你"

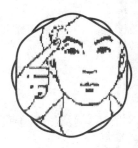

我：右手伸出食指，指一下自己（参照上图）

想：一手食指悬于太阳穴处转动，显示动脑思索的神情

你：一手食指指对方（参照上图）

附：如果你要问对方："你想我吗？"一般是面上做出疑问的表情，也可以直接在空中画个"？"。

4. 祝你一路平安

1.祝（双手抱拳做作揖状）　　2.你（指着对方）

3.一（比一个"1"字）　　4.路（掌心相对，往前比）

5.平（一只手叠在另一只手上面）　　6.安（掌心向下）

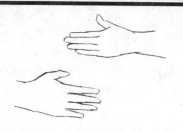

1. 身体（双手上下分开，按在胸前）

2. 健康（双手都竖起大拇指）

身体健康

好啦！手语学习就到这里结束，有兴趣的同学还可以自己去找找相关资料！

当然！最重要的还是，记得关注安晴的新书，一个失语的女孩——

《住在影子里的女孩》！

哦，对了！里面提到一首我个人非常喜欢的歌，林宥嘉的《背影》，大家可以边听边看。尤其是女主角在甜品店被欺负的那段，直接让我泪流满面啊！

日落の海边小剧场

最近办公室里频频传出大家恋爱的消息呢，看得我是羡慕加气愤啊！你们这是集体嘲笑单身狗吗？呜呜呜！哼，没关系，我等着你们给我发糖就够了！可是……可是……海边这一对是要搞什么？我怎么看不懂？

时间：云雀回国前几天

地点：学校

事件：十年后重逢

十多米，两米，五十厘米，十厘米。

十年后的重逢，云雀在几米开外就一眼把舒海宁认了出来，可是，随着距离越来越近，甚至面对面擦肩而过，舒海宁一次都没有认出云雀。再一次在走廊上擦肩而过时，他终于离去又折返，给了云雀一个超级大的再会拥抱。

希雅：喂喂喂，舒海宁，你是故意这么调戏我们家云雀的吧？

时间：暑假

地点：海边

事件：夏日烟火大会

牵云雀的手、替云雀擦眼泪、带云雀看这场烟火、给云雀戴上面具、隔着手指亲吻云雀……舒海宁，在夏日海边的漫天烟火下，你做这么浪漫的事情，花月眠知道吗？

希雅：可是，做了这些之后，为什么还要说那么决绝的话呢？让云雀8岁那年的孤独感，穿越十年的时光，再次将18岁的她彻底吞没了！

时间：大学报到日

地点：拥挤的车内

事件：用身体保护

"到这里来。"舒海宁的声音传入云雀的耳中，跟着，云雀就被他拽到身边。他站在手抓杆旁边，直接把云雀推到抓杆旁边的防护栏前，一手抓着拉环，一手支在云雀的脑袋上。云雀被他圈在一小块空间里，原本拥挤的车厢，一下子变得不再拥挤。

希雅：舒海宁，你不能这样啊！一边对云雀说着要保持距离的话，一边又对她这么好……

互动有奖调查表

姓名： 　年龄： 　性别： 　电话：

地址：

　　欢迎来到魅丽优品的新书新貌新世界！全新的改版，浪漫、诙谐、有趣，种种不同的新书预告和介绍，以多彩多姿的面貌呈现在你的面前。在未来的一年里，我们将持续且创新地在每本书后推出各种精彩新书专栏和展示不同内容，如果你喜欢我们精心创作的这份随书附赠的小小礼物，就请回复我们来支持我们吧。

♥ 你的最爱

1. 本期新书预告专栏中，你最爱的栏目是？（多选题，请在最喜欢的三个栏目后打√）

　八卦茶话屋　　　疯狂游乐场　　　　新秀街　　　　魔法测试

2. 本期新书预告专栏中，你最爱的新书是？（请根据你喜欢的栏目内容标明你喜欢的3本新书）

_____

_____

_____

3. 本期新书预告专栏中，你最喜欢的作者按顺序是？（请列举三位）

　　　　　　　、　　　　　　　、

4. 本期的图和文字，你更喜欢哪一种？（二选一，在选项后打√）

　图画排版　　　　文字内容

♥ 线下投票：

　　填好以上表格，将它寄回魅丽优品的大本营：

　湖南省长沙市开福区黄兴北路89号上城金都南栋21楼　魅丽优品 市场部 收

你100%有机会得到我们送出的礼品一份。

♥ 线上投票：

　　如果不想寄信，你可以登录我们的微博和微信进行投票，也有机会得到我们送出的新书一本哦。快来扫一扫，进行线上投票吧！

魅丽优品微博二维码　　　魅丽优品微信二维码　　　瞳文社微博二维码　　　瞳文社微信二维码